KB275807

아버지가 변하면 세상이 변한다!

아버지가 변하면 세상이 변한다!

아버지의 전화
공동대표 **정 송**

문화샘

세상을 바꾸는 건 바로 당신, 아버지입니다 !

아버지란 어떤 사람이어야 하는가! 그건 20여 년 간 자녀교육 문제를 연구하고 강의해 온 필자에게 쉽게 떨쳐버릴 수 없는 하나의 '화두'였다. 그래서인가, 아버지 운동이나 모임에 자연스럽게 참여하게 되었고 〈좋은 아버지가 되려는 사람들의 모임〉에서 교육자문위원으로, 아버지의 전국 모임체인 〈아버지 모임 전국연합〉에서는 공동대표라는 직함까지 얻었다. 게다가 뜻있는 사람들과 사회적으로 심각해진 아버지 문제를 걱정하다 〈아버지의 전화〉를 개설하기에 이르렀고, 그곳에서도 역시 직함 하나를 얻기에 이르렀다.

남들이 보기에는 실속도 없고 그저 그런 일쯤으로 치부될지도 모르는 활동을 지금껏 왜 계속하고 있는지, 그건 필자 자신도 사실 결론을 내리지 못하고 있다. 다만 아버지가 서야 가정이 설 수 있다는 확신 하나만을 믿고 지금껏 아버지 운동을 꾸려왔다고 한다면 너무 어설픈 변명이 될까.

자녀교육 문제를 상담하면서 필자가 뼈저리게 느낀 건, 문제아 뒤에는 반드시 문제 부모가 있다는 사실이었다. 아버지의 자리, 어머니의 자리가 강단 있게 자리잡지 못한 가정에서 아이들이 흔들리고 있다는 걸 느끼면서, 그럼 어떻게 해야 아이들을 올바르게 키울 수 있는가를 깨닫기는 어려운 일이 아니었다. 바로 아버지가, 어머니가 제자리를 찾기만 하면 되는 문제였다.

한 가정이 바르게 되기 위해서는 어머니의 역할이나 책임 의식이 중요하다는 건 삼척동자도 알 것이다. 그러나 더욱 중요한 건 바로 아버지의 생활 방식과 의식이다.

정상적인 가정에서의 아버지는 역동성을 지닌 허리이자 가정이라는 집을 떠받드는 기둥과 같은 존재라고 생각한다. 그런 기둥이 내려앉는다면 가정 역시 무너져내릴 것은 당연한 일이 아닌가.

그러나 요즘의 아버지들은 한 집안을 이끌어 가는 가장으로서의 권위는 고사하고, 매달 월급이나 꼬박꼬박 갖다 바치는 나약한 하숙생으로 전락하고 말았다는 지적이 적지 않다. 아내를 상전으로 떠받들며, 그것도 모자라 아내의 눈치나 보는 아버지의 모습이 아이들에게 어떻게 비칠지는 물어 보지 않아도 알 만한 일이 아닌가.

당연히 아버지의 자리가 흔들리고 있다는 이야기들이 나올 수밖에 없고, 흔들리는 아버지를 따라 가정 역시 흔들리는 건 자연스런 귀결이라 생각한다.

아버지들의 전화를 받으며, 필자는 남자는 울어서는 안 된다는 어렸을 때의 부모님 말씀도 잊고 눈물을 흘린 적이 한두 번이 아니었다. 왜 그다지도 힘들고 고통받는 아버지들이 많은지, 왜 그렇게밖에 살지 못하는 아버지들이 많은지 하루에도 몇 번씩 자문하지 않을 수 없었다.

그러면서 생각했다. 아버지들이 당당하게 설 수 있으려면 어떻게 해야 하는가를. 이 책을 내게 된 동기에는 그런 이유도 깔려 있었다. 그런 방법론적인 문제들을 널리, 〈아버지의 전화〉마저 두드리지 못하고 고민하는 많은 아버지들에게 전하고자 하는 것도 목적의 하나였다.

〈아버지의 전화〉를 두드린 많은 아버지들의 이야기엔 오늘 우리들 모습이 여과없이 들어 있었다. 그런 삶들을 엿보며 우리의 고개 숙인 아버지들이 좀더 나은 삶을 꿈꾸고, 그래서 당당히 가슴을 펴고 살아가는 모습으로 바뀌길 바란다. 그리하여 결코 좋은 방향으로는 가고 있다고 볼 수 없는 이 사회를 올바로 바꾸어 가는 하나의 씨톨들이 되기를 간절하게 바란다.

이 세상을 감히 바꿀 수 있는 건 바로 우리 아버지들밖에 없기 때문이다.

1997년 4월 5일
〈아버지의 전화〉 공동대표
정 송

머리말 5

제1부 아버지가 변하면 가정이 변한다

어느 이혼한 아버지의 독백 15

더 이상은 살 수 없다고 이혼이라니 18

남편의 외도가 이혼과 연결되어 27

대학이 뭐길래 부부를 이 지경으로 30

아버지가 기 좀 펴고 살 방법은 없나요 36

내 아내 고스톱 좀 말려주세요 43

명예 퇴직으로 사는 게 싫어졌습니다 49

사업 실패는 가정 실패? 54

아내가 바람을 피워요 60

내 아내만은 66

아내가 또 집을 나갔어요 70

차라리 이혼이라도 했으면 76

요즘 남자들 밤이 무섭다는데 81

시간을 돌리고 싶어요 88

남편이 더 미워요 93

밖에서는 호인 집에서는 폭군? 97

마마보이가 따로 없어요 101

여자라고 바람 피우지 말란 법 있나요 104

맞벌이 부부의 비자금 109

좋은 아버지를 찾습니다 113

가정이 흔들릴 수도 있는 직업 116

제2부 아버지도 연습이 필요하다

독불장군 우리 남편 *123*

생각을 바꾸면 *125*

당신은 아버지 자격도 없어요 *127*

술 마시기 위한 사업 *129*

책을 읽는 아버지 *131*

좋은 아버지가 훌륭한 자녀를 *134*

그 사람의 참모습 *136*

칭찬과 격려라는 묘약 *138*

지나친 것은 모자란 것만 못해 *140*

체면보다 중요한 아이들의 미래 *142*

똑똑한 어머니가 너무 많다 *145*

좋은 부부되기 너무 쉽다 *148*

행복의 조건 *150*

주눅 든 남편이 이들뿐이랴 *152*

후회도 소용없다 *154*

아내도 인격이 있지 않느냐 *158*

다시 찾은 행복, 당신도 가능하다 *160*

아버지의 그림자 *164*

현대판 고려장 *167*

과욕은 비극이 될 수 있는데 *169*

하늘의 별따기 *175*

인내에도 한계가 있다 *178*

역경을 헤치고 *180*

부모의 욕망과 현실 182

아파트 입주가 자녀를 도둑으로 185

아빠, 연예인이 되고 싶어요 187

이 집에서 나는 어떤 존재인가요 189

순한 양이 좋을까 192

가정에서 가르친 폭력 194

성적을 속였어요 196

엄부자모 정신 198

부친부재의 문제 201

제3부 우리 아이들, 아버지가 나서자

아직도 아이들을 편애하나요 209

권위 없는 질서는 기항지 없는 항로 219

문제아 뒤에 문제 가정이 있다? 225

아하, 이렇게 칭찬해 주니까 더 잘하네! 234

눈물이 무기인 아이는 238

리더십 있는 아이로 키우고 싶어요 240

자신감 있는 아이로 키우고 싶어요 242

적극적이고 활달했으면 좋겠어요 244

자부심을 키울 방법은 없나요 246

자부심을 심어줄 수 있는 열 가지 방법 251

도벽이 있어요 254

거짓말을 해요 257

말대꾸를 해요 260

말참견을 해요 *263*

떼가 심해요 *266*

쉽게 포기해요 *269*

아이들만 나무랄 수 있나요 *271*

대화의 문 *278*

천재에 앞서 사람 만들기 교육부터 *284*

▣ 부 록

부부 사랑 행복도 측정 *292*

직장에서 명예·조기 퇴직당할 20가지 방법 *294*

아내에게 명예 퇴직당할 20가지 방법 *296*

자녀에게 명예 퇴직당할 20가지 방법 *298*

아내에게, 남편에게 사랑의 편지쓰기 *300*

이 책에 실린 이름들은 모두 가명임을 밝혀둡니다.

제1부

아버지가 변하면 가정이 변한다

문제 가정에는
문제 아버지가 있는 법이다.
때문에 남의 허물을 탓하기 전에
내 허물을 고칠 수 있는 아버지들이
더욱 절실해진다.
아버지가 아버지다울 때
가정은 올바르게 선다.
그래서일까.
세상이 혼란스러울수록 더욱더
올곧은 아버지들이 그립다.

☞ **좋은 부부가 되려면……**

1. 부부가 서로 칭찬을 하자.
2. 가족끼리 편지를 쓰자.
3. 가족과 함께 여행을 하자.
4. 서로가 약속을 지키자.
5. 매일 가족회의를 하자.
6. 좋은 말을 많이 쓰자.

어느 이혼한 아버지의 독백

여보, 지금 내 심정은 후회로 가득 차 있소. 조금만 참았어도 이런 비참한 순간은 맛보지 않았을 텐데 왜 이리 마음이 아픈지 모르겠소.

당신이 사랑하는 두 아이는 오늘 아침에도 밥을 먹지 않고 학교에 갔다오. 밥상 앞에서 아이들에게 한술이라도 더 먹이려는 내 목소리가 떨려서인지 아이들은 눈시울을 붉혔고, 그런 아이들을 바라보는 나 또한 눈시울이 시큰했소. 오늘따라 왠지 아이들이 더욱 안쓰러워 내 마음이 찢어지는 것만 같아 고통스럽소.

이혼만 하면 당신의 참견과 잔소리에서 해방되어, 간섭받지 않고 하고 싶은 일을 할 수 있어 좋을 것 같았는데 왜 이렇게 가슴이 터질 듯 괴로운 거요? 12년 간의 결혼 생활에서 해방된 것이 너무나 시원해 만세라도 부르고 싶은 심정이었는데도 말이오.

당신을 처음 만났을 때, 난 내 정신을 잃었소. 더 이상 결혼 이야기가 필요없었고, 당신이 결혼만 해준다면 평생을 당신의 종으로 살아도 좋으리라 맹세했었소.

　여보, 설악산의 그날 밤을 기억하오? 당신이 이미 알고 있었는지 모르지만, 그날 밤은 내가 치밀한 계산으로 만든 날이었다오. 그렇게라도 해서 당신을 확실한 내 사람으로 만들고 싶었소. 지금도 당신의 그 완강했던 거절이 어제의 일처럼 또렷하게 떠오르는구려. 당신의 기침소리며 하품까지도 예쁘고 사랑스러웠는데…….

　결혼식을 마치고 신혼여행을 떠나면서 난 몇 번이나 당신이 진짜 내 사람이 되었는지, 혹시 꿈은 아닌지 몰라서 당신의 손을 만지고 내 허벅다리를 꼬집어 봤다오.

　무엇 하나 모자람이 없었던 당신. 착하고 상냥한 성격에 시부모님께도 말할 수 없이 잘하는 당신을 보면서 내가 느꼈던 그 충만감을 당신은 몰랐을 거요. 거기에다 당신을 쏙 빼닮은 우리 두 딸이 이 세상에 나옴으로 해서 난 정말이지 세상 그 누구도 부럽지 않았소.

　그래서 나는 더욱 회사일에 열심이었소. 당신을 행복하게 해주고 싶어서 회사에 내 모든 것을 걸었던 것이오. 이런 내 마음을 당신이 믿어 줄는지. 허나 진심이었다오. 회사에 충성을 다하여 승승장구 진급을 하는 게 당신을 위하는 길이라 믿었소. 그러나 지금 생각해 보면, 가정을 소홀히 하고 회사에 충실했던 것이 가장 큰 실수였던 것 같소. 물론 그땐 가정과 회사, 두 곳 모두 완벽한 생활은 무리였소. 그것이 당신에게는 큰 불만이었다는 걸 알고 있었지만.

　"회사 사장님과 결혼해요."

　"바이어와 살지 뭐 하러 왔어요."

하는 당신의 짜증 섞인 말은 날 힘들게 하였소. 하지만 여보,

아버지가 변하면 세상이 변한다!

날 정말로 괴롭힌 건 당신이 쏟아놓던 그런 말보다는 하루하루 달라져 가는 당신의 모습이었소.

"당신이 늦게 들어오는 건 죄가 아니고 내가 늦는 것만 죄냐?"며 취한 모습으로 밤늦게 들어오던 당신의 모습이 아직도 내 가슴을 아프게 하는구려.

그때 나는, 내가 당신을 그렇게 만들었다는 걸 미처 생각지 못했소. 그래서 그런 당신의 모습을 전혀 이해하지 못하고 화만 냈다오. 심지어 당신의 행동을 의심하기까지 했소. 날카로워진 당신의 성격이 날 더욱 힘들게 만들고, 혹시나 이 사람이 밖에서 몹쓸 일이나 저지른 건 아닌가 하는 생각이 날 괴롭혔기 때문이오. 물론 난 당신이 결코 빗나간 행동을 하지 않았다는 걸 지금도 믿고 있소.

그러나 한편으론, 당신이 조금만 더 날 이해해 주었다면 우리 가정이 이렇게 되지는 않았으리란 생각이 드는 것도 사실이오. 내가 왜 그렇게 일에 매달렸는지, 그게 다 당신과 우리 가족을 위해서였다는 걸 마음으로 이해하고 받아들였다면 당신은 그렇게까지 변할 수 없었소. 아니 변해서는 안 되었소.

이젠 그런 얘기들이 모두 부질없다는 걸 알아요. 그래서 하루하루 마음의 정리를 하고 있지만, 뜻대로 척척 진행되지는 않으니…… 그러면서 모든 부부들이 신혼 때의 기분으로 평생을 살아갈 수만 있다면 얼마나 좋을까 하는 생각이 든다오.

여보, 난 당신이 그토록 사랑했던 두 딸을 당당하고 의젓한 사회인으로 만드는 데 최선을 다할 생각이오. 부디 좋은 사람 만나 행복하게 살기 바라오.

(이 글은, 〈아버지의 전화〉에 답답함을 호소한 이석우(가명, 41세) 씨의 사연을 편지글로 정리한 것입니다.)

더 이상은 살 수 없다고 이혼이라니

　우리 나라 부부 중 하루에 190쌍이 이혼을 한다는 통계가 나왔다. 우리 나라도 이젠 제법 높은 율로 이혼이 증가하고 있음을 알 수 있다. 근년에 이르러 이러한 현상은 더욱 두드러지는데, 이혼하는 사람들이 많아진 만큼 이혼 이유도 가지각색이고, 하나같이 그럴 듯하다고 한다. 그렇지만 필자는 왜 그렇게 이혼을 많이 하는 건지, 좀더 참고 살 수는 없었는지 하는 생각을 자주한다.

　그러나 〈아버지의 전화〉에 눈물로 딱한 처지를 호소하는 아버지들의 이야기를 듣고 있노라면 "어떻게 그렇게 사십니까?" 하는 소리가 목구멍에서 금방이라도 튀어나오려고 한다. 그 정도로 심각한 처지에서 내일이 없는 오늘을 살며 괴로워하는 아버지들이 생각보다 많았기 때문이다.

　그렇다면 왜 그렇게까지 되었을까. 89년에 결혼하여 현재 이혼을 준비중인 박남수 씨의 사례를 살펴보면 일면이나마 그 해답이 나올지도 모르겠다.

　박남수 씨는 대학을 졸업하던 그 해에 모 대기업 계열사인

섬유회사에 입사했다고 한다. 그리고 그 다음해 어머니 친구
분의 소개로 지금의 아내와 선을 보고 몇 달 뒤 결혼을 했다.

"얼굴도 예쁘고, 무엇보다 노래를 기가 막히게 잘했습니다.
무슨 모임이든 우리 부부가 빠지면 썰렁하다고 야단들이었죠.
제 부모님한테도 그만하면 잘하는 것 같고, 사실 전 행복했습
니다. 그런데 승진을 하면서 조금씩 문제가 생기기 시작했습
니다. 영업직이다 보니 아무래도 퇴근 시간 후에 접대를 해야
되고, 그러다 보면 으레 술에 만취해서 집에 들어가는 일이
많아졌습니다."

일 주일에 서너 번은 술에 만취해서 들어오고, 그렇지 않으
면 출장이라고 집을 비우는 남편을 좋아할 아내는 없을 것이
다. 박남수 씨도 그것을 잘 알고 있었지만 회사일의 연장이다
보니 자신도 어쩔 수 없었다고 한다. 그래서 휴일이면 아무리
피곤해도 아내를 데리고 외식이라도 하려고 노력했다. 그러나
아내의 불만은 쉽게 누그러지지 않았다고 한다.

"아이가 태어나지 않은 것도 부부 사이를 힘들게 하는 것
같았습니다. 아내는 그것도 제 책임이라고 몰아붙였지요. 하
늘을 봐야 별을 따는 게 아니냐면서요."

결국 바쁜 회사일이 문제라고 생각한 박남수 씨는 사표를
썼다고 한다. 개인사업을 하면 회사를 다닐 때보다 시간이 많
이 남을 테니 아내의 불평도 줄어들지 않겠느냐는 계산 때문
이었다. 그러나 그건 생각뿐이었다고 한다. 처음으로 하는 사
업이라 모든 것이 사장인 박남수 씨의 손을 통해 나가야만
했다. 그러니 회사를 다닐 때보다 더 바쁘기만 했다. 더욱 자
주 집을 비웠고, 술 역시 예전처럼 마실 수밖에 없었다.

"아내의 외출이 잦아지기 시작했지요. 처음에는 친구들과

만나 노래방을 전전하는 것 같더니, 지역 주부가요열창에서
우수상을 받은 뒤부터는 뭘 하는지 으레 밤 열두시가 넘어야
집으로 돌아오더군요. 왜 늦느냐고 따지면 하는 대답이 늘 똑
같았습니다. 당신도 늦으면서 왜 그런 걸 가지고 따지느냐고
요."

결국 3년 전에 박남수 씨는 더 이상은 안 되겠다는 판단을
하고 별거에 들어갔다고 한다. 그리고 지금은 이혼을 준비중
이라고.

사실 우리 나라 보통의 남자들은 박남수 씨처럼 살고 있다
고 해도 과언이 아닐 것이다. 오직 아내와 아이들을 위해 열
심히 회사일에 매달리지만 막상 아내나 아이들은 그런 것을
달가워하지 않는다. 물론 남들보다 돈은 더 벌기를 바란다.
거기에 플러스 알파, 가족을 위해 헌신적으로 살기를 바라는
것이다.

그러나 그게 어디 쉬운 일인가. 전문직이 아니면, 혹은 사업
이 너무 잘 되어서 사장이 없어도 굴러간다면야 그럴 수도
있지만 보통의 직업을 가진 남자들이 어디 그런 꿈이라도 꿀
수 있을까. 그러니 부부 사이에 괴리가 생기는 것은 당연하
다. 서로에 대한 불만이 극에 달하여 얼굴을 보는 것은 물론
이고 목소리며 밥먹는 모습까지도 보기 싫어진다.

그렇게까지 되면 서로 불만을 터놓고 얘기할 단계는 이미
넘어섰다고 봐야 한다. 그렇지 않아도 대화하는 게 서툰 우리
나라 대부분의 부부들은, 특히 감정의 골이 깊어지면 다른 사
람에게는 털어놓으면서도 상대에게는 자존심 때문에 말을 하
지 않는다. 그리고 남남으로 갈라서야만 문제가 해결된다고
믿는다.

마포구에 사는 강동규 씨 역시 이제 방법은 단 하나, 갈라서는 길밖에 없다고 믿는 사람 중의 하나였다.

38세의 강동규 씨는 전문대를 졸업하고 회사를 다니던 중 친구의 소개로 아내와 만나 결혼을 하게 되었다고 한다.

"저보다 세 살 아래인 아내는 4년제 대학을 나왔습니다. 제가 소심하고 꼼꼼한 편이라면 아내는 활달하고 사회성도 좋은 편이었죠. 그래서 아내와 사귀던 연애 시절에는 서로에게 부족한 점을 보완하고 살면 완벽한 커플이 되겠구나 생각했습니다."

그러나 결혼을 하고 함께 살면서부터 하나 둘 문제가 불거지기 시작했다. 다른 건 접어 두더라도 예상외로 헤픈 아내의 씀씀이엔 아차 싶었다. 월급쟁이가 저축을 안 하면 어떻게 집 칸이라도 장만할 수 있겠는가마는 아내는 우선 자기 몸 치장하는 데 정신이 없었다. 몇십만 원짜리 옷을 사질 않나, 외제 화장품만 바르질 않나…… 그러면서 생활비가 모자란다고 바가지를 긁었다.

얼굴도 예쁘고 몸매도 잘 빠진데다 고급스럽게 치장하고 다니니, 모르는 사람들은 살림이 넉넉한 것으로 오해를 한다. 그래서인지 아이가 유치원에 다니기 시작한 지 몇 달 후에는 자모회장으로 추천을 받았다고 한다.

"그때부터는 제가 어떻게 할 수도 없었습니다. 여자들끼리 몰려다니며 무슨 일을 하는지 집에는 거의 붙어 있질 않더군요. 아이가 초등학교에 들어가자 어머니 교실 회장을 맡았고, 거기에 더하여 모 지구당 여성부장이며 산악회장 등 감투만도 10여 개가 되었습니다. 그러니 하루도 빠짐없이 각종 행사에 참석하여 더 바쁜 몸이 되었지요. 어느 날인가는 중형차를

아버지가 변하면 가정이 변한다

뽑았더군요. 아무래도 품위 유지를 위해서는 차가 있어야 되겠다면서요."

모르는 사람들은 아내의 겉모습만 보고 강동규 씨에게 어디에서 그런 복덩이를 물었느냐고 부러워한다. 붙임성 좋고 누구에게도 친절한데다 사회적으로도 대접을 받고 있기 때문이다. 그러나 집에서는 말 한마디 따뜻하게 안 한다. 오히려 무슨 말이라도 한마디 하려고 하면 피곤하다고 피하니 부부 관계가 정상적으로 이루어질 리도 만무하다.

"그런 불만이 쌓여서인지 밤일도 잘 되지 않습니다. 벌써 일 년 가까이 아내 옆에는 가지 않았습니다. 아내도 절 찾지 않습니다. 서로 그런 일에 대해서는 얘기 한마디 안 하고, 마치 남남처럼 삽니다."

강동규 씨는 결혼 8년째인 지금 보증금 8백만 원에 15만 원짜리 월세를 살고 있다고 한다. 적금은커녕 빚도 적잖이 있단다. 월급 백오십만 원을 고스란히 갖다 주고 한푼도 안 갖다 쓰는데도 그렇다.

"제가 아내에게는 양이 차지 않는다는 걸 압니다. 돈도 못 벌고, 소심하고…… 어쩌면 그래서 밖으로 나도는지도 모르지요. 저도 제 자신이 한심스럽기는 하지만 그러나 해도 너무하는 것 아닙니까."

얼마 전 아내가 부부 싸움 끝에 집을 나가라고 했단다. 당장 이혼을 하자면서. 이혼을 하자는 소리는 부부 싸움을 할 때마다 듣는 소리니 그러려니 하지만, 당장 집을 나가라고 등을 떠밀리자 사는 것 자체가 그렇게 비참할 수가 없었다고 한다. 정말이지 어디 가서 목이라도 매고 죽고 싶었단다.

"이혼하고 싶습니다. 지금까지는 아이도 걸리고 시골 부모님께도 큰 죄를 짓는 것 같아 차마 그럴 수 없었지만 지금은 얼굴을 보는 것도 몸서리가 쳐집니다. 어떻게 그렇게 두 얼굴을 하고 사는지……."

강동규 씨는 그렇게 말은 하면서도 아내가 그렇게 된 건 자신이 경제적으로 무능했기 때문은 아닐까 하는 생각에 괴롭다는 말을 여러 번 했다. 그러나 강동규 씨보다 더 돈 못 버는 남편과 살면서도 알뜰살뜰 살림을 하여 조그만 아파트라도 장만하는 여자들이 더 많다. 그런 여자들은 비싼 옷을 사 입을 줄 몰라서, 외제 화장품을 바를 줄 몰라서 그렇게 살고 있는 걸까. 문제는 가정의 행복을 위해 그런 욕구를 누르고 사느냐, 그렇지 않으면 끝없이 불만족스럽게 생각하며 사느냐에 달려 있는 것 같다.

성동구에 사는 이영석(43세) 씨도 가정에 정을 붙이지 못한 부인 때문에 진지하게 이혼을 생각한다는 경우였다.

올해로 결혼 생활 14년째를 맞는다는 이영석 씨는 그 동안의 생활을 "지옥이 따로 없었다"는 말로 말문을 열었다.

"아내한테 내가 어떤 사람이냐고 물어 보면, 아마 일밖에 모르고 멋도 없는 따분한 남편이라고 입에 거품을 물고 대답할지도 모릅니다. 그렇지만 사회는 철저한 일꾼을 요구합니다. 조금만 소홀히 해도 쫓겨나잖습니까. 처자식을 먹여살리려고, 자칫 방심하다가는 쫓겨날 수도 있다는 생각 때문에 앞만 보고 회사일에 열중했는데……."

6년 전, 이영석 씨는 부인의 성화에 못 이겨 동네에 가게를 하나 내주었다고 한다. 회사일에 미쳐서 허구한 날 밤 열두시가 넘어서 들어오는 남편을 기다리는 것도 지치고, 이젠 자기도 자기만의 일이 필요하다는 말에 오래 망설이다 그렇게 하라고 했단다. 아이들이 걱정되기는 했지만, 언제 당신이 아이들 걱정한 적이 있느냐는 말에 더 이상 아무 말도 할 수 없었다고 한다.

"그게 잘못이었습니다. 선물용품을 파는 가게여서 들어오는 손님들이 중고등학생이나 젊은 처녀들인 줄 알았는데, 장사는 뒷전이고 동네 아줌마들이랑 고스톱이나 치고 놀러다니는 게 일이었습니다. 그러던 중 언젠가부터 낌새가 이상해서 뒤를 캐봤더니 어떤 젊은 남자랑 바람을 피우고 있더군요."

그때는 눈앞에 보이는 것이 없을 정도로 화가 나서 당장 이혼하자고 했단다. 하지만 죽을 죄를 지었다고 한번만 용서해 달라고 싹싹 비는 아내를 보니 마음이 돌아섰다.

"왜 그때 이혼을 하지 않았는지 제 발등을 찍고 싶은 심정입니다. 그 뒤로도 제가 직접 눈으로 보지는 않았지만 남자들과 놀아나는 눈치입니다. 지금은 제가 무슨 소리만 해도 근처 포장마차로 달려가 술 먹고 취해 들어와서는 이혼을 하자고 대듭니다. 어쩔 때는 찜질방에서 자고 왔다면서 태연히 그 다음날 들어오기도 합니다."

때리기도 하고 협박도 해봤지만 아무 소용도 없었다고 말하는 이영석 씨의 목소리엔 울음이 섞여 있었다. 회사일에 매달린 건 오직 아내와 아이들 때문이었는데, 그게 그렇게 잘못된 일이었는지 지금도 알 수가 없다고 한다.

아침밥을 먹어 본 지가 4년이나 지났고, 이제는 아이들의 밥까지 해주어야 하는 처지를 누구에게 말할 수 있겠는가. 이혼만이 최선은 아니라는 걸 잘 알면서도, 그러나 지금은 더 이상 함께 살다가는 무슨 일을 저지를지 모르겠다며 이영석 씨는 전화를 끊었다.

아버지들의 사연을 듣고 있노라면, 한눈 한 번 팔지 않고 열심히 일해 온 대가가 이것밖에 되지 않느냐는 피울음으로 들리곤 하였다. 그만큼 우리의 아버지들은 자신들이 애써 일해 온 모든 것들이 쓸모없는 것들로 인식된 데 대한 허무함을 이기지 못하고 있었다.

남편이 이 세상에서 가장 인정받고 싶어하는 대상은 바로 아내라고 한다. 아내에게 인정을 받았을 때의 성취도가 80~90퍼센트라고 한다면, 그렇지 않았을 경우 비정상적인 관계로 나아가는 건 불을 보듯 뻔한 결과가 아닐까.

"회사에서 오늘 큰 건 하나 했다고 칭찬받았어"라고 남편이 말했다고 치자. "어머, 너무 잘됐다. 역시 당신은 최고예요" 하는 것과 "그래 봤자 월급도 더 안 주는데 뭘 그렇게 자랑해요" 하고 핀잔을 줄 때를 비교해 보자. 남편의 능력을 칭찬하고 함께 기뻐하면 남편은 아내에게 고마움을 느낀다. 다음 번에도 더 잘해서 자랑하고 싶어진다. 그러나 후자의 경우처럼 칭찬은커녕 월급과 연계해 핀잔을 준다면 '돈만 아는 여편네'란 말이 목구멍에서 금방이라도 튀어나오려고 한다. 또한 당연히 아내에겐 바깥일에 대해 얘기하지 않는다. 해봤자 돈타령이나 하고 핀잔만 주는데 누가 그런 얘길 하겠는가. 자연히 화젯거리가 줄어들고, 부부간의 대화도 단절되고 말 것이다.

모든 일이 그렇지 않겠는가. 회사일이 바빠서 정신없이 일하는 남편을 격려하고 "당신 같은 사람이 많아야 우리 사회가 잘 굴러간다"고 한마디라도 따뜻하게 해준다면 그 남편은 사회에서도 대접받는 사람이 될 것이다. 왜 그렇게 허구한 날 늦게만 들어오느냐며 바가지를 긁고, 그런 당신 때문에 살맛이 안 난다고 노상 투덜댄다면 그 남편은 가정에서처럼 사회에서도 그런 정도의 대접밖에 받지 못할 것은 뻔하지 않겠는가.

어떻게 사느냐는 생각 하나로 달라진다고 본다. 가정이 행복해지느냐, 불행해지느냐도 마찬가지이다. 어느 한쪽만의 일방적인 희생을 강요하는 것은 아니다. 그러나 남편들이 사회에서 밀려나지 않기 위해 얼마나 많은 노력과 자기 절제를 하는지 조금만 들여다본다면 아내들 역시 가정을 위해 희생하는 것이 고통스러운 일만은 아닐 것이다. 그런 희생 위에서 가정의 행복은 피어나는 것이 아니겠는가.

남편의 외도가 이혼과 연결되어

〈아버지의 전화〉에는 의외로 아내들의 전화가 많이 걸려 왔다. 하나같이 남편들의 행동에 숨이 막힌다면서 이런 남편의 행동을 언제까지 참고 견뎌야 하는지, 혹은 남편의 행동을 고칠 만한 방법은 없는지를 문의해 온다. 그런데 수원에 산다는 오영미 씨의 경우는 달랐다. 이혼한 지 일 년이 되었다는 오영미 씨는 그때 조금만 참고 서로를 이해했더라면 지금쯤 행복하게 살고 있지 않을까, 하는 후회로 가슴을 친다고 했다.

오영미 씨 부부는 사내 커플이었다고 한다. 4년제 대학을 나온 남편과 전문대학을 나온 오영미 씨는 같은 부서에서 근무하며 사랑을 나눴단다.

"모두들 너무 잘 어울리는 한쌍이라고 축복해 줬어요. 시댁에서도 저를 귀여워했고, 저의 친정에서도 그이를 세상에 둘도 없는 사위라고 떠받들어 줬지요. 시댁에서 사준 24평 아파트에 승용차도 있고, 신혼여행도 외국으로 갔다오고, 모두들 너무나 부러워했습니다."

퇴근할 때면 남편을 기다리며 맛있는 저녁을 준비하고, 비가 오거나 눈이 오면 예쁘게 차려 입고 남편을 마중하러 아파트 입구까지 걸어가는 것이 그렇게 행복할 수가 없었다. 못하는 음식이라도 요리책을 보며 흉내라도 내려고 했고, 그러면 또 남편은 세상에서 가장 맛있는 요리라도 되는 양 칭찬을 아끼지 않았다.

"그런데 둘째 아이가 뱃속에 있을 때 남편이 외도를 했습니다. 도처히 참을 수가 없었어요. 몇 달을 참지 못하고 바람을 피울 수 있느냐며 심하게 다그쳤죠. 그런데 남편이 더 큰소리를 치는 거예요. 그럴 수도 있는 일을 가지고 제가 너무 심하게 몰아붙인다구요."

하지만 그때는 도저히 용서가 되지 않았다고 한다. 자연히 부부 사이가 멀어질 수밖에. 남편은 하루도 빼지 않고 일부러 그러는 것처럼 술을 먹고 늦게 들어왔다. 큰아이 뒤치닥거리며 둘째를 키우느라 너무 힘들었지만 남편은 아이들 한 번 제대로 봐주지 않았다.

"남편이 진급한 것도 남편 친구 부인한테서 들었어요. 배신감까지 들더군요. 뭘 잘한 게 있다고 큰소리나 치고, 아무리 내가 미워도 그런 소린 해줄 법도 하잖아요. 그래서 이혼하자고 내가 먼저 얘길 꺼냈어요. 기다리고 있었다는 듯이 그러자고 하더군요."

결혼한 지 5년 만의 일이었다. 재산을 나누고, 아이들은 남편이 키우기로 합의를 보았다.

"이혼한 여자가 마땅히 할 일이 없더군요. 여기저기 알아보다가 지금은 식당 종업원으로 일하고 있습니다. 그런데 가끔씩 아이들 소식을 들어요. 시어머니가 와서 아이들을 키우는데 지금도 엄마를 찾으며 울기 시작하면 하루 종일이라도 꺽

꺽댄다더군요. 그런 소릴 들을 때마다 가슴이 찢어지는 것 같고, 남편도 이혼 후에 폐인처럼 술만 마신다고 그러고…… 그때 조금씩 서로를 이해하고 양보했더라면, 내가 조금만 더 이해하고 넓게 세상을 보았더라면 이런 고통은 없었을 텐데 하는 생각이 들면 너무 후회가 많이 됩니다."

오영미 씨는 지금이라도 남편을 만나 다시 시작하고 싶다고 말했다. 남편이 모든 것을 잊고 새사람으로 살아 줄 것을 약속한다면 말이다. 그러면서 오영미 씨는 한마디 덧붙였다. 왜 그렇게 이혼이란 걸 쉽게 생각했는지 모르겠다고.

부부 싸움은 칼로 물베기라는 말이 있다. 그러나 한번 돌아서면 완전한 남남이 되는 게 또 부부가 아닌가. 그리고 이혼을 생각하는 사람들은 이렇게 쉽게 생각한다. 헤어지면 깨끗하게 끝나는 게 아니냐고.

그러나 그렇지 않다는 게 문제가 아닐까. 부부 사이야 서류에 도장 한 번 찍으면 남남으로 갈라설 수 있지만 그 사이에 태어난 아이들은 그렇지가 않다. 어느 한쪽이 키우더라도 나머지 한쪽은 비어 있게 마련이다. 이 세상에 태어난 죄밖에 없는 아이들이 받게 되는 고통은 누가 보상해 주어야 하는 것인가.

오영미 씨가 말하듯 사람들은 너무나 쉽게 이혼을 생각한다. 그 다음 일에 대해서는 낙관적이라고 말할 정도로 짧게 생각한다. 그러나 이혼 후에 다가오는 일들은 경험해 본 사람들은 다 알겠지만 결코 만만하지 않다. 차라리 그때 조금만 더 참고 넘어갈 것을, 하고 후회하는 경우가 더 많다.

행복한 가정은 그렇게 참고 이해하며 만들어 가는 것은 아닐까.

아버지가 변하면 가정이 변한다

대학이 뭐길래 부부를 이 지경으로

우리 나라처럼 교육열이 높은 나라도 없다는 소리는 어제 오늘 듣는 얘기가 아니다. 사교육비의 방대함이 나라를 흔들 정도로 엄청나다는 사실 또한 전세계의 뉴스거리가 된 지 오래이다. 그러나 그런 얘기를 들을 때마다 보통 가정의 보통 사람들은 한편으론 경악하고 한편으론 갸우뚱거려지는 고개를 자신도 어쩌지 못한다. 의문은 하나. '도대체 그 많은 돈을 어떻게 조달하지?'

물론 돈 많은 집에서 태어나 유산이라도 넉넉하다면야, 사업이 잘 돼 펑펑 쓰고도 남는다면야 할 말은 없다. 그러나 중요한 건 기껏해야 일이백만 원 정도 받는 월급쟁이들도 두세 아이 과외비로 기백만 원을 넘게 쓴다면 고개가 갸우뚱거려지는 것도 당연지사.

〈아버지의 전화〉가 개통되고 난 후 필자가 받은 많은 전화 중에는 그런 의문에 답하는 내용이 적지 않았다. 과외비를 마련하기 위해 뇌물을 받았다는 내용들이 그것이다.

김씨의 전화를 받은 건 일월의 어느 날 오후였다. 매서운

바람을 받으며 어느 공중전화 부스에서 전화를 거는 듯 지나가는 차소리에 실려 띄엄띄엄 아버지의 전화냐고 묻는 목소리엔 당혹감과 수치심이 고스란히 담겨 있었다.

"너무 답답해서……"라고 서두를 꺼내는 남자는, 자신의 이름은 밝히고 싶지 않다면서 김씨라는 성만 알려 주었다.

"정말이지 너무 답답합니다. 이렇게 사느니, 차라리 한강에라도 가서 푹 빠져 죽고 싶습니다. 요즘 같아서는 너무 불안해서 잠도 잘 못 자고……."

공무원으로 재직중인 김씨는 하루하루 부부 싸움으로 날밤을 샌다고 한다. 문제는 돈. 고등학교에 다니는 아들녀석의 과외비 때문이다. 사건의 발단은 김씨의 조카가 S대를 합격함으로써 일어났다. 김씨 부인의 이론은 간단했다. 고졸 출신으로 남대문시장에서 장사를 하는 큰집 아주버니도 아들을 S대에 보냈으니 우리도 아들을 S대에 보내야 한다는 것이었다.

그전까지만 하더라도 김씨는 명문 대학을 나오고 더욱이 사회적으로도 출세한 자신에게 한편으론 은근한 자부심까지 느끼면서 살았다. 그래서 장사를 하는 형님보다 돈은 못 벌어도 나름대로 충실한 삶을 산다고 자부하고 있었다. 하지만 아내는 그렇게 생각지 않았다는 걸 김씨는 요즘 들어 뼈가 시리도록 느낄 수 있다고 한다.

"당신과 결혼해서 내가 얻은 게 뭐냐"는 아내는 그래서 아들이라도 S대를 보내야겠다는 식이다. 남들 다 받는 뇌물을 당신은 뭐가 잘나서 받지 않느냐는 말은 늘상 들어 온 말이다. 요즘 잘 나가는 과외 선생한테서 과외를 받으려면 한 달치 월급을 고스란히 밀어넣어도 모자란다는 아내는 월급날만 되면 더 짜증을 부리고 욕설까지 서슴지 않는다. 한마디로 무

아버지가 변하면 가정이 변한다

능하다는 질책이다.

결국 김씨는 도저히 견딜 수 없어서 얼마 전부터 뇌물을 받고 있다고 했다. 그래서는 안 된다는 걸 너무나 잘 알지만 무능한 남편, 무능한 아버지가 되지 않는 것은 그 길밖에 없었다고 말했다.

그래서 부인은 만족해 하더냐는 필자의 질문에 김씨는 한숨만 내쉬었다.

"그럼 싸움 같은 걸 하겠습니까. 그 사람은 내가 돈 만드는 기계처럼 보이나 봅니다. 뇌물을 받는 것도 한두 번이고, 그것도 건수가 있어야지요. 그런데도 노상 돈타령이지요. 내가 아무래도 안 되겠다고 말하면 신경질부터 내면서 그렇게 통이 작아서 어디다 쓰겠냐고 대들고……."

김씨는 요즘 들어서는 신문도 제대로 볼 수 없다고 말했다. 언제 자기 이름이 비리 공무원이란 이름으로 신문 사회면을 장식할지 모르기 때문이다. 언젠가는 들통이 날 것이란 생각에 아침에 눈을 뜨면 하루를 보내는 게 꿈만 같단다. 자식 교육을 위해 꼭 이렇게 살아야 하는지, 정말이지 죽고 싶다는 말이 거짓이 아니라고 한다.

김씨의 전화를 받으면서 우리 나라는 대한민국이 아닌 S대 공화국이라는 어느 신문 칼럼이 생각났다. 어디서부터 잘못됐는지는 모르지만 명문 대학만 나오면 모든 것이 해결될 것처럼 생각하는 게 문제가 아닐까. 결과보다는 과정이 중요하다는 옛말은 그저 옛말일 뿐이다. 무슨 짓을 해서라도 아들을 좋은 대학에 보내야겠다는 사람이 어디 김씨 부인뿐이겠는가. 이미 엎질러진 물이라며 금방이라도 울음을 터트릴 것 같던 김씨는 결국 필자가 무슨 말을 꺼내기도 전에 전화를 끊어

버렸다.

　김씨의 전화 이후에도 김씨의 사례와 비슷한 일로 전화를 걸어 온 아버지들이 많았다. 일류병에 걸려 있는 아내 때문에 김씨처럼 뇌물을 받고 있다는 내용이었다.

　송민섭 씨는 중소기업 간부라고 자신의 신분을 밝혔다. 그 역시 이런 얘기를 누구한테도 할 수 없어 고민하다 전화를 했다고 곤혹스런 자신의 처지를 한탄했다.

　"제 아내는 그야말로 일류병에 걸려 있습니다. 물건을 사도 프랑스제나 이탈리아제가 아니면 거들떠도 안 봅니다. 요즘은 형편이 안 되는데도 부촌인 평창동이나 압구정동으로 이사를 가자고 야단입니다. 부자 친구들 사이에서 체면이 말이 아니라고 말입니다. 특히 아이들 문제에 있어서는 그 정도가 복부인 저리 가라입니다."

　송민섭 씨의 부인은 중상류층 자녀들만 간다는 고액 학원도 무시하고 일류대 학생을 수시로 바꿔 가며 고액 과외를 받게 하고 있다 한다. 일류 대학 입학생들의 90퍼센트는 보통 학원에 다니면서도 평범하게 공부한 학생들이라고 주문을 외다시피 얘기해도 도통 통하지가 않는단다. 송씨의 부인에게는 남자 동생들이 몇 명 있는데, 일류 대학을 나온 첫째는 대기업에 근무하는데, 고등학교만 나온 막내동생은 시장에서 장사나 하고 있다며 걸핏하면 아이들 외삼촌을 빗대어 목소리를 높이곤 한다.

　"제가 보기엔 명예 퇴직 걱정도 없고 돈도 더 잘 버는 막내 처남이 훨씬 나은 것 같은데 아내는 죽어도 세상 물정 모르는 소리래요. 그래서 싸움도 엄청 많이 했습니다. 아이들 때문에 제가 참기도 했지만요."

어쨌든 중소기업 간부로 있는 송민섭 씨는 아내의 일류병 때문에 매달 매달 휘청거릴 수밖에 없다고 한다. 월급날이면 액수가 적다는 이유로 사람 취급도 안 한다. 날마다 돈타령이고, "내가 어쩌다 당신같이 무능한 남편을 만났는지 모르겠다"는 후렴구도 잊지 않는다.

결국 송민섭 씨는 근래 들어 하청업자가 건네는 뇌물을 받고 말았단다. 요즘 같은 불경기와 어수선한 시국에는 모가지가 열 개라도 살아남기 힘들다는 것을 알지만 어쩔 수 없었다고 한다.

"그렇게라도 해서 잔소리를 듣고 싶지 않았습니다. 무능하다는 소리만 들으면 온몸에서 식은땀이 주르륵 흐르고, 그래서 돈만 많이 갖다 주면 모든 것이 해결될 거라고 생각했습니다."

하지만 송민섭 씨는 그렇지가 않았다고 후회하고 있었다. 갑자기 세상이 두렵고 무서워서 살기가 싫다고 했다. 사는 목적도 없고 인생의 의미도 잃어버렸단다. 어디론가 소리 소문 없이 자취를 감추어 버렸으면 좋겠다고 말했다.

김씨나 송민섭 씨와 같은 내용으로 전화를 걸어 온 남자들은 하나같이 아내와 아이들을 위해 어디까지 희생하며 살아야 하느냐고 하소연을 했다. 아내의 따가운 시선과 한심하다는 아이들의 시선이 두려워 퇴근 시간이 되었는데도 자리에서 일어나지 못한다는 아버지들, 모든 것이 자신들의 무능으로 그렇게 된 것만 같아서 마음놓고 큰소리 한 번 치지 못한다는 아버지들의 전화가 필자를 착잡함 속으로 밀어넣었다.

뇌물을 받으면서까지 좋은 대학을 보냈다고 해보자. 물론 일류 대학을 나온 그 자식들은 좋은 회사에 취직하고, 혹은 고시에 합격하여 출세가도를 달릴 수도 있다. 하지만 그렇게 공부한 자식들이 부모의 은혜(?)를 알아줄는지……

무조건 좋은 대학만 가면 출세는 보증 수표처럼 따라붙는다고 배워 온 아이들일수록 제대로 된 인간이 되기는 어렵다고 생각한다. 좋은 대학이 목적이 아닌, 바른 인간이 되는 게 목적인 교육을 받지 못한 아이들, 그런 아이들이 커서 이 나라를 지탱해 간다고 생각하면 눈앞이 캄캄해진다. 그러나 그런 아이들보다는 수단 방법을 가리지 않고 좋은 대학만 보내면 된다고 생각하는 이 땅의 많은 부모들이 언제쯤 제대로 된 부모로 태어날는지, 그게 더 걱정이다.

아버지가 기 좀 펴고 살 방법은 없나요

이근석 씨는 자신이 왜 이렇게밖에 살지 못하는지 한심하다 못해 자괴감까지 느낀다고 했다. 산다는 게 이렇게 절망스럽고 비참한지. 차라리 결혼이란 걸 안 하고 살았더라면 몸은 고될망정 마음은 편하고 홀가분하지 않았을까 하고 하루에도 스물네 번은 더 생각한단다. 그러면서 더는 방법이 없어 전화를 했다고 울먹이기까지 했다.

이근석 씨는 요즘 남편의 전형이랄 수 있는 남자였다. 아내의 폭언과 잔소리에 기가 죽어 있기 때문이다.

그 역시 집에는 들어가고 싶지 않다는 말로 서두를 꺼냈다.

"정말 싫습니다. 지긋지긋해요. 어떻게 남들한테는 그렇게 잘하는 여자가 저한테는 그렇듯 모질게 구는지 이해가 안 됩니다."

이근석 씨는 모 대기업에 다닌다. 승진운이 좋아 직책도 높고 때문에 돈도 자기 또래보다는 많이 번다. 친구들로부터 부러움을 사는 또 하나의 이유는 아내가 예쁘고 착하다는 것이다. 친한 친구들과 오랜만에 모여 술자리를 할 때, 일차를 끝내고 집에 들어가야 한다고 말하면 친구들은 이구동성으로 "야, 나도 예쁜 마누라가 있으면 집에 일찍 가고 싶겠다"고 떠든다. 그럴 때마다 이근석 씨는 씁쓸하게 속으로 웃는다고 한다.

이근석 씨의 부인은 남편의 귀가 시간이 조금이라도 늦으면 쥐잡듯 닥달을 한다. 아이들과 놀아 줄 시간은 없어도 술 마실 시간은 있느냐는 것이다. 대꾸를 안 하면 찔리는 구석이 많은가 보지라고 빈정거린다. 아이들이 옆에 있거나 말거나 신경질을 부린다.

정시에 퇴근해서 집에 들어가면 기다렸다는 듯 이것저것 일을 시킨다. 청소는 기본이고 밥먹고 난 뒤처리는 으당 해주어야 될 것처럼 잔소리다. 몇 년째 휴일이라고 해서 마음 편히 낮잠 한번 자지 못했다. 왜 그렇게 게으르냐고 닥달하기 때문이다.

좋은 아버지가 되기 위한 모임이란 게 생긴 뒤부터는 더 괴롭다. 좋은 아버지는 이렇게 해야 된다더라, 누구는 좋은 아버지 모임에 나간 뒤부터 시키지도 않는데 집안일을 척척 도와준다더라 등등. 마치 회사에서 편히 쉬고 돌아온 듯 잠시도 가만히 놔두지 않는다.

그러니 집으로 돌아가는 발걸음이 가벼울 리 없다. 도살장에 끌려가는 황소처럼 오늘 저녁을 어떻게 보내야 하나,라는 걱정과 분노로 이가 갈린다. 정말이지 어느 누구도 찾을 수 없는 곳으로 도망가서 영원히 돌아오고 싶지 않다. 아이들만 없다면.

이혼도 생각해 봤다. 그렇지만 중학교와 초등학교에 다니는 아이들을 생각하면 차마 실행으로 옮길 엄두가 나지 않는다.

아버지가 변하면 가정이 변한다

그래도 부모 밑에서 자라는 게 덜 불행할 것 같기 때문이다. 어떤 때 정말로 화가 나서 그만 좀 하라고 늘씬 두들겨 패주고 싶을 때도 많다. 하지만 그렇게 되면 큰일이 일어날 것 같아 참아야지, 참아야지 하면서 슬그머니 집에서 나와 버린다. 한순간의 실수로 살인범이 될지도 모른다는 두려움 때문이다.

한 달 전엔가는 도저히 참을 수가 없어 신경정신과를 찾았다. 그런데 상담을 하던 의사가 아내를 데리고 오라 했다. 집에 가서 그 말을 했다가 잠 한숨 못 자고 새벽에 뛰쳐나왔다. 자기를 정신병 환자로 보느냐고 생난리를 피웠기 때문이다.

남들이 보기에는 예쁘고 착하며 열심히 살려는 것 같지만 살아보면 정반대인 그런 여자와 왜 결혼을 하게 되었는지, 하느님을 원망한 적이 한두 번이 아니다.

"다른 집 남편들도 이렇게 사는 걸까요?" 하는 이근석 씨의 물음에는 피울음이 담겨 있었다. 어떻게 보면 삶에 대한, 아내에 대한 체념이 고스란히 담겨 있는 물음이었다.

이근석 씨의 이야기엔 요즘 아버지들이 처한 문제가 고스란히 담겨 있었다. 돈 잘 버는 건 기본이고 퇴근해서 돌아와 집안일을 돕는 건 마땅히 해야 할 일 중의 하나이다. 아이들과도 잘 놀아 주어야 하고, 휴일이면 하다 못해 공원에라도 가야 한다. 그게 좋은 아버지, 좋은 남편이다.

왜 이렇게 되었을까. 물론 일차적으로는 우리들 남편, 아버지의 잘못 때문이라고 생각한다. 그 동안 우리 남자들은 돈을 버는 데만 너무 매달렸다. '아빠는 하숙생'이란 아이들의 불만에서도 알 수 있듯이 집에는 잠만 자기 위해 들어오던 시절도 분명 있었다. 배고픔에 젖어서 살던 시절이 까마득한 옛날 같지만 사실 몇십 년도 되지 않았다. 그런 배고픔을 면하기 위해, 자식에게만은 그런 가난을 대물림해 주지 않기 위해 우리 남자들은 밤과 낮을 가리지 않고 일했다. 사회가 요구하는 것도 가정이 요구하는 것도 그런 것이었다. 자연히 아내와 아이들은 뒷전으로 물러나야 했다. 그리고 남자들의 그런 돈벌기의 노력이 쌓이면서 우리는 이제 어느 정도 먹고 살 만한 풍요를 누리게 되었다.

문제는 그때부터 일어났다. 어느 정도 먹고 살 만한 여유가 생기면서부터 사회는 변했다. 생활이 안정되다 보니 삶의 여유를 즐기려는 쪽으로 사람들의 생각이 변했다. 단적으로 해외여행을 떠나는 사람들이 해가 갈수록 늘어나는 것도 그런 이유 때문이라고 생각한다. 물론 그건 어느 정도 살 만한, 경제적으로 안정된 사람들의 이야기이다. 하지만 사회 분위기는 전반적으로 그런 쪽으로 흘러가고 있다. 너도 나도 삶의 질이 중요하다는 인식을 공유하고 있는 것이다.

하지만 생각과 현실은 다르다. 엄청난 유산이 없는 다음에야 돈은 벌어야 한다. 하루하루 개미처럼 부지런히 바둥거려야만 돈이 들어온다. 독신이라면 언제라도 직장을 그만두고 쉴 수도 있겠지만 처자식이 있다면 문제는 다르다. 아무리 힘들어도 다음날 아침에는 밖으로 나가야 한다. 그건 강박 관념과도 같이 우리 남자들의 머릿속을 짓누르는 엄연한 현실이다.

어쩌면 그 때문에 남자들은 더 피곤한지도 모른다. 돈도 벌어야 하고, 아내와 아이들을 즐겁게도 해주어야 한다. 그게 삶의 질과 연결된다는 생각 때문이다. 청소는 기본이고 가끔은 설거지도 해주어야 한다. 아이들이 무슨 생각을 하는지 대화도 해야 하고, 함께 여행도 다녀야 한다. 아내의 생일이며 결혼 기념일엔 꽃 한 송이라도 들고 가야 좋은 남편이다. 남들도 다 그렇게 한다니까.

하지만 어디 그게 쉬운 일인가. 하루 종일 밖에서 일을 하다 퇴근 시간이 다가오면 집에 가서 발씻고 편하게 쉬고 싶을 뿐이다. 어떤 때는 밥이고 뭐고 다 귀찮고 그저 잠만 자고 싶다. 며칠이라도 좋으니 회사 걱정, 돈 걱정, 가족 걱정 없이 편히 쉬고 싶다. 그게 소원인 남자가 어디 한둘이겠나.

돈 못 벌면 남들 다 버는 돈도 하나 못 번다고, 집안일 안 도와주면 집안일은 거들떠도 안 본다고, 아이들과 놀아 주지 않으면 아이들은 뒷전이라고 바가지가 열 개도 더 깨진다. 아침에 보지 못한 신문 좀 보려고 하면 일부러 진공청소기를 돌려서 윙윙 시끄럽게 하며 이리 치워라, 저리 가라 야단이다. 화장실에 가서 엉덩이 좀 까고 앉아 보고 있으면 회사에서 신문도 안 보고 뭘 했느냐, 화장실 전세 냈느냐고 고시랑고시랑거린다.

그나마 돈이라도 좀 잘 벌면 큰소리는 못 쳐도 기는 죽지 않지만, 아내들의 표현대로 쥐꼬리만큼밖에 벌어다 주지 못하면 고양이 앞에 쥐 신세다. 한번 두번 듣다 보면 면역이 될 만도 하지만 아내의 잔소리는 점점 더 남편의 꼬리를 내리게 한다.

그러니 누가 감히 집에 가서 편히 쉴 수 있겠는가. 그건 시체말로 간큰 남자나 할 일이다. 그래서 밖으로 도는 남자들이 많은지도 모른다. 집에 가봐야 쉬지도 못하고 잔소리만 듣느니, 에라 모르겠다. 술이나 먹자, 하고. 결국 악순환의 연속인 것이다.

언젠가 주부를 대상으로 하는 텔레비전 아침 방송을 몇 번

본 적이 있다. 남편의 일터를 찾아 직접 남편이 하는 일을 체험해 보는 내용이었다. 그런데 남편의 일을 직접 해보는 주부들은 하나같이 닭똥 같은 눈물을 주룩주룩 흘렸다. 그 동안 남편이 이렇게까지 힘들게 일을 하고 있었다는 걸 몰랐다는 것이다. 그런데도 피곤하다는 소리 한 번 안 한 남편이 정말 고맙다는 주부도 있었고, 끝내 한마디도 하지 못한 채 남편의 옷자락을 붙잡고 엉엉 소리내어 우는 주부도 있었다.

그 방송을 보면서 필자는 모든 주부들이 다 한 번씩 남편이 하는 일을 직접 체험해 보아야 한다는 생각을 했었다. 그렇다면 적어도 남편들이 일터에서 얼마나 고생을 하는지 알 수 있을 테고, 집에서 다리 쭉 뻗고 쉰다 해도 이해해 줄 테니까 말이다.

물론 아내들도 힘들다. 다람쥐 쳇바퀴 돌 듯 정신없이 남편과 아이들 뒷바라지며 식사 준비며 청소를 하다 보면 하루가 다 간다. 아이들이 어리면 특히나 자기만의 시간이란 꿈도 못 꾼다. 하루가 멀다 하고 야근이다, 회식이다 밤 열두시를 넘기며 들어오는 남편을 보노라면 왜 결혼이란 걸 해서 이렇게 살아야 하는지 후회할 때도 많을 것이다.

그러나 조금만 생각을 바꾸면 세상은 훨씬 아름답고 즐겁다는 말도 있지 않는가. 술에 만취해서 갈짓자로 걸어 들어오는 남편을 보고 큰소리로 왜 그 모양이냐고 말한들 서로 속만 상한다. 당신이 그렇게 술만 먹다가 덜컥 무슨 일이라도 생기면 나와 아이들은 어떻게 될지 생각해 보세요,라고 술이 깬 다음날 아침 조금은 부드럽게 타이르듯 말한다면 분명 달라지는 게 있을 것이다. 한편으론 미워서 눈을 흘기지만 아침에 시원한 북어국이라도 한 대접 내놓는다면, 그 북어국을 먹는 남편의 쓰린 속은 어느새 아내에 대한 미안함과 고마움으로 훈훈하게 풀어져 있을 것이다.

다른 집 남편들은 어떻게 한다더라고 아내들은 쉽게 말한다. 남편 역시 그런 말을 하고 싶은지도 모른다. 문제는 아무리 잔소리를 하고 투덜대도 내 남편, 내 아내가 다른 집 남편, 다른 집 아내와는 바뀔 수 없다는 데 있다. 그건 자신들의 얼굴에 침을 뱉는 것과 같을 뿐이다.

아이들이 어리다면 짬짬이 시간을 내서 신문 한 줄, 책 한 줄 읽는 것도 마음의 여유를 가져다 준다. 아이들이 컸다면 취미 생활을 찾는 것도 스트레스를 줄이는 데 한몫 할 것이다. 그렇게 자신을 다독이며 자신만의 여유를 갖는 아내는 아름답다. 그리고 그런 아내와 사는 남편은 가정의 소중함을 더욱더 깨닫게 될 것이다.

아버지가 변하면 세상이 변한다!

내 아내 고스톱 좀 말려주세요

　심장욱 씨는 평범한 회사원이다. 몇 년 사이 불어닥친 불황으로 언제 회사에서 쫓겨날지 모르는 불안한 생활을 지속하고 있다. 큰아이가 이제 고등학교 3학년이어서 앞으로도 큰돈 들어갈 일이 첩첩산중이다.

　그러나 심장욱 씨의 고민은 정작 다른 데 있다. 아내가 도박을 하는 것이다. 처음에는 동네 아주머니들끼리 백 원짜리 고스톱을 쳤던가 보다. 그러던 것이 한 달에 한두 번 정도는 밤을 새워 가며 도박을 하고, 요즘 들어서는 아예 거처를 옮겨 가며 판을 벌이는 눈치다.

　작년에는 도박빚으로 5백만 원을 갚아주었다. 요즘은 다달이 신용카드 회사에서 날아오는 대출금을 갚느라 허리가 휜다. 언젠가는 뒷돈을 대준다는 사람들에게 시달림도 받았고, 그래서 도박장에서 빌린 작은 액수의 돈들은 여러 차례 갚아주었으나 이젠 더 이상 어떻게 할 여력이 없어졌다. 그런데도 아내의 도박은 계속되고 있으니 어떻게 하면 좋겠느냐는 것이 심장욱 씨의 하소연이었다.

"부부 싸움도 숱하게 했습니다. 어떤 때는 그 돈이 어떻게 번 돈인데 도박으로 다 날렸냐고 손찌검도 했어요. 제발 이젠 그만 정신 좀 차리라고 애원도 해봤습니다. 그런데도 기필코 잃은 돈을 찾겠다고 저렇게 미쳐 날뛰니……."

불과 이삼 년 전까지만 해도 행복했던 가정이었다고 심장욱 씨는 넋을 잃고 몇 번이나 반복해서 말했다. 그런데 그 모든 것이 이젠 한낱 추억이 되고 말았으니…… 엄마를 기다리는 아이들이 너무나 불쌍해서 술이라도 한 잔 먹고 들어가는 날은 집안이 온통 눈물바다가 된단다.

"옛날에는 정말 착한 여자였습니다. 아이들에게도 자상하기 이를 데 없었어요. 그런데 왜 이렇게 돼버렸는지 모르겠습니다……."

심장욱 씨는 아직도 그 옛날의 착한 아내를 못 잊어하고 있었다. 그래서 도박에서만 손을 떼면 모든 것을 다 용서하고 싶다고 말했다.

이처럼 〈아버지의 전화〉가 개통되고 난 뒤 의외로 아내가 도박을 한다는 전화가 생각 밖으로 많다는 걸 알게 되었다. 부인들이 심심풀이로 백 원짜리 고스톱을 치다가 판이 커지고 전문 도박단과 어울려서 집안 살림을 거덜내는 경우가 많았던 것이다.

송파구에 사는 문상식 씨가 하소연한 내용은 사실 심씨보다 더 기가 막힌 사연이었다.

95년에 퇴직을 해서 조그만 사업을 시작한 48세의 가장 문상식 씨는 운이 좋아서인지 그럭저럭 사업이 잘되었다고 한다. 그런데 살림이 넉넉해지자 좀체 바깥 나들이를 하지 않던 아내가 이웃 아주머니들과 어울리기 시작했다. 처음에는 집

안에만 틀어박혀 살림만 하던 아내가 조금은 답답하게 보여
서 외출이 잦은 것 같아도 아무 말 하지 않았다. 그런데 그것
이 화근이 될 줄이야…….

 문상식 씨는 얼마 전 사채업자들이 쳐들어 와 집 안을 쑥대
밭으로 만든 뒤에야 아내가 고스톱에 빠져 있다는 걸 알게
되었다고 한다. 그래서 알아보니, 오래 전부터 들어 온 보험
은 이미 해약되어 있고 은행에서 융자는 물론이고 마이너스
대출통장까지 발급받아 한푼도 남아 있지 않은 상태였다. 그
렇게 날린 돈이 4천만 원을 넘었다.

 "처음에는 동네 아주머니들과 백 원짜리를 재미로 쳤던 것
같습니다. 그러다가 판이 커지고, 지금은 아예 집에도 들어오
지 않습니다. 들리는 소문에 의하면 전문적인 도박단과 '하우
스'에서 고스톱에 빠져 있다고 합니다."

 집을 나가기 얼마 전에 심하게 부부 싸움을 했었다는데, 담
배연기만 맡아도 기침을 해대던 사람이 담배를 피우고, 소주
도 우습게 한 병을 비우더란다.

 살림만 알던 착한 아내가 그렇게 무섭게 변하리라곤 상상
도 못했다는 문상식 씨는 사업에 몰두하느라 아내에게 통 신
경을 못 썼던 지난 일이 후회스러울 따름이라고 하소연했다.

 "지금으로선 저도 어떻게 손을 못 쓰고 있는 실정입니다.
그저 죽고 싶은 심정뿐이죠. 감수성이 예민한 고1 딸도 창피
해서 죽고 싶다고 입버릇처럼 말합니다. 정말이지 어떻게 해
야 좋을지 모르겠습니다."

 심장욱 씨나 문상식 씨 모두 그 옛날의 착한 아내는 어디로
갔는지 모르겠다는 말로 답답한 심정을 하소연하고 있었다.
그렇게 착하고 가정만 알던 아내가 갑자기 남편도 아이들도

몰라 보는 사람으로 변했느냐는 것이다.

사실 문상식 씨가 나름대로 이유라고 찾아낸, 사업을 하느라 가정을 돌보지 못했다는 변명은 타당성이 있다. 회사를 다닐 때는 꼬박꼬박 제시간이면 집으로 돌아오던 남편이 사업을 한다고 매일같이 밤 열두시를 넘거나 휴일에도 집에 있지 않는다면 상대방인 부인은 박탈감을 느낄 수도 있기 때문이다. 물론 이 경우는 심장욱 씨에게는 해당되지 않는다. 어찌 됐든 문제는 문상식 씨나 심장욱 씨가 주장하듯 부인들이 하루 아침에 변한 것은 아니라는 점이다.

결혼한 여자들의 모습을 살펴보자. 결혼해서 아이들을 낳고 기르는 몇 년 동안에는 사실 여자들에게 한가로운 시간은 없다고 봐야 한다. 집에서 살림만 하는 여자들이 남아도는 게 시간 아니냐고 남자들은 말할지 모르지만, 그건 애들 키우고 남편 뒷바라지하고 살림을 해본 적이 없는 남자들의 말일 뿐이다.

아침 먹고 남편 출근시키면 하루 종일 아이들과 씨름하는 게 여자들의 하루이다. 서너 시가 넘으면 시장 봐서 저녁상 준비하고 남편이 돌아오면 식사를 차려낸 뒤 또 설거지며 남편과 아이들이 잠자리에 들도록 도와준다. 그 사이사이 집안 청소며 빨래는 좀 많은가. 그렇게 아이들이 초등학교를 졸업할 때까지 복닥인다. 정신없이 십여 년이 훌쩍 지나가는 것이다.

그러고 나서 아이들이 중학교며 고등학교에 들어가면 아이들에게 투자하는 시간이 고스란히 비게 된다. 게다가 그때쯤이면 경제적으로도 어느 정도 안정이 된 상태이다. 엊그제까지만 해도 할일이 많아서 숨도 제대로 쉴 수 없었는데 갑자기 사방을 둘러봐도 아무 할일이 없다면…… ?

그래서 허전함을 느끼고 밖으로 시선을 돌리게 된다. 비슷비슷한 처지의 부인들끼리 쇼핑도 다니고 외식도 하고 문화센터도 다녀본다. 그것도 저것도 피곤하고 싫증나면 방안에 둘러앉아 고스톱판을 벌인다.

모든 것이 바쁘기만 하던 시절에는 자신만의 시간을 내서 무엇인가를 한다는 게 사치 같기만 했다. 그러나 막상 시간이 남아 돌아 무엇인가를 시작해야지 할 때는 왠지 마음도 손도 가지 않는다. 십여 년 간 집안일에만 매달렸기 때문에 새로 무엇인가를 한다는 게 쉽지 않기 때문이다. 그래서 요즘 흔히 들을 수 있는, 여성들도 자기 개발을 해야 한다는 이야기는 공염불이 될 수밖에 없다.

결국 부인들끼리 어울려 심심풀이로 시간을 죽이기 위해 치던 백 원짜리 고스톱이 한 가정을 뒤흔들기도 하는 것이다. 아무리 바쁘더라도 자기만의 시간을 내어 무엇인가 하고 있었다면, 하다못해 도서 대여점에서 책이라도 빌려 보는 생활을 했더라면 가정을 망가뜨리지는 않았을 것이다.

물론 가정이 망가진 데에는 남편의 책임도 50퍼센트는 된다. 정말로 좋은 남편, 좋은 아버지라면 결코 그 아내, 어머니가 밖으로 돌지는 않기 때문이다.

남편은 돈만 잘 벌어다 주면 된다는 사고는 시체말로 물건너 갔다. 아내 역시 집안일만 잘하면 된다는 생각도 버려야 한다. 언제나 집안일에만 매달려 있다가 어느 날 갑자기 '내가 이게 뭔가?' 하고 느낀다면 그건 이미 문제가 있다는 얘기이다.

아이들이 어느 정도 컸다면, 그때야말로 제2의 신혼기라고 해도 좋은 시절이라 생각한다. 부부가 나란히 영화도 보고 연주회도 감상하고 때로는 여행도 하면서 서로의 감상을 이야기한다면 얼마나 좋겠는가. 책 한 권 사서 돌려보며 독후감을 이야기하는 부부의 모습을 상상해 보라. 그렇게 남편과 아내가 서로 자기 개발을 도와주고 취미 생활도 함께 나눈다면 가정이 깨지는 일 따위는 없지 않겠는가.

　물론 처음에는 쑥스럽고 어색할 것이다. 아이들 뒤치다꺼리와 일에 쫓겨 십여 년을 제각각의 삶처럼 살아온 데 익숙해져 있기 때문이다. 그러나 우리의 모든 습관도 처음에는 서투르고 어색했다. 한번 두번 연습하듯 해보면 손잡고 연극이나 영화를 보러가는 일이 자연스럽게 여겨질 것이다. 그리고 그렇게만 산다면 행복한 가정을 꾸리는 일은 생각보다 쉬울 수 있다.

명예 퇴직으로 사는 게 싫어졌습니다

김국태 씨는 대기업에 근무하던 중 아무 예고도 없이 명예 퇴직을 당한 46세의 가장이었다. 18년 동안이나 뼈빠지게 일한 보상이 명예 퇴직이라니, 너무나 억울하고 분해서 술기운이 아니고는 숨조차 제대로 쉴 수 없을 것 같았다고 한다.

그러다 보니 한잔 두잔 마시기 시작한 술이 지금은 소주 세 병을 마셔야 하루가 지나간다. 게다가 쌓인 게 많아서인지 술만 취하면 자기도 모르게 물건을 마구 집어던지는 주벽까지 생겼다.

"세상에, 그런데 선생님. 제 아내가 저를 정신병원에 입원시키려고 합니다. 제가 미쳤다는 거예요. 엎친 데 덮친다고 간염까지 걸렸고, 아이들마저 보균자가 되었습니다. 이젠 어떻게 살아야 할지 죽고 싶습니다."

듣기에도 딱한 김국태 씨의 사연은, 그러나 김씨 한 사람만의 사연이 아니었다. 몇 년째 불경기가 이어지면서 명예 퇴직한 사람들의 수가 헤아릴 수도 없이 많아졌기 때문이다. 김국태 씨의 경우처럼 술로 울분을 삭인다는 전화는 부지기수였다. 더욱 딱한 것은 명예 퇴직이 원인이 되어 이혼을 하거나 몇 달째 가족에게 그 사실을 숨기고 거리로 출근을 한다는 심약한 사람들도 많다.

다들 그렇지만 월급쟁이들은 특히 한 달만 놀아도 가정 경제에 타격을 받게 마련이다. 그래서 더욱 실직에 대한 두려움을 안고 하루하루를 힘겹게 살아간다.

지방 대학을 나온 오현근 씨는 어느 중소기업에 입사하여 과장을 끝으로 명예 퇴직을 당한 40세의 가장이다. 그런데 업친 데 덮친 격으로 퇴직금을 수령하기도 전에 회사가 부도났다. 여섯 살, 네 살짜리 아이들한테 들어가는 교육비며 생활비를 아무리 줄인다고 해도 서너 달 버티기가 힘든 상황이었다.

"취직을 하려고 발이 부르트도록 돌아다녔지만 받아주는 데가 없었습니다. 막노동이라도 하려고 건축 현장을 기웃거려봤지만 그것도 보통 일이 아니더군요. 사흘 버티다 결국 쓰러지고 말았습니다. 그런데 아내는 절 조금도 이해하지 않았습니다. 너무 힘들어서 하루 종일 누워 있었더니 그렇게 빈둥거리기만 할 거냐고 바가지를 긁더군요. 그러면서 제가 노력을 하지 않으니까 취직을 못한다는 거였어요."

그러니 밤낮을 가리지 않고 싸움의 연속이었다고 한다. 그러던 어느 날 아침이었다. 9시가 넘었는데도 아내가 식사 준비를 안 했다. 전날밤에도 싸움을 했던 터라 아직 화가 풀리지 않았나 보다,라는 생각을 하면서 "애들 밥이나 주라"고 한마디 했다. 그때까지는 싸움을 해도 마음 한켠에는 아내에 대한 미안한 마음이 늘 자리하고 있었다. 그런데 아내가 대뜸 "니 자식이니까 니가 줘" 하고 못을 박듯 신경질적으로 내뱉었다.

"그때는 눈앞에 뵈는 게 없었습니다. 나를 미워하는 거야 그렇다 치더라도 애들한테까지 그러는데…… 속이 부글부글 끓어올라 거실 한구석에 있는 화분을 박살냈습니다. 그러자 두말도 않고 방으로 들어가 가방을 챙기더니 밖으로 나가버리더군요."

오현근 씨는 그날 일만 생각하면 지금도 속에서 핏덩이가 목구멍으로 올라온다고 말했다. 엉엉 울면서 엄마 가지 말라고 소리치는 아이들의 손을 뿌리치고 나가던 아내를 용서할 수 없다고 했다.

결국 집을 나간 아내는 친정으로 갔다가 몇 달 뒤 이혼을 하자며 전화를 했다. 아무리 생각해도 같이 살 수는 없을 것 같다면서. 오현근 씨 역시 그런 아내와는 같이 살 이유가 없을 것 같아 덤덤히 이혼 서류에 도장을 찍었단다.

"아이들이 얼마나 큰 충격을 받았는지, 화장실에도 못 가게 울고 야단입니다. 아내와 싸우면서 '애들은 버리면 되겠네'라고 말한 걸 들었는지 어쨌는지…… 놀이방에라도 맡겨야 취직자릴 알아보러 다닐 수 있을 텐데 정말 눈앞이 캄캄하기만 합니다."

명예 퇴직을 하기 전까지만 해도 금슬이 좋았다는 오현근 씨는 어려운 일이 닥칠 때일수록 서로 위하고 감싸주는 게 정말 사이 좋은 부부가 할일이 아니냐며 부인에 대한 배신감에 치를 떨고 있었다.

오현근 씨보다는 좀 나은 형편인지 모르겠지만 명예 퇴직으로 인해 고통받고 있는 최영수 씨의 사정도 절박하기는 마찬가지일 것 같다.

고등학교 1학년과 중학교 2학년인 두 아이들의 아버지 최영수 씨는 대학을 졸업하던 해 지금은 대기업이 된 어느 작은 회사에 취직했었다. 그로부터 20여 년 동안 그는 회사가 대그룹이 되기까지 많은 공헌을 한 산증인 중의 한 사람이었다. 그런데 아무리 불황이라고는 하지만 어이없게도 명예 퇴직자의 한 사람이 되고 말았다.

그 오랜 세월 가족과 단란한 시간도 한 번 보내지 못하고 오직 회사만을 위해 노력한 대가치고는 너무 가혹한 형벌이었다. 그러나 그런 생각보다 최영수 씨의 머릿속에 먼저 떠오른 걱정은 만약 이 일로 가족이 충격을 받으면 어떻게 하나 하는 것이었다. 그래서 회사를 옮겼다고 말하면 가족의 충격이 덜할까 싶어 이력서를 들고 종종걸음, 두어 달 사방을 돌아다녔지만 감원바람이 불고 있는 요즘 실정에 최영수 씨를 받아 줄 회사는 한 군데도 없었다.

요즘도 최영수 씨는 출근하는 것처럼 7시 반이면 어김없이 집을 나선다고 한다. 그러고는 집에서 멀리 떨어져 있는 공원에 차를 주차해 놓고는 서울 시내를 돌아다닌다고 한다. 버스를 타고 종점에서 종점까지 왔다갔다한 노선이 한두 군데가 아니다. 지하철 종점이며 공원들도 최영수 씨가 한두 번은 거쳐간 곳들이다. 너무 절망적일 때는 죽으려고 도봉산에 올라가기도 한다. 아내와 아이들 때문에 결코 죽지 못할 거라는 걸 잘 알면서도 산 중턱에 있는 바위 위에 올라가 이대로 뛰어내릴까 하는 생각을 몇 번이나 했다.

"요즘은 당신이 일찍일찍 집에 들어와서 너무 좋아요" 하고 반기는 아내에게 어떻게 회사에서 쫓겨났다는 소리를 할 수 있습니까,라고 최씨는 울먹였다.

명예 퇴직으로 삶을 자포자기하거나 가장이란 책임감에 혼자서 끙끙 앓는 사람들이 우리들 주변에는 의외로 많은 것 같다. 또 직장 동료가 명예 퇴직당하는 걸 지켜보며 삶에 회의를 느끼고 직장을 그만두고 싶어하는 사람들도 꽤 많다고 한다.

대기업에 입사해 8년째 근무를 하고 있는 한봉수 씨의 전화에서 필자는 그런 사실들을 피부로 느낄 수 있었다.

한씨는 얼마 전 입사 동기생이 명예 퇴직당하는 걸 옆에서 지켜보았다고 한다. 똑같이 명문대를 졸업하고 입사해서 열심히 일해 온 처지들이었다. 한편으론 떨려나가지 않은 자신이 대견하단 생각도 들지만, 그러나 불안감 또한 무시하지 못할 정도가 되었다.

사실 그런 느낌은 요 몇 달 사이 주변에서 똑같은 과정을 거쳐 명예 퇴직당하는 사람들을 보면서 생겨난 것이었다. 그런데 가장 가까운 입사 동기생이 회사에서 밀려나자 갑자기 살고 싶은 생각까지 없어지더란다.

"과연 내가 이 회사에서 얼마나 버틸 수 있을까? 이렇게 열심히 일하면 뭐 해. 언젠가는 나도 퇴직 조치될 게 뻔한데, 하는 생각에 요샌 일도 손에 안 잡힙니다."

그는 이런 마음으로 회사를 다니느니 그만두는 게 나을 것 같다고 말했다. 그래서 개인사업을 해보고 싶은데, 아내에게 뭐라고 말해야 할지 엄두가 나지 않는다고 했다.

"퇴직금으로 얼마간은 버틸 수 있겠지만 그후는 어떻게 될지 저도 모르거든요. 게다가 아홉 살과 일곱 살 먹은 딸에게 들어가는 돈도 만만치 않은 것 같고, 지금으로선 딱 죽고 싶은 마음밖에 없습니다."

사업 실패는 가정 실패?

  명예 퇴직한 사람들은 세상이 무섭고 두렵다고 말한다. 우선 몇십 년 동안 몸바쳐 일해 온 조직에서 밀려난 데 대한 절망감을 이겨내기가 어려운 것이다. 그러나 현실은 냉엄하기 그지 없어서 언제까지 그 자리에 주저앉아 한탄만 하게 내버려 두지 않는다. 먹고 살아야 하는 문제가 발목을 붙잡고 놓아 주지 않기 때문이다.

  그런데 명예 퇴직자들은 적게는 몇천만 원에서 많게는 몇억까지 퇴직금을 받는다. 그래서 개인사업을 해보고픈 유혹을 쉽게 받는다고 한다. 어쩌면 멋지게 성공해서 자신을 내쫓은 사람들한테 본때를 보여 주고 싶다는 심리도 작용하고 있을지 모른다.

  그러나 사업이라는 게 어디 그렇게 쉬운 일인가. 경험 없이 시작했다가는 땡전 한푼 못 건지고 망하는 게 사업이라지 않는가. 게다가 명예 퇴직자들의 퇴직금을 노리는 사기꾼들 또한 득실득실하다. 아버지의 전화에는 명예 퇴직 후 퇴직금을 밑천삼아 사업을 시작했다가 망한 사람들의 하소연 또한 헤

아버지가 변하면 세상이 변한다!

아릴 수 없이 많았다. 그리고 그들의 공통점은, 사업이 실패하자 아내가 가출을 하거나 이혼을 요구했다는 사실이었다.

사업으로 퇴직금을 날리고 죽지 못해 살고 있다는 박영호 씨의 사연을 보자.

박영호 씨는 대기업에 몸담고 있다가 부장 직함을 끝으로 명예 퇴직한 사람이다. 오래 근무한 덕에 퇴직금이 상당했다. 무얼 할까 여러 모로 궁리하던 중 형님이 권유하는 사업에 투자했다가 8개월 만에 몽땅 날렸다. 퇴직금뿐만 아니라 집까지 날려서 형제가 알거지가 되었다고 한다. 무리한 확장으로 부도가 나고 만 것이다.

남도 아닌 형님이라서 어떻게 하지도 못하고 하루 아침에 다섯 식구가 반지하 전세방에서 살게 되었다. 그리고 살림만 하던 아내가 식당 종업원으로 취직해서 허드렛일을 하며 생활을 책임지고 있는데, 얼마 전 더 이상은 못 참겠다면서 이혼을 요구했다. 재산을 몽땅 날리고 마땅히 할일이 없어 빈둥거리는 남편을 용서할 수 없었던 것이다.

사실 그 동안 박영호 씨는 아내를 식당 허드렛일꾼으로 내몬 마당에 무슨 일이건 못하겠냐 싶어 이곳 저곳 일자리를 찾아 발바닥이 부르트도록 헤매다녔다. 하지만 어디에도 그가 할 수 있는 일은 없었다. 우습게만 알았던 택시 기사도 영업용 자격증이 있어야 하고, 과일장수도 리어커가 있어야 하는데 구입할 돈이 없었던 것이다.

"그래도 집에 있기가 뭐해서 점심도 거른 채 하루 종일 시내를 돌아다니다 옵니다. 죽으려고 도봉산에도 몇 번 갔습니다. 난생 처음 태어난 것을 원망하기도 했지요. 바로 일 년 전까지만 해도 남부러울 것 없이 산 가정이고, 아이들로부터 존경받는 아버지였는데 정말 살기가 싫습니다. 강도, 살인범, 사기꾼의 심정이 이해가 갈 만큼 머리가 돌 것 같습니다."

그런가 하면 알거지가 부러운, 수억 원의 빚을 짊어지고 이러지도 저러지도 못하는 이동우 씨 같은 사람도 적지 않다고 한다.

이동우 씨 역시 일 년쯤 전에 명예 퇴직한 사람이다. 막 회사를 그만둔 뒤부터 그는 일억 원 정도 되는 퇴직금으로 무엇을 하면 좋을지 알아보러 다녔다고 한다. 오랜 세월 직장생활만 해온 탓인지 아무래도 사업을 한다는 게 낯설고 무섭기도 했다고 한다. 그러다가 우연히 같은 아파트에 사는 사람과 친하게 되었다.

사업이 잘되어 요즘 같으면 살맛이 난다며 그 사람은 틈만 나면 이동우 씨를 데리고 술집이며 고급 음식점들을 순례했다. 외제차도 몰고, 집도 으리으리하게 꾸며 놓고 살고 있는 그가 실업자인 이동우 씨에게는 선망의 대상이 아닐 수 없었다.

그러던 어느 날 그 사람이 이동우 씨에게 함께 사업을 해보는 게 어떻겠느냐고 물어 왔다. 자신이 하는 공구 도매업이 생각보다 이윤이 남는 장사라며 은행 이자보단 배는 더 나올 테니 퇴직금을 투자해 보라고 권했다.

처음에는 사업을 하다 그나마 있는 돈 다 날리면 어떡하나 하는 걱정에 정중히 사양했다. 하지만 이제 와서 취직을 한다는 것도 그렇고, 그 사람의 얘기대로라면 절대 망하지는 않을 것 같아 마음을 정했다.

퇴직금 일억 원과 은행에서 아파트를 담보로 오천만 원을 빌렸다. 그렇게 일억 오천만 원을 투자하자 그 사람은 이동우 씨에게 선선히 사장 자리를 내주면서, 자신은 회장으로 물러나 있을 테니 한번 사업을 끌어가 보라고 맡기는 게 아닌가.

이동우 씨는 사실 그때 너무 고마웠다고 말했다. 사업은 처음이었으나 열심히 일했다고 한다. 그런데 아무래도 그 회장이란 사람의 행동이 너무 마음에 안 들었다. 틈만 나면 골프를 치러 가고, 고급 술집은 예사였고, 거기다 두 집 살림까지 하고 있었던 것이다. 처음 그 사람을 만났을 때 받았던 인상과는 너무나 다른 모습이었으나, 이왕 함께 사업을 하자고 덤벼든 이상 자신은 열심히만 하면 된다고 생각했다. 그래서 이동우 씨는 은행에서 당좌도 본인 이름으로 개설했다고 한다.

그러던 작년 11월쯤에 조금 이상하단 생각이 들어 회사의 재정 상태를 꼼꼼히 조사해 보았다. 이미 알맹이는 없고 외형상 껍데기뿐인 회사였다. 알고 봤더니, 그 회장인가 하는 사람은 이동우 씨가 투자한 돈을 펑펑 쓰고 돌아다니면서 개인 용도로 빌린 돈을 갚는 데 사용하기도 했다. 게다가 당좌수표도 2억 원이나 발행한 뒤였다.

결국 12월경에 이동우 씨는 투자한 돈을 돌려달라고 요구했다. 그러나 회장은 오히려 이동우 씨가 일을 잘못 처리해서 회사가 망하게 되었다며 부도를 낼 테면 내보라고 으름장이었다. 자신의 이름으로 개설한 것이니 감옥을 가도 내가 가야 되는 것 아니냐며, 이동우 씨는 울분을 토로했다.

현재 자녀의 학비는 물론이고 생활비를 갖다 주지 못한 지가 서너 달이 지났다. 당연히 집안에서는 숨 한 번 제대로 쉬지 못하는 가엾은 처지가 되어버렸다. 아내와 아이들의 눈초리가 너무 무서워 집으로 들어가려고 현관문 앞에만 서면 가슴이 떨리고 현기증까지 인단다. 회사에서 밀려난 것도 억울

하고 분한데 그나마 퇴직금까지 날리고도 빚이 수억이라니…….

그런 하소연을 토로하면서 이씨는 마지막으로 이렇게 물었다.

"내가 죽으면 부채는 누가 떠맡게 되나요? 제 아내가 갚아야 하나요?"

어느 날 갑자기 사회에서 밀려난 명예 퇴직자들은 무엇보다도 가정에서의 냉대를 견딜 수 없어 한다. 그렇지 않은 가정도 많지만 오죽 못났으면 회사에서 밀려났느냐고 면전에서 비아냥대는 부인들도 적지 않다고 한다. 때문에 누구를 위해 살아왔는데 이런 대접을 받아야 하나, 하고 명예 퇴직자들은 삶에 회의를 느낀다.

얘기가 조금 빗나간 듯도 하지만, 얼마 전 어떤 분이 요즘 여성들을 성토하던 것이 생각난다. 그분의 말씀은 이러했다.

"요즘 여자들, 참 못됐어요. 힘들게 일하고 온 남자한테 청소는 예사고 설거지도 시켜야 직성이 풀린다잖아요. 그렇게 시키고 싶으면 자기들도 돈을 벌어야지, 왜 돈 버는 남자한테 그런 것까지 시켜요. 밖에서 놀다 오나. 평등, 평등 하고 부르짖는데, 정말 평등하게 살 생각이면 군대도 갔다오고 돈도 벌고, 막말로 남편이 돈을 못 벌면 나가서 돈 벌려고 노력해야잖아요. 돈 좀 못 벌면 다른 집 남편은 어떻느니 저떻느니 바가지나 긁고. 왜 자기들이 나가서 더 벌 생각은 못해."

그분은 또 요즘 사회 문제가 되고 있는 명예 퇴직자들을 대하는 아내들의 태도에 대해서도 일침을 가했다.

"명예 퇴직한 사람들, 거 얼마나 불쌍해요. 회사에 나갈 때는 돈을 많이 버나 적게 버나 어쨌든 나가서 돈을 버니까 그래도 기가 덜 죽지만, 막상 그런 일을 당하면 얼마나 사람들보기가 창피하고 살맛이 안 나겠어요. 그럴 때 아내가 괜찮다, 함께 벌고 조금 아끼면 옛날보다 더 나을 수 있다, 이렇게 한마디만 하면 얼마나 좋아요. 그럼 아내를 더 믿고 사랑하고, 가정이 훨씬 화목해질 수도 있을 텐데, 이건 더 야단이야. 남편을 쥐잡듯 닥달하고. 그러니 어디 마음놓고 며칠 푹 쉴 수가 있어. 마음만 다급하고, 그러다 보면 덜컥 무슨 일을 시작했다가 몽땅 날리기 십상이지."

바쁠수록 돌아가라는 옛말도 있다. 일이 안 되면 몇 달 푹 쉰다는 느긋한 마음으로 새로운 일을 찾고 사업을 시작한다면 실패할 확률은 그 만큼 줄어든다. 혹 실패를 하더라도 다시 일어설 수 있는 마음의 여유만 있다면, 지금 당장은 힘들고 어렵지만 반드시 좋은 날이 올 것이다.

그러나 그러기 위해서는 가족의 따뜻한 마음이 우선되어야 한다. 가장 가까운 사람들의 변함없는 신뢰와 애정이야말로 명예 퇴직자들에게는 그 무엇과도 바꿀 수 없는 새로운 삶에 대한 힘이 되고 용기가 된다.

아내가 바람을 피워요

강서구에 산다는 임수영 씨는 아내가 직장 전선에 뛰어들기 직전인 2년 전까지만 해도 남부러울 것 없이 행복하게 살았다고 한다. 넉넉하지는 않았지만 세 식구가 가끔씩 중국집에서 외식도 하고, 가까운 공원으로 산책도 다녔다고 한다. 그런데 아내가 고등학교 동창의 권유로 어떤 회사 외판원을 시작하면서부터 모든 게 어긋나기 시작했단다.

"처음에는 아는 사람만 찾아다녀서인지 저녁 6시면 어김없이 집에 들어와 있었습니다. 그런데 해가 바뀌면서 한두 시간씩 늦어지기 시작하더니 일 년 전부터는 12시가 넘는 건 예사고, 어떤 땐 아예 외박을 하고 들어오기도 했어요."

그래도 임수영 씨는 잘 살아보자고 하는 것이려니 생각하고 아이들을 돌보는 것에서부터 청소, 빨래까지 마다하지 않았다. 그런데 아무래도 아내의 행동이 이상했다. 밤 10시건 12시건 전화만 오면 나갔다가 새벽에야 들어오는 것이다. 그래서 아침에 간밤의 일을 추궁하면 아내는 무조건 계약자가 불렀다고 둘러댔다. "밤에 무슨 계약자가 있냐"고 따지면 소개해 준다고 부르는데 어떻게 안 나갈 수 있느냐고 오히려 화를 내기 일쑤였다.

"아무래도 이상했어요. 감이라는 게 있잖습니까. 그래서 전화 감지장치와 호출기 비밀번호를 알아내 도청을 했습니다. 그런데 세상에, 아내가 서너 명의 유부남과 바람을 피우고 있었어요."

임수영 씨는 그런 것도 모른 채 가사를 돌보며 아내를 걱정했던 자신이 너무나 바보 같고 살맛도 나지 않는다고 말했다. 당장에라도 이혼을 하자고 말하고 싶지만, 그렇게 되면 아무것도 모르는 아이들이 너무나 불쌍하고, 또 하나 아무래도 자신이 분에 못 이겨 무슨 큰일을 저지를 것 같아 참고 있다고 했다.

"정말이지 마음 잡고 앞으로는 그런 짓을 안 하면 눈 딱 감고 살 생각입니다. 무슨 방법이 없을까요?"

얼마 전 모 방송국에서 〈애인〉이란 연속극을 방영한 적이 있었다. 그 연속극은 우리 사회에 '애인 신드롬'이란 용어까지 빚어내며 선풍적인 인기를 모았다. 많은 주부들 사이에는 "아직도 애인 없니?"란 말이 유행했다고 한다.

왜 그렇게 되었을까. 그리고 정말로 요즘의 많은 주부들은 애인을 만나고 있는 걸까.

〈아버지의 전화〉를 받게 되면서부터 필자는 아내의 외도로 고민하는 남편들의 전화를 하루에도 여러 통은 받는다. 거짓말이라고 말할 사람도 있을지 모른다. 그러나 사실인 걸 어떻게 할 것인가. 아내의 외도로 고민하는 남편들의 사례를 몇 가지 더 들어보자.

광진구에 사는 최광석 씨는 올해 마흔여섯 살이다. 부인은 그보다 열 살이 적은 서른여섯 살. 회사일로 혼기를 놓치다 보니 나이 차가 많은 여자와 결혼하게 되었다고 말했다.

"결혼 당시 제 아내는 스물여섯 살, 저는 서른여섯 살이었습니다. 그때는 오히려 제가 더 부부 관계에 적극적이었는데 일에 쫓기다 보니 아내를 홀로 재울 때가 점점 더 많아졌습니다. 그러다 가끔씩 아내의 몸을 원했는데, 어느 순간부터인가 아내가 그것마저도 거부하기 시작하더군요."

그러기를 한달, 두달…… 어느 날 헤아려 보니 부부 관계를 안 가진 지가 일 년이 넘었다는 걸 알았다. 그러자 평소 같으면 가볍게 넘겼던 아내의 외출에 의심이 갔다. 요 몇 달 사이 외출이 잦았고, 며칠 출장을 다녀올 때면 외박도 한다는 걸 알게 되었다. 그래서 뒤를 캐기 시작했다.

"아니나다를까였습니다. 아내가 삼십 대 중반의 체구가 퍽 건장한 남자와 호텔방으로 들어가는 걸 미행했습니다. 정말 그때는 따라들어가서 아내도 그 남자도 죽이고 싶었어요. 그렇지만 너무 젊은 여자를 아내로 맞아들인 나한테도 문제가 있다고 내 자신을 다독였습니다."

그후로 지금까지 최광석 씨의 부인은 남편이 알고 있다는 것도 모른 채 그 남자와 만난다고 했다. 남편이 그 남자의 신상 명세서까지 알고 있는데도 말이다. 최광석 씨는 지금 그 상대도 유부남이니까 오래 가지는 않을 테지, 모르는 척 눈감아 주면 언젠가는 되돌아오겠지 하는 심정으로 기다리고 있다고 말했다.

"사람들이 알면 '병신'이라고 손가락질하겠지만 전 아직도 아내를 사랑합니다. 그래서인지 더욱 밉습니다. 사실 어떤 때는 아내도 아이들도 죽이고 저도 따라 죽고 싶을 때가 너무 많습니다. 제가 어떻게 했으면 좋겠습니까?"

　결혼한 지 10년째인 허승규(37) 씨도 옛애인을 만나는 아내를 어떻게 했으면 좋겠느냐고 전화를 걸어왔다.

　허승규 씨는 누가 물어 봐도 당당하게 대답할 수 있을 만큼 그 동안 아내와 아이들을 위해 성실하게 열심히 살았다고 한다.

　"하루도 편히 쉴 틈 없이 열심히 일했습니다. 그런데 아내가 나를 배신한 겁니다. 옛애인과 바람을 피웠어요."

　지난해 8월 어느 날이었다고 한다. 아내가 부쩍 외출을 자주하고 귀가 시간도 날이 갈수록 늦어지자, 허승규 씨는 참다 못해 아내에게 다그쳐 물었다. "도대체 어느 놈팽이와 어울리다 이제 오느냐?"고. 그러자 아내는 오히려 목소리를 높이며 의부증에 걸렸다며 대들더란다.

　허승규 씨는 그때, 심증은 있었으나 물증은 없었기 때문에 그냥 넘어갔다. 그리고 일 주일이 지났을 때쯤, 아내가 급히 서울에 갈 일이 생겼다며 공항으로 떠났다. 무엇인가 짚이는 게 있어서 공항으로 전화를 해 예매 상황을 알아보았다.

　"예상했던 대로였습니다. 외간 남자와 동행이더군요. 그런데 남자 이름이 어디서 많이 들어본 듯 낯설지 않았습니다. 찬찬히 생각해 보니까 아내가 저와 결혼하기 전 친구처럼 만났다던 그 남자 이름이더군요."

　아내가 서울에서 돌아오자 화를 참지 못하고 몇 대 때렸다고 한다. 그때는 이혼도 불사할 정도로 너무나 분하고 치가 떨렸다. 그런데 아내가 짐을 싸서 나가 버렸다.

　"아내는 지금 친척집에서 살고 있습니다. 잘못했다는 소리 한마디 없이 애들도 버려 두고 들어올 생각을 안 합니다. 당

장이라도 이혼하고 싶지만 아이들이 걸려서 마음을 못 잡고
있습니다. 그렇다고 이대로 사는 것도 두 사람 모두에게 좋을
게 없을 것 같고…… 어떻게 해야 좋을지 모르겠습니다."

40대 가장인 이기석 씨는, 아내의 외도 때문에 너무 고민하
다 원형탈모증에 걸렸다고 처량한 자신의 사연을 하소연해
왔다.

초등학교에 다니는 아이들이 둘인 이기석 씨는 집안 형편
이 넉넉한 편이 아니어서 부업을 하겠다는 아내의 뜻을 말없
이 따랐다고 한다. 중소기업체에 다니는 자신의 벌이가 신통
치 않아 큰소리 한 번 제대로 치지 못했던 그는, 그래도 함께
벌면 낫지 않겠느냐는 아내가 처음에는 고마웠다.

"봉제가공된 옷에 단추를 다는 일이었는데 재미있어 하더
군요. 그런데 몇 달 전부터 그 봉제공장 사장과 사이가 이상
해진 눈치였어요. 직원들을 두고 그 사장이 직접 물건을 갖다
주는 것도 그렇고, 남의 부인과 뭐 그리 할 얘기가 많다고 몇
시간씩 머물다 가는 것도 이해할 수 없었습니다. 더구나 아내
가 나한테도 하지 않는 속깊은 얘기를 그 사람에게 했다는
사실을 알고는 기분이 나빴습니다. 그래서 심하게 다투었지
요."

그후, 이기석 씨는 하루도 조용한 날이 없을 정도로 부부
싸움을 자주 했다고 한다. 감정의 골이 깊어질밖에. 결국 그
해결책으로 방을 따로따로 쓰기로 했고, 관계가 더욱 악화되
자 이기석 씨는 옆집으로 거처를 옮겼다. 별거를 하는 셈이
다.

"그런데 그렇게 산 이후로 아내의 외출이 더 잦아졌습니다.
봉제공장 사장과의 관계가 아무래도 의심이 가서 경찰에 신

아버지가 변하면 세상이 변한다!

고를 했더니, 간통하는 장면을 사진으로 찍어오라더군요. 직장을 때려치우고 매일 아내 뒤를 캘 수도 없고 어찌 해야 좋을지 정말 눈앞이 캄캄합니다."

모두들 아내의 외도를 알면서도 아이들 때문에 이혼이 두려워 눈감아 주고 있거나 속만 끓이고 있는 형편들이었다.

왜 그렇게까지 되었을까? 앞서도 말한 '애인 신드롬'은 많은 것을 시사한다.

사실, 텔레비전 드라마나 소설들의 경우, 아무 문제 없는 유부녀나 유부남이 운명적인 사랑에 빠져 괴로워하는 경우가 다반사이다. 자신들의 의지로는 어쩔 수 없었다는 논리 아닌 논리로 그런 사랑을 미화하는 것이다.

하지만 생각해 보라. 남편에 대한 사랑이 차고 넘치는데 다른 남자가 보이겠는가. 아내가 너무너무 사랑스러워 한입에 삼키고 싶은데도 다른 여자와 사랑에 빠지겠는가.

성급한 말 같지만 결론은 하나이다. 문제가 있었다는 얘기이다. 무엇인가 남편이나 아내만으로는 채워질 수 없는 빈 공간이 있었기에 다른 누군가를 향해 마음의 문을 연 것이다.

내 아내만은······

〈아버지의 전화〉를 받으면서 필자가 느낀 점 한 가지는, 아내의 외도로 문제를 호소해 오는 아버지들의 거의 대부분이 그럴 만한 환경이나 원인 제공을 했다는 점이었다. 아내의 외도로 고통받고 있는 남성들의 경우, 그들이 바로 아내를 밖으로 내몬 장본인들이라는 것이다.

그러나 그들 대부분은 그런 사실을 자신의 문제로 먼저 받아들이기보다는 '어떻게 내 아내가 그럴 수 있는지 이해할 수 없다'는 반응들이었다. '내 아내만은 그러지 않으리라고 믿었다'는 남자들, 그래서 허탈감과 상처가 더 깊을 수밖에 없다.

하지만 아무리 접어 두고 생각한다 해도, 남편과 아내가 서로 열렬히 사랑하는데도 문제가 생길 수 있을까. 열렬히는 아니더라도 부부 생활이 정상적으로 유지되는데도 문제가 발생한다면 그게 오히려 이상한 일일 것이다.

김성택 씨의 전화 역시 그 점을 확인해 주는 내용이었다.

올해 48세라는 김성택 씨는 3주일 전 어느 날, 심부름 센터에서 보내 온 녹음 테이프 다섯 개를 받아 들고 무척 고민을 많이 했다고 한다. 아무래도 아내의 행동이 미심쩍어 심부름 센터에 2백만 원을 주고 전화 도청을 의뢰했던 것이다. 손이 떨리고 가슴이 두근거렸지만, 그래도 혹시나 하는 기대를 버리지 못하고 김성택 씨는 스위치를 눌렀단다.

"친구들끼리 수다를 떠는 내용이나 들어 있으면 더 이상 바랄 것이 없겠다고 생각했습니다. 그러나 테이프가 돌아가는 순간 너무나 비참해서 죽고 싶은 생각밖에 없었습니다. 기가 막혀서 심장이 벌렁벌렁하더군요. 아내가 20대 초반의 남자에게 꼬박꼬박 존대말을 쓰고, 5천만 원이 필요하다는 남자의 요구에 '설마 그 돈 주면 날 버리려는 건 아니겠지' 하는 소리에는 더 이상 들을 용기가 나지 않았습니다."

며칠을 고민하던 끝에 아내에게 그 테이프 다섯 개를 갖다 주었다. "이게 뭐 냐?"며 신경질적인 반응을 보이던 아내는, 그래도 양심은 있었는지 얼굴색이 금방 변하더란다. 그러고는 두 말도 안 하고 "당신이 알아서 하라"고 했다.

김성택 씨는 아내의 그 말에 온몸의 힘이 빠져 마루에 털썩 주저앉았다고 한다. 아이들을 생각해서라도 잘못을 뉘우치고 다시는 그러지 않겠다고 무릎이라도 꿇고 빌기를 바랐는데, 두 말도 않고 당신이 알아서 하라니. 김성택 씨는 결혼 18년 만에 처음으로 아내의 뺨을 한 대 때렸다. 그러고는 집을 나와 무작정 고속버스 터미널로 갔다. 그대로 있다가는 무슨 일을 저지를 것만 같았기 때문이다.

고속버스 터미널에서 아무 정신없이 산 버스표는 강릉행이었다. 신혼여행의 추억이 서린 곳이었다. 그 시절엔 제주도가 최고의 신혼여행지였지만 넉넉한 형편이 아니어서 강릉에서 며칠을 묵었던 것이다. 그때, 둘만의 첫밤을 보내면서 행복해하던 추억이 김성택 씨의 마음을 약하게 만들었다.

"모든 게 내 잘못이라는 생각이 들더군요. 회사일에만 매달려서 아내가 무슨 생각을 하는지도 모르고 살았던 게 후회가 되었습니다. 지방 출장이니 회식이니 하면서 어떤 땐 한 달에 한 번도 관계를 하지 않았다는 게 생각나더군요. 그때까지는 그런 것도 잊은 채 오직 일에만 빠져 살았거든요. 이혼도 생각해 봤지만 내 잘못이 더 큰데 하는 생각에 아내를 용서하기로 마음먹고 서울로 돌아왔습니다. 그런데 아내가 없었습니다. 7천만 원짜리 저금통장 하나를 들고 집을 나가 버린 거예요."

그후로 지금까지 김성택 씨는 아내가 갈 만한 데를 모두 찾아다녔다고 했다. 그러나 어디에 숨었는지 그림자도 밟을 수가 없단다.

"공연히 심부름 센터에 알아봐 달라고 부탁한 건 아닌지 후회도 많이 했습니다. 아이들도 눈치를 챘는지 지 엄마 얘기는 한마디도 안 하고, 요즘은 아예 공부도 안 하는 것 같아요. 돈만 많이 벌고 출세만 하면 모든 것이 해결될 줄 알았는데. 회사에는 몸이 아파서 쉬어야겠다고 휴직계를 내놨지만, 지금 같아선 딱 죽고 싶은 마음밖에 들지 않습니다."

그러면서 김성택 씨는 그 동안 가정이 소중하다는 걸 모르고 살았던 자신이 너무나 미련스러워 발등을 찍고 싶다고 했다.

김성택 씨의 경우처럼 아내를 성춘향이쯤으로 생각하다 가정이 망가지는 경우가 비일비재하다. 여자도 인간인데 회사일을 핑계로 3개월에 한 번, 혹은 일 년에 한두 번 관계를 한다면 어떤 여성이 그것을 감내하고 살 것인가. 거의 대부분 실의에 빠지고 결혼 생활 자체를 후회할 것이다.

나이가 들어서도 가정에 충실해야 한다는 것은 만고불변의 진리라고 생각한다. 부부 관계 역시 마찬가지라고 생각한다.

필자의 친구 중에는 술을 마시다가도 농담 반 진담 반 "오늘은 의무 방어전을 치르는 날이야" 하면서 가정으로 돌아가는 친구가 있다. 일 주일에 두 번 날을 정해서 관계를 한다는 그들 부부는 언제나 혈색도 좋고 표정도 밝다. 물론 잉꼬부부로 널리 소문난 지는 오래이다.

결혼을 한 남자라면 어떻게 하든 아내를 행복하게 해줘야 할 의무가 있다. 그런데 그런 의무 수행은 등한시한 채 권리만 찾는다면 아내가 느끼는 상대적 박탈감은 더욱 크지 않겠는가. 아무리 착한 아내라도 언젠가는 삶에 회의를 느끼고, 심하면 밖으로 나돌게 될 수도 있을 것이다.

행복한 가정을 만드는 것은 한편으로 생각하면 굉장히 어려운 일 같지만 그러나 가장 쉬운 일일 수도 있다. 몸으로 또 마음으로 사랑을 표현한다면, 그 가정에 불행의 어두운 그림자가 드리워지는 일은 절대 없을 테니까 말이다.

아내가 또 집을 나갔어요

결혼한 지 5년이 되었다는 윤성민 씨는 2년 전부터 시작된 아내의 가출에 밤잠을 못 이룬 지가 오래되었다고 털어놨다.

"벌써 여덟번째입니다. 한 번 가출하면 보통 보름 정도 어디에서 있다 오는지, 어딜 갔다왔는지 아무리 잡고 물어도 대답을 안 해요."

부부 관계는 정상적으로 이루어지느냐는 필자의 질문에 윤성민 씨는, 자신이 생각할 땐 아무 이상이 없는 것 같다고 대답했다.

"큰아이는 유치원에 다니니까 그래도 괜찮지만, 이제 10개월 된 둘째는 시골 할머니한테 보냈습니다. 아내가 돌아오면 또 찾으려 가야겠지만……."

가정이 그러다 보니 6천만 원짜리 전세에서 4천만 원짜리로 옮겨야 했고 생활도 말이 아니다. 아내가 가출하고 나서 회사에 다니랴, 아이들 돌보랴, 살림하랴, 몸이 열 개라도 모자랄 정도다.

그래서 얼마 전엔 참다 참다 못해 이혼하자고 단도직입적으로 말했다. 시골 어머니도 그렇고 형제들도 왜 그런 여자와 사느냐고 성화가 하늘을 찔렀지만 그래도 고치겠지, 고쳐지겠지 하는 일말의 희망을 갖고 있었던 게 사실이었다.

"그 말 한마디 때문에 난리가 났었습니다. 돈 좀 벌어 볼려고 일자리를 알아보러 다녔는데 무슨 이혼이냐고, 동네가 시끄럽게 고래고래 소리를 지르고…… 절대 이혼은 못해 주겠답니다. 그렇게 한바탕 소란을 피우더니 며칠 뒤에 또 집을 나간 겁니다."

윤성민 씨는 아무래도 아내가 남자 때문에 집을 나가는 것 같다고 말했다. 결혼 전에 남자 관계가 복잡하다는 걸 알고 있었지만 그래도 결혼을 하면 마음을 잡을 것이라고 믿었단다.

아이들은 이제 엄마를 찾지 않는다고 한다. 오랜만에 집에 들어와도 옆에 가지 않으려고 한단다. 그럴 때마다 아내는 "애새끼들이 지네 아빠 닮아 그렇다면서" 신경질을 부리고 아이들을 때린단다.

"결혼이란 게 이런 거라면 누가 결혼하겠습니까. 정말 하늘이 원망스럽고, 어쩔 땐 모든 것을 다 때려부수고 싶습니다. 무엇보다 아이들이 너무 불쌍하고 안됐습니다."

결국 윤성민 씨는 울음을 터트렸다. 그러고는 부끄럽고 창피해서 얼굴을 들 수가 없다며 흐느끼더니 전화를 끊어버렸다.

윤성민 씨는 아내의 가출 이유를 옛날 남자들과의 불륜 때문이라고 추정하고 있었다. 그럴 만한 이유로 결혼 전 복잡한 남자 관계를 들었다. 물론 확실한 증거를 잡지 못해 이혼을 하고 싶어도 못한다고 털어놓기는 했지만 말이다.

그런데 우리 주변에는 윤성민 씨처럼 무엇 때문에 가출을 했는지 짐작조차 하지 못하고 정신적·육체적으로 괴로워하는 남편들이 적지 않다. 차라리 왜 가출을 했는지 이유라도 안다면 속병은 생기기 않으리라는 것이 그런 남편들의 한결같은 호소였다.

성동구에 사는 이응선 씨 역시 아내가 왜 가출을 했는지 모르는 남편 중의 한 사람이다.

올해 서른여섯 살인 이응선 씨는 아내가 왜 가출을 했는지 전혀 그 이유를 모른다고 하소연했다. 통장도 가지고 갔고, 아이들(초등학교 2학년, 4학년)도 데리고 갔다고 한다.

"아이들을 학교에 보내야 할 텐데 걱정입니다. 어떻게 해야 찾을 수 있을까요?"

이응선 씨는 처가에서는 아내가 어디로 갔는지 알고 있는 눈치 같다고 말했다. 그런데도 시치미를 떼고 전혀 입을 열지 않는단다.

"제가 생각할 땐 우리 부부 사이엔 특별한 일이 없었습니다. 십 년 넘게 남들 하는 대로 그렇게 살아왔다고 생각합니다. 아내가 얼마 전 언니에게서 돈을 빌렸다는 사실은 알고 있습니다. 그 돈을 어디다 썼는지는 모릅니다. 어쨌든 그런 이유로 집을 나간 것인지, 아니면 제가 싫어서 나간 것인지……."

이응선 씨 역시 말을 하다 말고 흐느끼는 등 자신의 감정을 쉽게 제어하지 못하는 상태였다.

사실 요즘 들어서는 아내들의 가출이 사회 문제가 될 정도로 심각한 것만은 사실이다. 도박으로, 외도로 또는 경제난이나 우울증 등 그 이유는 우리들이 생각하지 못할 정도로 다양하며 복잡하다.

얼마 전까지만 해도 여자들의 가출 이유의 첫번째는 남편의 외도와 경제적 이유 때문이었다. 아이들을 데리고 먹고 살 수가 없어 돈을 벌기 위해 가출했던 것이다. 그러나 요즘 여자들은 그런 이유보다 '나만의 인생을 살고 싶다'는 이유로 가출을 한다고 한다. 물론 그 동안 가정이 따뜻한 안식처가 되어 주지 못했기에, 나만의 인생이란 게 송두리째 파괴되었다고 느꼈기에 그런 이유가 설득력을 갖는지도 모른다. 그런 이유가 주부 우울증의 원인이 되고 있다는 것도 주지의 사실이다.

이유야 그럴 듯하지만 그러나 그게 바람직한 현상인가에 대해서는 생각해 봐야 한다. 결혼과 연애는 다르다. 연애할 때야 싫으면 억만금을 준다 해도 헤어질 수 있고, 그건 죄가 아니다. 합의 이혼이라면 할말은 없다. 서로 더 이상은 함께 산다는 게 무의미하다면야 같이 사는 게 고역일 것이다. 그런 경우 아이들이며 기타 처리해야 할 문제들이 그래도 깔끔하게 정리된다고 할 수 있다. 그런데 문제는 더 이상은 한시도 같이 살 수 없다는 이유만으로 도망(가출)가는 것이다. 마치 가정에서 나가기만 하면 모든 것이 해결된다는 듯한 모습이다.

가출한 아내가 법원에 이혼소장을 내서, 이의신청을 하지 않으면 자동적으로 이혼이 기정사실화될 처지에 놓였다며 전화를 해온 사례를 살펴보자.

동작구에 사는 성찬호 씨는 중학교 일학년과 이학년짜리 아들 둘을 둔 40대 가장이다. 재작년까지만 해도 사업이 잘되어 중상류의 생활을 해왔는데, 불경기가 계속되면서 고전을 면치 못하다가 결국 부도를 내고 말았다. 그런데 문제는 거기서 끝나지 않았다. 빚쟁이들이 들이닥쳐서 집 안을 쑥대밭으로 만들기를 몇 차례, 그 와중에 아내가 천오백만 원을 들고 가출했다고 한다.

"몇 년 전부터 아무리 노력해도 사업이 잘 풀리지 않아 가정에 소홀한 것만은 사실입니다. 여기저기 뛰어다니느라, 거래처 사람들과 술 한잔 하느라 정시에 퇴근해서 들어온 적이 거의 없었지요. 하지만 바람 같은 건 한 번도 피우지 않았습니다. 그건 정말 하늘에 맹세해도 좋습니다. 그런데 아내는 그렇게 생각하지 않은 모양입니다. 게다가 사업이 거덜나서 집까지 빚쟁이들한테 내주고 전세로 옮긴 뒤부터는 살기가 싫다고 입버릇처럼 말하더니……."

처음 아내가 집을 나간 날, 성찬호 씨는 안타까운 마음으로 아내가 다시 집으로 들어오기만을 기도했다고 한다. 그런데 한 달여 뒤 법원으로부터 아내가 이혼소장을 냈다는 통고가 왔다. 이미 이혼 결정이 났으니 이의가 있으면 신청하라는 명령서도 함께 들어 있었다.

"제 얘기를 얼마나 나쁘게 했으면 제 의사는 들어보지도 않고 이혼 결정이 났겠습니까. 그렇지만 처가에서도 이혼은 안 된다고 하고, 제가 생각하기엔 이혼은 집사람의 본심은 아닌 것 같습니다."

성찬호 씨는 한편으론 아내에게 다른 남자가 있으리라는 가정도 해보았다고 한다. 하지만 아무리 생각해도 외도나 할 그런 사람은 아니라는 생각이 아직도 지배적이라고 한다. 그러면서 어떻게 했으면 좋겠느냐고 물어왔다.

성찬호 씨의 전화를 받으면서 문득, 이렇게 가다가는 가정이란 소중한 울타리가 모두 허물어지는 게 아닌가 하는 생각이 들었다. 예전에는 어떤 이유로도 쉽게 허물어트릴 수 없는 게 가정이란 성이었는데, 지금은 사소한 이유로도 모래성처럼 쉽게 무너져 내린다. 사람들의 생각이 그만큼 짧아진 것인지, 혹은 우리의 삶에 사랑이란 게 고갈되어 버렸는지, 답답할 뿐이다.

차라리 이혼이라도 했으면……

차라리 이혼이라도 했으면 속이 시원하겠다는 남편들이 있다. 도박을 하다가 혹은 다른 남자와 외도를 하다 집을 나간 뒤 행방이 묘연한 아내 때문에 인생이 망가진 남편들의 하소연은, 불과 수십 년 전 우리 어머니들의 가슴을 짓이겼던 그 사연들을 다시 듣는 듯한 묘한 여운을 남긴다.

남편에게 버림받고 자식들을 키우며 살아 보겠노라 고생했던 어머니들의 이야기는 주변에서 흔히 듣는 이야기 중의 하나였다. 그로 인해 '홧병'이라는 우리 나라에만 있다는 병으로 지금도 고생을 하는 어머니들.

그러나 지금은 남자들에게도 그 '홧병'이란 게 유행처럼 번지고 있다. 직장에서의 스트레스며 명예 퇴직·조기 퇴직에 대한 불안감, 여기에 가정에서의 말못할 고민들이 요즘 남자들로 하여금 '홧병 클리닉'을 찾도록 만드는 것이다.

강동구에 사는 박춘성 씨는 가슴이 답답하다 못해 금방이라도 미칠 것 같다며 자신의 처지를 하소연한 사례다. 병원을 찾자니 주위 사람들에게 금방 자신의 처지가 탄로날 것 같고,

아무 소리 안 하자니 가슴에서 불이라도 날 것 같아 전화를 했다고 한다.

박춘성 씨는 딸 하나를 둔 서른일곱 살의 가장이다. 고등학교를 졸업하고 취직한 중소기업체에 지금껏 다니고 있다고 한다. 나름대로는 열심히 일하고 있지만 언제나 대학을 졸업한 사람들에게 밀려 만년 과장으로 있다. 회사가 작다 보니 월급이 많지 않아 세 식구가 살기에도 빠듯하지만 기술도 없고 학벌도 없어 다른 일을 한다는 건 생각지도 못했다고 했다.

"아내가 바가지를 좀 심하게 긁긴 했지만 그러려니 했습니다. 잘나지도 못하고 돈도 못 버는 남편 만나 고생하는 그 사람이 불쌍했기 때문입니다. 그런데 지난해 여름부터 어째 행동이 수상했지만 처음에는 답답해서 그런가 보다 하고 가볍게 생각했지요."

박춘성 씨는 아내가 친구들과 어울려 시간죽이기 고스톱이나 치려니 생각했다고 한다. 그래서 집안꼴이 엉망이어도 아무 소리 안 했다. 그런데 귀가 시간이 점점 늦어지던 작년 11월 초 어느 날 아내가 외박을 했다. 아무래도 낌새가 이상해서 아내 몰래 뒤를 캤다.

"정말이지 처음에는 내 귀를 의심했습니다. 도박에 빠진 것은 물론이고, 도박장에서 만난 남자와 바람을 피우고 있었어요. 게다가 천팔백만 원짜리 전세방을 담보로 도박장에서 천만 원을 잃었다는 사실도 알아냈지요. 너무나 어이가 없고 기가 막혀서 손찌검을 했습니다. 당장 이혼하자고 악을 썼지요. 그랬더니 뭘 잘했다고 곧바로 집을 나가버리지 뭡니까."

그날 이후 지금까지 박춘성 씨는 하루도 마음 편히 자본 일

아버지가 변하면 가정이 변한다

이 없다고 했다. 어디에 있는지 알기만 하면 당장 달려가서 죽이고 싶다고도 했다.

"처음에는 딸아이가 너무 불쌍해서 이혼만은 안 하려고 했습니다. 그렇지만 나중에 커서라도 제 엄마가 어떤 행동을 했는지 알면 충격을 받지 않겠습니까. 그래서 하루라도 빨리 이혼하는 게 낫다고 결심했어요. 하지만 합의해 줄 당사자가 없으니 정말 답답해 미칠 지경입니다."

중구 신당동에 사는 김일문 씨 역시 아내와의 이혼을 원하고 있지만 당사자가 어디에 있는지 몰라서 이혼을 못하고 있다.

30년 넘게 고미술품을 수집해서 판매해 오고 있는 김일문 씨는 고미술품 수집이 경제수단이기도 하지만 취미이기도 해서 푹 빠져 살았다고 한다.

"집안일에 신경을 못 쓴 건 저도 인정합니다. 한달에 20일은 지방을 돌아다니며 미친놈처럼 고미술품에 매달렸으니까요. 그렇지만 이건 너무한 것 아닙니까……."

어느 날, 김일문 씨는 지방에서 열흘 만에 돌아와 찾을 게 있어 옷장을 뒤지다 아내의 여권을 발견했다. 펼쳐 보니 안 갔다 온 곳이 없을 정도로 해외여행을 많이 다녔다. 대체 누구랑 무슨 돈으로 다녔는지 아무래도 미심쩍어 판매용이 아닌 보관용으로 장롱 깊숙이 넣어 둔 미술품의 유무를 확인했다. 시가 이천만 원이 훨씬 넘는 물건이 보이지 않았다. 정신을 수습하고 다른 물건도 없어졌나 확인해 보니 값나가는 것 십여 점이 더 없어졌다.

"그때는 세상이 노랗게 보이더군요. 들어오기만 하면 사생결판을 내려고 기다리는데 안 들어오더군요. 아내 친구들을 모두 찾아다녔습니다. 처음에는 미적미적 얘기를 안 하더니, 아내가 어떤 남자와 동거를 하고 있다고 털어놓더군요. 그러니까 내가 평생 모은 미술품들을 팔아서 그놈과 해외여행을 다니고 살림도 차린 겁니다."

김일문 씨는 이제와서 아내와의 관계를 수습하는 건 자신 없다고 말했다. 그건 아내도 마찬가지일 것이라고 덧붙였다. 어디에 있는지 알기만 하면 조용히 이혼을 하고 싶은데 사는 곳을 모르니 속에서 불길이 확확 치솟는다고 했다.

"체가 남편 노릇을 못했으니 할말은 없습니다. 그렇지만 수십 년 동안 공들여 모은 미술품들은 찾고 싶습니다. 제 생각에는 아직도 몇 점은 아내가 가지고 있는 것 같은데, 그 물건을 찾을 길은 없을까요?"

사실 여자들은 남자가 바람을 피우면 쉽게 자신보다는 남자 탓을 한다. 그리고 사회도 그것을 묵인해 왔다. 아내가 잘못해서 그런 것보다는 남자의 바람기가 발동했다고 보는 것이다. 그러나 여자가 바람을 피우거나 집을 나가면 사람들은 여자보다는 당사자인 남편을 더 탓한다. 남자가 오죽 못났으면에서부터 밤일을 잘못 했으리라는 둥 혹은 무능했으리라는 둥, 남편의 상처에 소금 역할을 한다. 그러니 어느 누가 그런 얘길 주변 사람들에게 할 수 있겠는가.

남편이 바람을 피워도, 돈을 못 벌어도 묵묵히 가정을 지키며 살았던 우리네 어머니들의 인고를 지금 이 자리에서 이야기한다면 시대착오적인 발상이라며 돌팔매질을 당할지 모르겠다. 그러나 우리네 어머니들은 인간 이하의 대우를 받으면서도 가정을 박차고 나간다는 생각은 꿈에도 하지 않았던 게 사실이다. 사회가 요구하고 억압한 면도 적지 않아 있지만 가정을, 아이들을 버릴 수 없었던 지극한 모성애 때문이 아니었을까.

모성애가 사라진다면 전통적인 의미에서의 가정은 설 자리를 잃을 게 뻔하다. 가정이 올바르게 자리잡지 못한 사회가 건강하게 지탱되리라고 믿을 사람은 없을 것이다.

가정이란 남편과 아내가 서로의 정신과 육체를 조금씩 죽이며 집을 짓는 것이라고 생각한다. 일방적인 희생이 아닌 상호간의 희생이 없다면 온전한 집을 지을 수 없다. 부모가 된다는 것도 마찬가지이다. 자식을 위해 나의 정신과 육체를 희생하는 것이다.

그러나 요즘은 희생은커녕 받는 만큼도 주지 않으려고 한다. 오직 더 많이 받기만을 원한다. 그래서 문제가 발생하고, 자칫 가정이 순식간에 파탄나는 게 아닐까.

생각을 바꿔서 받는 만큼이 아닌 내가 줄 수 있는 것 이상을 준다고 해보자. 받기 위해서가 아닌 주는 것에 목적을 두어 보자. 그런데도 상대가 계속 받기만을 원할까. 그렇지 않으리라고 본다. 넘치면 흘러넘치는 게 인과다. 되돌아오게 되어 있다. 더 많이 돌아온다. 그런 삶에는 윤기가 흐른다. 행복하다.

아내나 남편의 허물은 곧 내 자신의 허물이다. 나의 허물로 인해 아내나 남편의 행동이 빗나간다. 그렇게만 생각한다면, 먼저 내 허물을 알고 고치려고 노력한다면 우리 가정은 행복해지지 않을까.

요즘 남자들 밤이 무섭다는데

"아내가 성적으로 만족하지 못하는 것 같다", "관계를 가진 지 일 년이 넘었다", "나이 때문인지 더 이상 관계를 가질 수 없다", "아내가 관계를 거부한다" 등등 〈아버지의 전화〉에는 부부 관계와 관련된 전화가 많이 걸려 온다. 이 가운데 이혼을 생각한다는 고민이 50퍼센트를 넘는다. 또한 아버지들의 전화임에도 불구하고 주부들이 남편의 성적 능력에 의심을 품거나 불만을 토로하는 전화를 예상외로 많이 걸어 온다. 30~40대 부부의 이혼 사유가 성격(性格) 차이가 아닌 성적(性的) 차이임을 증명해 주고 있는 것 같다.

밤마다 다른 여자와의 동침을 꿈꾼다는 소동철 씨의 사연을 들어보자.

소동철 씨는 경기도에서 노래방을 경영하고 있는 45세된 남자이다. 결혼한 지 올해로 18년째, 아내는 그보다 세 살이 적은 42세이다.

"40대가 되면 남들은 여자보다 남자가 관계갖기를 꺼려 한다는데 저희집은 반대입니다. 정력에 좋다는 약 같은 건 한 번도 먹어 본 적이 없는데 제가 더 부부 관계에 적극적이죠. 그러나 아내는 아이 둘을 낳은 후 급속도로 몸에 살이 붙어 감각도 상당히 무디어지고 귀찮아합니다. 여러 가지 방법으로 접근해도 호흡을 맞추지 못합니다. 어쩔 때는 노골적으로 거부해서 내가 전혀 만족을 주지 못하는 건 아닐까 비참하기까지 합니다.”

그러다 보니 슬며시 다른 여자 생각이 나기 시작했다고 한다. 좀더 젊고 날씬한 여자와 자고 싶은 충동도 생기고, 남자답다는 걸 확인받고 싶은 유치한 자존심도 발동하더라는 것이다.

“그렇지만 저만 믿고 살아온 아내와 아이들을 생각하면 그런 상상을 했다는 것만으로도 죄책감에 괴롭습니다. 하지만 밤마다 잠을 못 이루며 괴로워하는 것도 하루 이틀이고, 이런 저의 욕구를 어떻게 해소했으면 좋겠습니까?”

부부 사이에서 가장 노력해야 할 부분이 바로 성적인 문제라고 생각한다. 그러나 우리 나라 사람들이 가장 무지하고 또 공부할 생각도 하지 않는 게 바로 이 성이라면, 그래서 이혼 사유 상위권에 올라 있다면 당연히 각성하고 노력해야 되는 것이 아닐까.

하지만 우리 사회에서 성적인 문제는 아직도 금기 사항 중의 하나이다. 때문에 드러내 놓고 말할 수 있는 사람은 드물다. 자칫 사람들로부터 경계의 대상이 되기 쉽기 때문이다. 그래서 음성적인 거래가 활기를 띠고 있다면 너무 과장된 이야기가 될까.

아내에 대한 콤플렉스로 정상적인 부부 관계가 거의 불가능한 사람의 사례를 하나 들어보자.

아버지가 변하면 세상이 변한다!

　김기만 씨는 건설회사 소장으로 근무하고 있는 40대 남자이다. 그런데 그는 집안 형편이 어려워 중학교만 간신히 졸업할 수 있었다고 한다. 항상 학력에 대한 콤플렉스로 고민하던 그는 결혼할 여자만큼은 많이 배운 여자를 선택하고 싶어 학력을 속이고 대학을 나온 여자와 결혼했다. 그렇지만 결혼 후 얼마 안 가 모든 게 들통이 났다.

　"아내가 그 사실을 알게 된 순간 하늘이 노래지더군요. 정말이지 쥐구멍이라도 있으면 들어가서 다시는 나오고 싶지 않았습니다. 그런데 의외로 아내는 많이 배운 사람답게 저를 이해하고 용서해 주었습니다. 그런 아내가 너무나 고맙고 사랑스러워 더욱 열심히 일하고 가정에도 충실했습니다."

　그러나 그의 머릿속 한 구석에는 아내가 자기를 무시하고 있는 건 아닐까 하는 생각이 떠나지 않았다고 한다. 아무리 아내가 잘해 주고 자신 역시 가정에 충실한 남편으로 열심히 살아가고 있었지만 알게 모르게 아내의 눈치가 보였단다. 그래서인지는 몰라도 왠지 나이가 들수록 아내와의 잠자리가 잘되지 않았다고 한다.

　"더 잘해 줘야지 하는 생각 때문인지 자꾸 실패만 했어요. 그래서 지방 출장을 가서 일부러 술집 여자와 관계를 했었습니다. 잘되었어요. 다른 여자와는 잘되는데 아내와는 절대 안 되니…… 결국 아내를 사랑하면서도 다른 여자와 관계를 갖는 모순을 범하곤 했지요."

　그러던 어느 날 김기만 씨는 아내가 다른 남자와 바람을 피운다는 사실을 알았다. 남편이 바람을 피운다는 사실에 화가 난 아내가 맞바람을 피운 것이다. 김기만 씨는, 남자가 바람 좀 피웠기로서니 여자가 어디 외간 남자와 정을 통하느냐고

아버지가 변하면 가정이 변한다

윽박질렀다. 아내 역시 더 이상은 참을 수 없다면서 강하게 나왔다. 함께 살아야 할 이유가 없으니 이혼하자고.

"생각해 보니 제 잘못이 더 컸습니다. 하지만 아내와의 잠자리는 회복될 것 같지 않으니 그게 고민입니다."

김기만 씨처럼 우리 주변에는 아내에 대한 콤플렉스로 부부 관계가 정상적으로 이루어지지 못하는 부부가 많다고 한다. 마치 주눅이라도 든 것처럼 아내 앞에만 서면 자신이 한없이 초라하고 왜소해 보이니, 밤일이 제대로 될 리가 있는가. 일반적으로 '조루'라고 하는 증상이 나타나는데, 중요한 건 대체로 아내 이외의 여자에게는 그런 현상이 나타나지 않는 경우가 많다는 사실이다. 결국 남편의 조루 증세는 아내가 어떻게 하느냐에 따라 고쳐질 수도, 영원히 그 상태로 고착되어질 수도 있다는 얘기이다.

그러나 대부분의 여자들은 남편이 그런 증세를 보이면 실망하고 쉽게 남편을 무시하는 태도를 보인다고 한다. 그럴수록 남편을 다독이고 성공할 만한 분위기를 마련하여 용기를 북돋워 주는 것이 아니라 드러내 놓고 비아냥대는 아내들도 적지 않다는 것이다. 그럴 경우 결과는 뻔한 것이 아닌가. 아내를 보는 게 두려워 집에 가는 시간을 한 시간 두 시간 늦추게 되고, 잘못 발을 디디면 바람을 피우는 건 시간 문제가 된다. 여기에 아내까지 맞바람을 피운다면 종착지는 불을 보듯 뻔하다.

남편의 노력 역시 중요하다. 먼저 병원을 찾아가 원인이 무엇인지 알아보고, 치료할 방법을 찾도록 노력해야 한다. 육체적인 게 원인이라면 의사를 믿고 치료를 받아야 한다. 심리적인 게 원인이라면 정신과 치료를 받아야 한다. 그걸 부끄럽거나 창피하게 여기고 병원을 찾지 않거나 다른 방법으로 해결할 생각을 한다는 건 백번 양보해도 위험 천만한 일이 될 수밖에 없다.

사실 조루와 같은 증상은 심리적인 데 원인이 많다고 한다. 특히 부인과의 관계가 원만하지 못한 사람들에게서 많이 나타난다고 한다. 그럴 경우 한두 번의 실패에 낙심을 해서는 안 된다. 먼저 잘해야겠다는 강박 관념을 버리고, 무엇보다 아내와의 관계부터 개선해 나가야 한다고 생각한다. 중요한 건 마음이다.

〈아버지의 전화〉에 용기를 내어 전화를 걸었다는 윤옥자 씨의 사례를 살펴보자.

29세인 윤옥자 씨는 결혼한 지 4년째 되었다. 그런데 결혼한 그날 밤부터 지금까지 마음 편한 날이 단 하루도 없었다. 조루 증세가 있는 남편 때문이다.

"삽입한 지 일 분도 못 되어 사정을 해요. 사실 신혼 초에는 뭔지 모르고 살았습니다. 그러려니 했어요. 그런데 날이 갈수록 남편이 빗나가는 거예요."

처음에는 새벽 한시가 넘어서야 들어오는 남편을 이해할 수 없었다고 한다. 하루 이틀도 아니고 거의 매일 늦게 들어와서는 새벽같이 나가버리니, 처음에는 바람을 피우는 게 아닌가 하고 바가지도 많이 긁었다. 그러던 어느 날, 술에 잔뜩 취해서 들어온 남편이 "나를 무시하지 마라", "나도 그러고 싶겠느냐"는 둥 소리를 질렀다. 남자 구실을 제대로 못하는 자신에게 자격지심을 갖고 있었던 것이다.

"아무리 내가 그런 것은 중요하지 않다, 마음이 더 중요하지 않겠느냐고 애원해도 듣지를 않아요. 지금까지 단 한 번도 그 문제로 바가지 같은 건 안 긁었는데도……."

몇 달 전, 윤옥자 씨는 생각다 못해 함께 병원을 가보자고 말했다. 혹시나 치료 방법이 있지 않을까 하는 한가닥 희망 같은 게 있었기 때문이다. 그러나 그 말을 듣는 순간 남편은 대뜸 뺨을 치며 난리를 쳤다. "그래, 난 병신이다. 그러니까 다른 놈하고 살아라" 하면서 한밤중에 나가 며칠 동안 집에 들어오지도 않았다.

"그후부턴 아예 내 옆으로 오지도 않습니다. 가끔씩 술에 취해 하는 말이, 돈 주고 하는 여자들과 실험을 하는데 될 때도 있다는 거예요. 그렇게라도 해서 치료가 되어 가정으로 돌아온다면 좋겠지만, 혹 병이라도 걸려 오면 어쩌나 걱정도 되고. 이렇게라도 살아야 하는 건지 정말 자신이 없습니다. 잡지 같은 걸 보면 병원에서 치료받으면 낫기도 한다는데 무슨 방법이 없을까요?"

남자들은 단순한 동물이라고 한다. 아내를 만족시켜 주었다고 생각하면 매사에 활력이 솟는데, 그렇지 않을 경우 스스로의 남자다움에 회의를 느껴 자포자기 상태에 빠진다는 것이다. 너무 비약한 면도 없잖아 있지만 어느 정도 맞는 말은 아닐까.

윤옥자 씨의 전화를 받으면서 필자는 이런 부부들이 우리 주변에는 의외로 많지 않을까 하는 생각을 해보았다. 우리 나라 사람들은 문제가 아무리 심각해도 그것을 밖으로 드러내지 않으려고 한다. 그건 우리 나라 특유의 체면 문화 때문이기도 한데, 우리 나라 부부들의 이혼 사유 중 높은 비율을 차지하는 성적(性的) 부조화 역시 그 때문이 아닌가 싶다.

필자는 윤옥자 씨에게 어떻게 하든 남편을 데리고 병원을

86

찾아가라고 말했다. 단 거부 반응을 일으키지 않도록 잡지나 책에 나와 있는 사례를 골라서 보여 주고, 병원에 가면 백 퍼센트 낫는다는 확신을 심어 주라고 했다.

윤옥자 씨가 남편과 함께 병원을 찾았는지는 확신할 수 없다. 그러나 병원을 찾아가서 진찰을 받고 그런 증세를 극복해 내기를 바랄 뿐이다.

서로 사랑하는 부부의 성은 부끄러운 게 아니라고 생각한다. 성은 서로의 관계를 돈독하게 하며 삶의 윤활유 역할을 한다고 믿는다. 그러기 위해서는 항상 서로에 대해 예의를 지키고, 모든 것을 숨김없이 터놓고, 끊임없이 노력하는 자세가 필요하다고 생각한다.

아버지가 변하면 가정이 변한다

시간을 돌리고 싶어요

요즘은 여자들에게도 가능한 일이 되고 있지만, 남자들에게
는 모든 여자가 유혹거리라고 말해도 무리는 없을 것이다. 물
론 남자들 모두가 바람을 피우는 것은 아니다. 자신의 의지로
강하게 욕구를 억누르고 사는 남자들도 많다. 그러나 그렇지
못한 남자들, 아내 이외의 여자에게 눈을 돌렸다가 패가망신
한 남자들은 하나같이 이렇게 말하고 있다.
　"시간을 돌릴 수만 있다면……."
　동네에서 조그만 사업을 시작한 김기영 씨는 손님이 올 때
마다 근처 다방에서 커피를 시켜 마셨다. 그런데 그때마다 커
피를 들고 오는 아가씨는 늘씬한 키에 얼굴도 아주 예뻤다고
한다. 어떤 때는 하루에도 서너 번씩 얼굴을 마주치게 되고,
그러다 보니 스스럼없이 농담을 주고 받는 사이가 되었다.
　"언젠가 그 아가씨 대신 다른 아가씨가 커피를 가져온 적이
있었습니다. 그런데 기분이 안 좋더라구요. 그래서 다음날 손
님이 오지도 않았는데 커피를 시켰고, 농담처럼 술이나 한잔
하자고 말을 건넸습니다. 그러자 그 아가씨도 기다렸다는 듯

이 좋다고 하더군요."

　결국 그렇게 시작된 일이 38세의 의젓한 가장이자 두 자녀의 아버지로서 아무 탈 없이 살던 김기영 씨의 가정을 송두리째 흔들고 만 것이다.

　"술도 마시고 밥도 먹고, 휴일에는 놀러도 다녔습니다. 아내야 제가 일이 있어서 밖에 나간다고 하면 한마디도 하지 않았습니다. 그때까지 절 완전히 믿고 있었지요. 사실, 그 아가씨가 '책임질 거냐'고 몇 번 물어보았을 때도 '그래'라고 대답하기는 했습니다. 그렇지만 그건 관계를 가지려고 아무 생각없이 한 말이었는데……."

　지금으로부터 서너 달 전 어느 날, 그 아가씨는 김기영 씨에게 부인과의 이혼을 요구했다고 한다. 김기영 씨는 처음에는 장난을 한다고 생각했다. 그러나 그 아가씨는 장난이 아니었다. 김기영 씨가 웃어넘기자 그 아가씨는 집 전화번호를 알아낸 뒤 부인에게 전화를 걸었다.

　"그후 지금까지 지옥이 따로 없었습니다. 하루도 안 거르고 전화를 해대니 피를 말리는 심정입니다, 어쩔 때는 밤 열두시에 전화를 해 이혼을 안 해주면 모두 다 죽여버리겠다고 협박하기도 하고, 결국 아내는 참다 못해 아이들을 데리고 친정으로 가버렸습니다. 사업도 엉망이 되어버렸습니다. 몇 번 사업장에 찾아와 소리소리 지르고 행패를 부리자 주변에 소문이 나고 거래처 사람들도 발길이 뜸해지더군요."

　김기영 씨는 지금 집에서 멀리 떨어진 어느 여인숙에 머물고 있다고 했다. 그 아가씨가 제풀에 지쳐서 나가떨어지기만을 기다리고 있는 것이다.

　한순간의 실수로 가정도 사업도 모두 망쳐버린 김기영 씨는, 모든 것이 다 자기 때문이라고 울먹였다. 이렇게 될 줄은 정말 몰랐다고.

명문대 의대를 나온 서근석(현재 나이는 49세) 씨는 지금으로부터 9년 전 어느 날, 우연히 만난 18년 연하의 아가씨와 하룻밤을 보내게 되었다고 한다. 사실 그때까지 서근석 씨는 부인과 아이들밖에 모르는, 병원 안팎에서 소문난 애처가였다.

"아내보다 젊고 예쁘며 늘씬했습니다. 하루하루 사는 게 즐거웠지요. 그런데 몇 번 관계를 가진 뒤 그 아가씨가 병원을 찾아와 아내와의 이혼을 요구합디다. 당황해서 어쩔 줄 몰라 하는 사이에 병원에 소문이 쫙 나고, 아내가 펄펄 뛰면서 못 살겠다고 이혼을 요구하더군요."

그래서 서근석 씨는 아내와 이혼을 했다고 한다. 아이들 셋(아홉 살, 여섯 살, 세 살)은 아내가 맡아서 키우기로 했다. 그리하여 아내는 천만 원 정도의 위자료로 변두리 학교 앞에 분식집을 차리고, 가게에 딸린 방에서 아이들 셋을 키우며 모진 고생을 했다고 한다.

서근석 씨는 아내와 이혼한 뒤 스물두 살짜리 그 아가씨와 결혼을 했다. 두번째 부인은 금방 임신을 했고, 한편으로는 양심의 가책을 받기도 했지만 서씨는 행복했다고 털어놓았다.

"아이가 한 명 더 태어날 때까지는 그런대로 괜찮았습니다. 그런데 한살 두살 나이가 들어가자 밤일이 아무래도 딸렸습니다. 20대 여자와 살려고 하니까 숨이 턱에 차더군요. 눈치가 보이기도 하고, 그래서 해달라는 대로 다 해주었는지도 모르겠습니다."

서근석 씨는 두번째 아내에게 외제차도 사주고, 집도 땅도

아버지가 변하면 세상이 변한다!

다 두번째 아내 명의로 돌려주었다고 한다. 그렇게라도 해서 젊은 아내의 마음을 붙잡아 보려고 했던 것이다. 그러나 젊은 아내의 마음은 날이 갈수록 서근석 씨에게서 멀어져 가는 것 같았다고 했다.

그런데 새로 병원을 확장해서 짓던 중 건설회사와 마찰이 일어났다. 망하려고 그랬는지 모든 일이 꼬이기만 하더니 결국 부도가 났다. 그러자 기다렸다는 듯이 젊은 아내가 이혼을 요구하고 나섰다.

"정말 그럴 줄은 몰랐습니다. 재산은 이미 그 여자 앞으로 되어 있고. 내 손에는 땡전 한푼 남아 있는 게 없었지요. 그렇지만 깨끗이 이혼해 주었습니다. 모두 다 내가 잘못해서 벌을 받은 거라고 생각합니다. 나만의 즐거움을 위해 그 착한 여자를 버렸으니……."

서근석 씨는 지난일을 진심으로 후회하고 있었다.

며칠 전 서근석 씨는 전부인이 운영하는 분식집을 찾아가 봤다고 했다. 조그마한 분식집 안에서 바쁘게 움직이는 모습을 보자 눈물이 나와, 몰래 숨어서 한참을 울었단다. 결코 그 옛날로는 돌아갈 수 없을 거라는 회한이 가슴을 치고, 그러면서도 다시 받아만 준다면 하는 생각이 발길을 돌리지 못하게 했다고 한다.

서근석 씨는 얼마 후면 미국으로 간다고 했다. 더 이상은 이 땅에서 살고 싶지 않아 이민을 신청했다고 한다. 그러면서 그는 마지막으로 이런 말을 했다.

"죽으면 그 사람(전부인)이 울어는 줄는지, 뼛가루라도 뿌려줄는지…… 그 사람이 그런 일을 해주기를 아직도 바라고 있으니 저도 참 염치없는 사람이지요?"

아버지가 변하면 가정이 변한다

흔히들 바람기는 타고 나는 것이라고 한다. 타고 난다라는 말은 바람을 피우는 일이 본인의 의지와는 무관하게 일어날 수 있다는 말이다. 정말 그런지는 알 수 없지만 설령 바람을 피운다 하더라도 분명한 것은 자신이 지켜야 할 책임 한계를 넘지 말아야 한다는 사실이다. 자기 자신도 모르는 사이에 절망의 나락으로 순식간에 떨어질지도 모르는 일이기 때문이다. 그때는 후회해도 이미 늦다. 후회한다고 엎질러진 물을 다시 주워 담을 수는 없을 테니까.

남편이 더 미워요

결혼한 지 4년째 되었다는 29세의 김숙희 씨는 결혼해서 지금까지 단 하루도 마음 편히 살아 본 적이 없다고 답답함을 호소해 왔다. 4년 전 고등학교 동창이던 지금의 남편과 우연히 만나 하룻밤을 보내게 되었는데 덜컥 임신이 되었단다. 남편을 진심으로 사랑한 것도, 남편이 자신을 사랑한다는 확신도 없는 상태였다.

임신 사실을 안 친정에서 한바탕 소동을 피운 끝의 결혼이어서인지, 아니면 혼수를 적게 해와서인지 시어머니는 함께 산 그날부터 지금까지 사사건건 시비를 걸고 잔소리로 하루 해를 넘긴다고 한다. 그리고 남편은 그런 사실을 누구보다도 잘 알면서도 강 건너 불구경하듯 보고만 있단다.

"시어머니와 시동생, 시누이 등 누구 하나 사람 취급을 안 해줍니다. 좋은 말로 해도 될 것을 신경질을 부리듯 툭툭 내쏘고, 마치 종이라도 부리듯 이것 해라, 저것 해라 잠시도 쉴 틈을 안 줍니다. 시아버지가 조금만 좋게 해주는 눈치가 보이

아버지가 변하면 가정이 변한다

면 그날은 더 구박을 해요.”

큰아이를 낳고 2년 뒤에 작은아이를 낳았는데, 친정에서 몸 조리를 하려고 10일 정도 있었더니 남편이 전화를 했더란다. “친정에서 뭐하느라 시부모 밥해 줄 생각도 안 하느냐”고. 그 때까지 남편은 둘째를 낳느라 고생 많았지, 하고 찾아와서 손 한번 잡아주기는커녕 전화 한 번 안 했다.

“그럴 수가 없었습니다. 이제 11일 된 아이를 안고 집 안으로 들어서는데, 아직 부기가 빠지지 않아 얼굴이며 손발이 퉁퉁 부어 있는데 본 척도 안 하더군요. 스물다섯 살 먹은 시누이는 ‘무슨 애만 낳으러 시집 왔나’ 하고 일부러 절 들으라는 듯이 지 방으로 들어가며 투덜대더군요. 당장 돌아서서 나오고 싶었지만 친정 형편이 어려워서 그러지도 못했습니다.”

꾹 참고 견디면 언젠가는 나아지겠지 했지만 갈수록 더 구박을 하니, 어떻게 몇십 년을 살지 눈앞이 캄캄하단다. 그렇다고 남편이라도 살갑게 대하면 견딜 만하겠지만, 그러나 남편도 똑같다고 한다. 시어머니처럼 변덕스럽고 옹졸하고 꼼꼼한 성격이어서 사람을 숨막히게 한다고. 아침에는 꼭 깨워야 일어나는데, 혼자서 대식구 식사 준비를 하느라 조금만 늦게 깨우면 난리가 난다. 월급도 남편이 관리하고, 쓸 돈이 있다고 몇 번이나 말해야 내던지듯 만 원, 이만 원을 준다. 그렇게 주는 돈이 한 달에 이삼십만 원. 반찬값으로도 턱없이 모자라지만 더 줄 생각을 않는다. 그 돈으로 식구들 식사 준비를 하다 보면, 사정도 모르는 시댁 식구들은 이것도 반찬이라고 해놨느냐며 노골적으로 구박을 한단다.

“식구들이 눈앞에 보이지 않으면 눈물부터 나옵니다. 내가

왜 이렇게 살아야 하는지, 아이들 때문에라도 살긴 살아야 하
는지 내 자신을 주체할 수가 없습니다. 어쩔 땐 남편을 죽이
고 나도 죽고 싶을 때가 있습니다. 날 이렇게 종으로 부리고
싶어서 결혼한 건지 묻고 싶지만 그러면 내가 너무 초라해질
것 같아 아무 소리도 못합니다. 선생님, 저처럼 이렇게 사는
여자들도 있나요?"

김숙희 씨는 너무나 서럽다는 듯이 전화를 하다 말고 소리
내어 울었다. 그러더니 누가 왔다면서 서둘러 전화를 끊었다.
식구들이 없는 틈을 타서 전화를 걸었던 모양이다.

김숙희 씨처럼 고부간의 갈등이 마음 깊이 상처로 남는 경
우는 아직도 우리 사회에서는 드물지 않는 일이다. 특히 그
가운데서 처신을 잘해야 할 남편이 나 몰라라 방관하며, 더욱
이 한 술 더 떠 아내를 이해하지 못하고 괴롭히는 정도에 이
르면 이혼은 시간 문제라고 볼 수 있다. 아무리 배운 것 없고
기술이 없다 해도 여자들이 할 일은 많은 게 요즘 세상이다.
막말로 식당에 가서 그릇만 씻어도 먹고 살 수는 있는 것이
다.

그러나 그런 생각은 그야말로 나중에 해야 할 일이다. 지금
당장은 어떻게 하면 시집 식구들과 조화를 이루며 남편과의
관계를 정상적으로 돌리는가가 시급한 일이다.

김숙희 씨의 경우는 첫단추부터 잘못 끼워진 듯한 느낌이
다. 남편과의 만남부터가 그랬다. 사랑이 없는 결혼은 그래서
실패할 확률이 많다고 하지 않는가. 하지만 이왕 결혼을 했다
면 서로 사랑을 키우려고 노력하는 태도가 바람직하다고 생
각한다. 김숙희 씨의 남편 역시 마찬가지다. 사람은 자기가

저지른 일에 대해서는 책임을 져야 한다. 그런데 결혼한 지 4년이 지났는데도 아직껏 아내를 이해하려는 모습이 보이지 않는다면 그건 아직도 정신적으로 미성숙하다는 단적인 증거가 아닐 수 없다.

모든 일의 기초는 가정이라고 생각한다. 그래서 옛사람들은 '가화만사성'이라고 하지 않았는가. 아내가 힘들고 괴로운데 남편은 나 몰라라 한다면 그건 남편이 부족한 사람임을 뜻한다. 고부간의 갈등으로 괴로워하는 아내를 조금이라도 생각한다면 말이라도 다정하게 "당신 힘든 거 다 알아"라든가, "어머님도 언젠가는 당신의 마음을 알아 줄 거야"라고 해줄 수 있다. 그러면 남편을 믿고라도 가정에 정을 붙일 수 있지 않을까. 어쩌면 그런 말로 인해 시어머니를 더욱 잘 받들 수 있고, 매사에 잘하는 며느리를 언젠가는 시어머니도 곱게 볼 날이 있을 것이다.

모든 일은 순리대로 풀어나가야 한다고 생각한다. 어느 한 쪽만의 일방적인 희생으로 모든 일이 잘 되기를 바란다는 건 이기적인 생각일 뿐이다. 그러나 의외로 많은 사람들은 그걸 모르는 것 같으니 답답한 노릇이 아닌가.

밖에서는 호인, 집에서는 폭군 ?

우리 주변에는 예상외로 밖에서는 누구한테 물어 봐도 호인이요, 성자라는 소리를 듣는 사람이 집 안에서는 폭군 노릇을 하는 사람이 많은 것 같다. 〈아버지의 전화〉를 통해서도, 자녀교육 상담을 통해서도 그런 실례를 많이 접했다. 그런데 그런 남편(물론 아내 중에도 그런 사람이 많았다)과 사는 아내들의 하소연을 듣고 있노라면 남자인 필자의 얼굴까지도 화끈거려지는 것은 왜일까.

남편과 일 년과 헤어졌다가 다시 살고 있다는 정민정 씨는 남편의 바로 그런 점 때문에 지금이라도 당장 짐을 싸서 어디론가 나가고 싶은 마음이 굴뚝 같다고 자신의 고민을 털어 놨다.

"아이들 때문에 다시 살기는 하지만 정말 못 견디겠습니다. 다시는 그러지 않겠다고 했지만 여전히 집에 오면 짜증을 내고 무슨 말을 해도 대꾸를 안 해줘요."

정민정 씨가 2년 전 남편과 별거에 들어갔을 때, 주변 사람들은 하나같이 정민정 씨를 좋지 않은 시선으로 봤다고 한다. 친한 친구들까지도 "니네 남편 같은 사람도 없을 텐데 왜 그러느냐"고 한마디씩 했다.

"밖에서 다른 사람들한테 하는 걸 보면 나라도 그런 소릴 할 거예요. 친절하고 자상하고 돈도 잘 쓰고. 시집에서도 마찬가지예요. 시부모님들이야 자기 자식이 최고라고 생각하고 사시는 게 당연하니까 뭐라 할말은 없지만, 두 명의 동서들은 제 남편만 보면 껌벅 죽어요. 시집에 일이 있어 함께 가면 집에서는 손 하나 까딱하지 않으면서도 궂은 일은 먼저 나서서 도맡아 하거든요. 동서들과는 농담도 잘하고요."

그런데 집에만 오면 사람이 백팔십도 달라진단다. 다른 집에 가면 어떤 음식도 잘 먹는다는데, 집에서는 아무리 맛있는 반찬도 젓가락으로 께적께적하다가 그만 먹는다. 그러면서 집에서 살림만 하는 여자가 반찬 하나 제대로 만들지 못한다고 투덜거린다.

방바닥에 머리카락 한 올만 떨어져 있어도 신경질을 부리고, 현관의 신발들이 조금이라도 흐트러져 있으면 발로 차버린다. 게을러서 청소는 물론이요 정리정돈하는 게 몸에 베어 있지 않다면서. 그래서 싸움도 무던히 해봤단다. 머리카락이 떨어져 있으면 얼른 주워 쓰레기통에 버리면 되고, 신발이 가지런하지 않으면 한 번이라도 정리를 해보라고. 그러면 남편은 "집에서 그런 것도 안 하고 밥먹을 생각이냐"며 대뜸 화를 낸다.

저녁에 남편이 일찍 들어오면 텔레비전 볼 생각은 아예 하지 말아야 한다. 일부러 그러는 것처럼 좀 재미있게 보고 있

아버지가 변하면 세상이 변한다!

다 싶으면 재빨리 다른 데로 돌리기 때문이다.

가계부도 하나하나 대조하고, 자기는 백화점에서만 양복을 사서 입으면서 어쩌다 시장에서 몇만 원짜리 옷이라도 하나 사입으면 여자들이 집에서 돈이나 펑펑 쓴다고 야단이다.

"정말 어쩔 때는 숨이 콱콱 막힙니다. 내 나이 아직 40도 안 됐는데 앞으로 어떻게 이런 대접을 받으며 살아야 하는 지…… 누구 한 사람 내 속이라도 알아 주는 사람이 있으면 좋겠습니다. 아이들은 아직 어리니까 지 아버지가 무섭다는 것밖에 모르고."

보통, 밖에서는 기가 막히게 좋은 사람이란 평을 듣는 사람 치고 가정에서 너그럽고 인자한 사람은 드물다고 한다. 물론 모두가 다 그렇다는 것은 아니다. 일반적으로 그런 사람들이 더 많다는 얘기이다.

그런데 그런 사람들은 대체로 자신에 대해 콤플렉스를 갖고 있다고 한다. 자기 자신이 남들에 비해 보잘것없다거나 내세울 것이 없다고 느끼는 사람일수록 타인에게 환심을 사고 싶은 욕구가 강하다는 것이다. 타인으로부터 "그 사람 같은 이도 세상에 없다"는 소리를 들어야만 마음이 편해진다. 당연히 봉사정신, 희생정신, 친절정신이 남들의 배는 많다.

그러다 보니 그런 나름의 스트레스가 쌓인다. 어디서 그런 스트레스를 풀겠는가. 가정밖에 없다. 또한 밖에서 모든 에너지를 소비했으니 집에서는 편히 쉬고 싶을 수밖에. 밖에서는 호인이란 소릴 듣는 이들이 가정에선 폭군이란 소릴 듣는 이유가 거기에 있는 것이다.

그러나 아무리 강조해도 모자라는 것이, 바로 가정이 화목

아버지가 변하면 가정이 변한다

해야 한다는 것이 아닐까. 먼저 내 아내, 내 자식에게 잘해야
만 진실로 존경받는 아버지, 존경받는 인간이 된다고 생각한
다. 나와 가장 가까운 가족에겐 존경받지 못할 행동을 하면서
타인에겐 호인처럼 행동한다는 건 위선일 뿐이다. 그리고 그
런 위선은 언젠가는 밖으로도 드러나게 되어 있다.

먼저 내 아내, 내 자식에게 진심으로 존경받는 아버지, 그런
사람이 그야말로 큰 사람은 아닐까.

아버지가 변하면 세상이 변한다!

마마보이가 따로 없어요

결혼한 지 18년째라는 이후인 씨는 아직도 어린애처럼 무슨 일만 있으면 시어머니에게 달려가서 이르는 남편 때문에 속이 터지다 못해 시커멓게 탔다고 했다.

"효도와 어리광은 다르잖아요. 잘하는 것도 좋고 자주 찾아뵙는 것도 좋아요. 그런데 나와 무슨 일로 다투기만 해도 시어머니께 쪼르르 달려가서 일러바치니. 결혼해서 지금까지 시어머니와 사이가 냉랭합니다. 그러니 시집이라고 정이 붙겠습니까?"

모르는 사람들은 남편을 다시 없는 효자라고 칭찬한다. 자주 찾아 뵙고 용돈도 잘 드리고 사시사철 옷이며 선물이며 바리바리 갖다바치니 그럴 수밖에. 그런데 문제는, 그런 모든 일을 남편이 독단적으로 한다는 사실이다. 월급을 타도 절대 봉투째 주지 않고 생활비만 주는 남편은, 나중에라도 그런 일이 있었다고 알려주지 않는다. 내 돈 내가 벌어 부모님께 쓰는데 무슨 상관이냐는 듯한 태도다.

"한두 번도 아니고 매사가 그런 식입니다. 그럼 저는 뭡니까. 시부모 용돈 한 번 안 주는 나쁜 며느리밖에 더 되겠어요. 아들이 할일이 있고 며느리가 할일이 따로 있다고 아무리 말해도 소용이 없어요. '넌 니 일이나 잘해라' 는 식이에요. 그러니 무슨 말이 필요하겠어요."

더 이상 같이 산다는 게 너무 지긋지긋하지만 그러나 용기가 나지 않는다. 막상 헤어졌을 때 이혼녀라는 꼬리표도 부담스럽지만, 남편처럼 좋은 남자도 없다고 생각하는 주변 사람들이 자신을 나쁘게 매도할 것을 생각하면 등에 식은땀이 흐른다고. 게다가 이혼한 후에 무엇을 하고 살아야 할까를 생각하면 가슴이 터진단다.

"요즘 남자들은 유별나게 처자식을 챙긴다는데, 내 남편은 왜 그렇게 자기 어머니만 위할까요, 내가 잘못된 건지 아니면 남편이 잘못된 건지, 어디 가서 정확하게 알아봤으면 속이라도 시원하겠습니다."

결혼한 여자들이 가장 힘들어하는 것 중 하나가 바로 남편이 시집에 지나치게 신경을 쓰는 것이라고 한다. 이후인 씨도 말했듯이 아들이 할일이 있고 며느리가 할일이 따로 있다. 그런데 아들이 며느리의 몫까지 모두 다 해버린다면 자연 며느리의 입지는 좁아질 수밖에 없고, 시댁과의 관계 역시 서먹해진다. 그런데 여기에 마마보이 증세까지 있다면 문제는 심각해진다.

흔히 마마보이 증세가 있는 남자들을 '몸만 큰 어른' 이라고 부른다. 정신 연령은 어린데 몸만 커서 어른 행세를 한다는 말이다. 그런 사람이 정상적인 사고로 세상을 올바르게 살기를 바라는 것 자체가 무리일는지도 모른다. 하지만 언제까지 그렇게 살 수는 없지 않은가. 나이가 들어서 더 이상은 기댈 부모님이 없는데도 누군가에게 기대고 의지하려 한다면 어떻게 되겠는가? 사실 마마보이 증세는 부모의 가정 교육이 가장 큰 원인이라 할 수 있다. 때문에 부모를 비롯한 가족들의 태도가 증세를 고치는 데 매우 중요하다. 그게 힘들다면 주위 사람들의 도움을 받아 상담 치료를 받는 것도 좋을 것이다.

아버지가 변하면 가정이 변한다

여자라고 바람 피우지 말란 법 있나요

〈아버지의 전화〉에 여성들이 남편, 즉 아버지들의 문제와 고민으로 전화를 걸어오는 비율은 약 30퍼센트 정도인데 대체로 남편의 외도나 도박, 무관심, 폭행 등을 호소하는 내용들이다. 그런데 어느 날, 한 여성에게서 걸려온 전화는 의외의 내용을 담고 있었다.

"아버지들의 전화니까 아버지들의 전화가 많이 오겠네요" 하면서, 그래도 아직까진 여자들이 더 할말이 많은 것 아니냐고 조심스레 운을 떼던 그 여성은 이런 말을 덧붙였다.

"여자라고 바람 피우지 말란 법이 있나요. 남자들은 아무렇지도 않게 바람을 피우고 있잖아요."

사실, 요즘 들어서는 여성들의 외도가 문제가 되어 이혼을 하는 가정이 늘고, 이혼까지는 가지 않더라도 가정이 거의 망가지는 경우가 적지 않다. 〈아버지의 전화〉에도 아내의 외도 사실을 알고 어쩔 줄 몰라하다 전화를 걸어오는 남편들의 하소연이 생각보다 많았다. 그리고 외도를 하는 여성들의 대부분은 자신들의 행동에 스스로도 황당해 하고 그 죄책감을 이기지 못해 가출을 많이 하는 것 같았다. 설사 남편이 그 당시에는 이해하고 용서한다고 할지라도 언젠가는 문제를 일으킬 것이라는 게 그 이유의 하나였다. 또 도저히 남편이며 아이들의 얼굴을 마주 대할 수 없어서 도망가다시피 가출을 하기도 한다.

그러니 '여자라고 바람을 피우지 말란 법이 있나요' 하고 솔직하게 자신의 감정을 털어놓는 여성의 전화를 받는 순간 필자는 황당함에 말문을 열 수 없었다. 물론 전화이기 때문에 그런 말을 할 수도 있었을 것이다. 사람들은 익명의 상태에서는 어떤 말도 자유스럽게 하기 때문이다. 그래서 필자는 그 여성분에게 물어 보았다.

"실례지만, 지금 남편 이외의 남자와 사귀고 있습니까?"

대답은 간단하고 명료했다.

"네."

이영자라고 자신의 이름을 밝힌 그 여성은 22세 때 결혼을 했다고 한다. 일찍 결혼을 한 덕분에 38세인 현재 고등학교 일학년생인 아들과 중학교 이학년생인 딸이 있단다.

"아이들이 어렸을 때는 남편이 허구한 날 바쁘다고 늦게 들어와도 그러려니 했어요. 아이들 뒤치닥거리며 살림만 하는데도 하루 해가 금방 넘어갔거든요. 그런데 아이들이 중학교 고등학교에 들어가자 사정이 달라졌어요. 새벽 일찍 나가서 학원 마치고 집에 오면 둘 다 열한시가 넘고, 남편 역시 예나 지금이나 바쁘다고 늦게 들어오니까 어쩔 때는 하루 종일 입 한 번 열지 않은 적도 있더라구요."

　그렇게 하루하루를 보내는 게 너무나 허전하고 허망하다는 생각이 들기 시작했단다. 오직 남편과 자식들 뒷바라지밖에 한 게 없는데 벌써 마흔을 눈앞에 두고 있다니, 그런 생각이 들 때면 내가 이렇게 살자고 태어났나, 하는 생각에 미칠 것 같았다고 한다.

　"친구들이 그러더군요. 너 그러다 우울증에 걸린다고. 그러면서 애인이나 하나 사귀라고 하더군요. 남들도 다 사귀는데 너만 그러고 있다고 누가 열녀문이나 세워줄 줄 아느냐고요. 처음에는 농담으로 흘려들었는데, 시간이 흐르니까 남들은 다 있다는데 나만 병신같이 이게 뭔가 하는 생각이 들더군요."

　그러던 어느 날, 친구와 찻집에 들어갔다가 어떤 남자를 알게 되었다고 한다. 남편과는 달리 말 한마디라도 따뜻하게 할 줄 아는 남자였단다. 비가 오는 날, 빨간 장미 한다발을 들고 기다리는 그 남자를 보며 산다는 게 그렇게 가슴 설레고 행복한 줄 처음 알았다고.

　"사실 처음 만나게 되었을 때는 무섭고 두렵고, 이러다 혹시 남편이나 아는 사람을 만나게 될까 항상 조심을 했어요. 그래서 일부러 사는 동네에서 두어 시간 떨어진 곳에서 만났지요. 남편한테 미안하기도 했구요. 그런데 지금은 아니에요. 두려운 것도 없고, 물론 남편이 알면 난리가 나겠지요. 그렇지만 남편이 지금까지 정말 깨끗하게 살아왔는지 그건 모르는 일이잖아요. 사실, 그 동안은 모르는 게 약이라고 알고 싶은 생각도 없었지만요."

　이영자 씨의 논리는 이랬다. 남편이 설사 바람을 피웠다고 해도 헤어질 생각이 없다면 뒷조사 같은 게 무슨 필요가 있겠느냐. 마찬가지로 내가 가정을 깨면서까지 바람을 피울 생각이 없다면 그렇게 죽을 죄는 아니지 않느냐…… 남자들이 바람을 피우다가 들통이 나면 그럴 수도 있지 하고 넘어가고, 여자가 그러면 이혼감이라고 세상이 떠들썩하니 난리가 난다는 게 잘못된 것 아니냐는 얘기였다.

사실, 여자들도 바람을 피울 수는 있다고 생각한다. 전화를 걸어서 자신을 정당화하고 싶어하는 이영자 씨처럼 지금 현재 외간 남자와 바람을 피우고 있는 사람도 많을는지 모른다. 경우에 따라서는 남편보다 더한 욕구를 가지고 있는 여자들도 있을 것이다. 그러나 가정의 소중함 때문에, 남편을 위해서 아이들을 위해서 참는 것이다.

여성 역시 인간이다. 그러나 남성들은 여성들의 욕구에는 철저한 청맹과니로 일관한다. 한술 더 떠서, 여성들에게는 그런 욕구가 있어서도 안 되고 있을 수도 없다고 치부해 버린다면 더 큰 봉변을 당할 수도 있는 문제가 아닐까.

그러나 아직까지도 대부분의 남성들은 여성의 외도에 대해서는 부정적인 반응을 나타낸다. 반대로 남성들 자신의 외도에 대해서는 너그러운 편이다. 그러나 10년, 20년 후에도 그럴 것인가.

성비(남자 116 : 여자 100)는 이미 파괴되고 있고, 10년 후만 생각하더라도 윤리의식이 지금보다도 낮을 것은 불을 보듯 뻔한데, 거기에 남성보다 여성의 수가 적다면 정상적인 사회를 기대한다는 건 아무래도 무리다.

경제가 발전하면 쾌락주의가 성행한다는 말이 있다. 여기에 날이 갈수록 늘어나는 여성의 독신율이 사회에 어떤 영향을 미칠는지를 가늠하면 앞이 아찔할 정도이다. 그때는 어쩌면 "여자라고 바람 피우지 말란 법이 있나요"가 아니라, "여자도 바람을 피울 수 있다"는 명제가 버젓하게 자리를 잡을는지도 모르는 일이 아닐까.

그런 저런 이유가 아니더라도 이제는 남성들이 가지고 있는 이중적인 잣대는 과감히 버려야 한다는 생각이다. 남편인 남성 자신은 아무렇게나 행동해도 되지만 아내인 여자는 절대적으로 순결해야 한다는 생각이 머릿속에 남아 있는 한 문제는 사라지지 않으리라고 본다. 그 생각이 부메랑처럼 어느 순간 뒤통수를 칠지도 모르는 일이기 때문이다.

맞벌이 부부의 비자금

맞벌이 부부가 늘고 있다. 개중에는 자기 개발을 위해 직장을 다니는 아내들도 많지만 젊었을 때 한푼이라도 더 벌어서 집이라도 장만하고 아이들에게 좀더 질좋은 교육을 시키기 위해 직장 전선으로 뛰는 것이다. 그런데 이 맞벌이 부부들에게는 심심찮게 문제가 따라다닌다고 한다. 대표적인 문제는 뭐니뭐니해도 가사분담이다.

아무리 뭐라 해도 집에서 밥하고 빨래하고 아이들 키우는 건 여자들이 할일이라고 우리 나라 남자들은 아직도 굳게 믿고 있다. 하지만 맞벌이를 하면서까지 그런 생각을 버리지 못한다면 부부 싸움은 하루의 기본이 된다.

똑같이 퇴근해서 집으로 들어오면 아내는 부엌으로 들어가 저녁밥이며 반찬을 만들고, 남편은 손발 씻고 편안히 앉아서 리모컨으로 텔레비전을 요리한다. 어쩌다 한두 번은 그렇다 치더라도 그게 매일의 일과라면 천사표 아내라도 참고는 못 있는다. 결국 싸우지 않는 게 이상한데, 그럴 때 남자들은 공

아버지가 변하면 가정이 변한다

통적으로 이렇게 말한다고 한다.

"그러니까 집에서 살림이나 하라고 했잖아. 누가 밖에 나가 돈 벌라고 했어. 당신이 부득부득 나가는 거잖아. 그렇게 힘들면 당장 그만둬."

처음 맞벌이를 하자고 했을 때는 조금이라도 나은 생활을 유지하고픈 마음이 강했을 것이다. 그러나 당장 집안일을 도와주지 않는다고 아내가 바가지를 긁으면 그렇게 큰소리를 친다. 아내의 일은 언제 그만두어도 되는 하찮은 일쯤으로 생각하는 것이다.

아내와 이혼한 지 얼마 되지 않았다는 김성기 씨(37세)의 전화를 받으면서, 필자는 남자들의 이기적인 심리를 엿보는 듯해 씁쓸함을 느꼈다.

김성기 씨는 직장을 다니는 아내가 언제나 불만스러웠다고 한다. 신혼 때야 집안일을 도와주는 게 즐거웠지만, 그건 그야말로 잘 보이기 위해서 조금 도와준 것뿐이란다. 그러나 그것도 하루 이틀이지, 딸까지 친정 부모에게 맡겨 놓고 직장에 다니면서 집안일을 같이 하지 않는다고 바가지를 긁으니…….

"차라리 직장을 그만두고 애 키우고 살림이나 하라고 했습니다. 적게 벌어서 적게 쓰는 게 낫지 언제까지 남자가 밖에서 일하고 집안일까지 돕겠습니까. 그러면 또 몇 푼이나 번다고 그렇게 큰소리냐, 요즘 물가가 얼마나 비싼데 한 사람만 벌어서 살 수 있겠느냐 하면서 바가지를 긁지요."

김성기 씨는 이혼하기 몇 년 전부터 집에는 아예 늦게 들어갔다고 한다. 집에 들어가 봐야 집안일 안 한다고 잔소리만 하니까 아예 늦게 들어가서 일찍 나오는 전법을 구사한 것이

아버지가 변하면 세상이 변한다!

다. 회식날이야 공짜로 술먹고 밥먹으니 더할 나위 없이 좋
고, 그렇지 않으면 초등학교 동창이라도 불러내서 같이 밥을
먹고 술을 마셨다. 당연히 부부 사이가 멀어질밖에.

그러던 어느 날이었다고 한다. 동생이 결혼을 하겠다고 도
움을 청했다. 김성기 씨는 그 동안 아내 모르게 숨겨 놓은 비
자금 4백만 원을 선뜻 내주었다고 한다. 그러고는 하나밖에
없는 동생이었기에 더 도와주고 싶어서 아내에게 돈 좀 내놓
으라고 했다.

"아내가 마침 계 탄 게 있다고 하면서 3백만 원을 내놓더군
요. 왠지 가슴이 쩔리기도 하고 고맙기도 했는데, 감격한 동
생이 아내를 찾아가 돈을 너무 많이 줘서 고맙다는 인사를
한 모양입니다. 아내가 길길이 뛰고, 그런 난리가 없었습니다.
사실, 그 일이 있기 전에 장인어른 칠순잔치가 있었습니다.
아내는 좀 넉넉히 드리고 싶어하는 눈치였지만 제가 좀 떨떠
름하게 대했었지요."

결국 그 동안의 불만에다 비자금 사건까지 겹치자 아내가
이혼을 하자며 서류를 들고 왔다. 더 이상 믿고 살 건덕지가
없어졌다면서.

일곱 살짜리 딸은 아내가 맡기로 하고 전재산을 반으로 나
눴다. 그리고 김성기 씨는 조그만 아파트를 얻어 혼자 살고
있다고 한다.

"왜 내가 그렇게 옹졸하게 살았는지 모르겠습니다. 아내가
혼자 잘 살자고 직장 생활을 한 게 아니었는데…… 하루하루
술로 세월을 보내고 있습니다. 혼자 사는 아파트에 들어오면
사는 게 너무 쓸쓸하고 두렵기도 하고, 아내한테 너무 미안합

아버지가 변하면 가정이 변한다

니다. 조금만 더 잘해 주고 살았더라면……."

　요즘은 그렇지 않은 남자들도 많다고는 하지만 아직도 우리 주변에는 김성기 씨 같은 남자가 많다고 한다. 똑같이 직장 생활을 하면서도 집안일은 아내가 당연히 해야 하는 것쯤으로 치부하고, 여기에 아내 모르게 비자금을 관리하며 엉뚱한 데 펑펑 쓰기도 한다. 물론 동생 결혼식에 쓰라고 돈을 준 것까지야 뭐라고 할말은 없다. 그러나 솔직하게 아내에게 얘기하고, 시가에 갈 돈은 아내의 손으로 처리하게 했다면 문제는 없었을 것이다.

　가정의 행복은 남편과 아내, 두 사람이 어떻게 하느냐에 달려 있다. 그러기 위해서는 솔직한 대화와 서로를 위하는 마음이 필요하다고 본다, 누가 더 좋고 나쁘기 이전에 삶의 방법을 의논하고, 내가 무엇을 어떻게 하는 게 상대를 기쁘게 하는 일인지 항상 생각하는 자세가 필요하지 않을까 싶다.

아버지가 변하면 세상이 변한다!

좋은 아버지를 찾습니다

직장 생활을 하는 안민영 씨는 너무나 가정적인 사람으로, 7시 반이면 정확히 퇴근을 한다. 그러고는 아내와 시장도 같이 보고 가족끼리 오순도순 시간을 보낸다. 가정을 위해서는 철저한 희생과 봉사로 일관하는 그는 좋은 아버지로서 주변의 칭송이 대단한 사람이다. 또 그런 점 때문에 동네 아주머니들이 가장 좋아하는 사람이기도 하다.

그에 비해 안민영 씨의 바로 옆집에 사는 조광민 씨는 사업을 한다는 핑계로 결혼 생활 10년이 넘도록 집에 일찍 들어온 적이 별로 없는 사람이다. 빨라야 10시, 그렇지 않으면 보통 11시에서 12시가 귀가 시간이다. 그것도 술이 얼큰하게 취해서 그 잘나빠진 〈황성 옛터〉를 동네가 떠나가도록 부른다. 그러고는 술냄새를 풍기며 대문을 열어 주는 아내를 포옹한다. 냄새가 나서 아무리 싫다고 말해도 기어이 한 번은 안아 주며 "난 세상에서 당신밖에 사랑하는 사람이 없어" 한다.

조광민 씨의 부인은 동네를 시끄럽게 하는 남편이 늘 불만이다. 언제나 옆집을 부러워하며 자신의 남편도 제발 철이 들어서 그렇게 해주었으면 소원이 없겠다는 생각이 하루도 머릿속을 떠나지 않았다.

그런데 어느 날, 문제의 두 아내가 한 자리에 앉았다. 이때다 싶어서 조광민 씨의 아내가 먼저 입을 열었다.

"수지 엄마는 얼마나 좋아, 좋은 신랑 만나서. 일찍 들어오지 술 안 마시지. 같이 시장도 다니고 애들과 놀러도 잘 다니고. 세상에 부러울 게 뭐가 있겠어. 두 사람을 보면 꼭 영화에 나오는 주인공들 같다니까. 세상에, 난 남편이라고 있는 게 웬수가 따로 없어요. 왜 그렇게 허구한 날 술을 마시는지, 밤에 잘 때도 맨정신으로 한 번 해본 적이 없어. 그래서 애들이 비틀거리고 잘 넘어지나 봐."

그러자 안민영 씨의 아내가 그런 말 말라며 손을 내저었다.

"아유 지겨워. 그래, 남자가 남자다워야지. 시계추 모양 회사하고 가정밖에 왔다갔다할 줄 모르는 게 뭐가 좋아요. 시장에나 졸졸 따라다니고, 위생이 어떠니 하면서 먼지나 찾아내 봐요. 아마 석현이 엄만 단 하루도 못 살고 도망갈 걸요. 남자라면 모름지기 늦게 올 때도 있고, 술도 좀 할 줄 알아야 진짜 남자지. 난 오히려 석현이 아빠가 부러워요. 술 잘하지, 노래 잘하지, 성격도 화통하지. 세상에 그런 남편이 어디 있어요. 바람만 안 피우면 그야말로 멋쟁이 남편이잖아요. 하지만 내 남편은 보기만 해도 가슴이 꽉 막혀요. 나나 되니까 아무 소리 안 하고 사는 거지……."

이쯤 되면 석현 엄마, 곧 조광민 씨의 아내는 자신이 수지 엄마의 말대로 괜찮은 남편과 사는 건지도 모른다는 생각을

아버지가 변하면 세상이 변한다!

한번쯤은 해볼 수도 있다. 하지만 이내 머리를 흔들 게 뻔하다. 그런 말로는 자신의 욕구가 풀어지지 않기 때문이다.

수지 엄마, 즉 안민영 씨의 아내는 남들이 부러워하는 남편과 산다는 데 대해서는 우월감 같은 것을 느낄는지도 모른다. 그러나 그 역시 자신이 바라는 만족이 아니므로 여전히 생활은 불만족스럽다.

어떻게 생각하면, 수지 엄마와 석현 엄마가 바라는 남편은 안민영 씨와 조광민 씨의 중간쯤에 위치한 남자 같다. 하지만 그 중간쯤에 위치한 남자와 사는 여자는 그 남편에 대한 불만이 전혀 없을까?

똑같은 일을 하면서도 웃는 사람이 있고 얼굴을 찌푸리는 사람이 있다. 그건 곧, 어떤 마음으로 그 일을 하느냐에 달린 문제일 것이다. 살아가는 것도 마찬가지 문제라고 생각한다. 어떤 마음으로 오늘을 사는가, 어떤 마음으로 사람을 만나는가에 따라서 하루가 즐거울 수도 있고 지겨울 수도 있지 않겠는가.

어떤 상황에서라도 만족할 줄 아는 마음가짐으로 산다면 불행이란 있을 수 없다. 그리고 그 만족이란 다른 누군가에 의해서가 아닌 바로 내 자신이 만들어 낸다는 걸 안다면 삶은 좀더 윤택해질 수도 있지 않을까.

아버지가 변하면 가정이 변한다

가정이 흔들릴 수도 있는 직업

얼마 전에 남편이 방송국에 근무를 한다는 여성분의 전화를 받은 일이 있다. 장기출장은 다반사고, 밤낮이 바뀌는 일에 가정이란 잠깐 와서 눈만 붙이고 가는 데에 불과하다는 남편을 두고 그 여성은 '빛좋은 개살구'란 표현을 썼다.

"하루 이틀도 아니고, 언제까지 이렇게 살아야 하는지 답답할 뿐입니다. 얼마 전엔 남편과 같은 직종에 근무하는 분의 아내가 만나자고 전화를 했더군요. 외로움을 참을 수가 없어서 옛애인을 몇 번 만나다가 남편한테 들켰다면서, 아무래도 이혼을 하게 될 것 같다구요. 남의 일 같지가 않아서 일이 손에 잡히지가 않아요. 저도 남편과의 사이가 연애 시절 같지가 않거든요. 제가 그런 얘길 하면 남편은 자기 일에서 오는 스트레스만 강조하고, 집에서 편하게만 사니까 잡생각만 한다나요. 남들은 다 유명한 남편과 사는 나를 부러워하지만, 차라리 돈을 못 벌어도 남편과 오순도순 차 한 잔을 마시며 얘기할 수 있었으면 좋겠습니다."

그 여성분은 남편의 빈자리가 너무 크다고 말했다. 그래서인지 언제나 마음 한구석이 텅 비어 있어서 조금만 남편이 서운한 말을 하면 며칠을 끙끙 앓는다고 했다.

"남편이 일찍 죽어서 혼자 사는 여자들도 많은데 내가 너무 사치스런 생각을 하는 게 아닌가 하는 생각이 들기도 합니다. 그러나 이 세상에 없다면 차라리 그러려니 하면서 살 수도 있을 것 같아요. 이건 그것도 아니고 저것도 아니고. 내 남편 같은 사람은 무슨 생각들을 하면서 살고 있는지 정말 궁금합니다."

경찰관이나 프로야구 선수, 신문사 기자, 운전기사, 비행기 조종사, 방송국 종사자 등 생활이 규칙적이지 못한 남편들이 주변에는 많다. 그런데 그런 직업을 가지고 있는 남편이나 그런 남편을 둔 아내들의 전화를 받노라면, 단순히 직업이 그런 걸 어떡하느냐는 논리만으로는 해결될 수 없는 문제가 산적해 있다는 걸 느끼게 된다.

가장 큰 문제는, 아내들의 외로움이었다. 언제나 집을 비우는 남편, 그런 남편을 기다리며 하루를 보내노라면 인생이 뭔가 하는 허무에 시달린다고 한다. 결혼이 기쁨이요 행복이 아닌 끝없는 기다림과 고통, 좌절의 연속인 것이다.

쑥쑥 크는 아이들을 보는 즐거움도, 한푼 두푼 모아 집을 장만하는 기쁨도 남편과 함께라야 온전하게 누릴 수 있지 않을까. 남편의 직업이 불규칙적인 아내들의 하소연은 주로 그런 부분들이었다.

물론 남편이 나름대로 사회에 이바지한다는 데 대한 보람 같은 건 가지고 있었다. 특히 남편이 사명감을 가지고 자신의 일을 할 때 아내는 남편이 큰사람처럼 보인다고 했다.

하지만 그것만으로 살 수는 없는 게 아닐까. 그래서 쉽게 밖으로 눈을 돌리게 되고, 그러다 보면 가정이 깨지는 것은 아닐지 모르겠다.

그런 남편들이라고 할말이 없는 게 아니다. 남자들도 제시간에 들어가지 못하거나 밖에서 밤을 새우는 게 힘들다. 그런데 이건 어쩌다 한 번 들어가는 집 안이 따스한 게 아니라 냉기가 흐른다면 금방이라도 뛰쳐나오고 싶다. 결국 제3의 장소에서 위안을 찾고 싶은 욕구가 생기기도 하는 것이다.

닭이 먼저냐 달걀이 먼저이냐의 문제처럼 보이기도 하지만 어쨌든 불화가 잦은 것이 사실이다. 그래서인지 정확한 통계는 나와 있지 않지만 가정 법원에 근무하는 사람의 말을 빌린다면, 특히 이혼율이 높은 집단은 남편의 직업이 불규칙적인 경우가 많다고 한다.

행복은 누군가 만들어서 가져다 주는 게 아니다. 행복한 가정 역시 마찬가지라고 본다. 아내가, 혹은 남편이 일방적으로 만드는 게 아니라 함께 빚어내야만 더욱 빛나지 않을는지.

그러기 위해서는 아내의, 남편의 입장을 먼저 생각해 주는 자세가 필요하다고 본다. 직업이 그러니까 할 수 없어가 아니라 그런 상황에서라도 가정을 돌볼 수 있어야 하고, 왜 내 남편만은이라는 불만보다는 최선을 다해 자기 일을 하는 모습을 긍정하고 도와주어야 한다. 그럴 때라야만 마음의 평온과 가정의 행복이 동시에 자리잡을 수 있지 않을까.

세상에서 가장 행복한 사람은 자기 일에 최선을 다하는 사람이라는 진리를 기도하는 심정으로 받아들인다면, 그렇게 생

각하며 나와 상대를 이해하는 마음으로 산다면 세상은 훨씬
살맛나는 모습으로 새롭게 태어날 것이라고 믿는다.

아버지도 연습이 필요하다

돈만 잘 번다고
퇴근해서 일찍 들어간다고
함께 놀아준다고
좋은 아버지는 아니다.
아이들의 눈높이에 맞춰
생각할 줄 알고
아이들의 고민을 마음으로 받아들여
함께 고민하는 아버지.
아이들은 그런 아버지를 원한다.
그래서 좋은 아버지가 되기란
말처럼 쉬운 일이 아니다.
당신은 아이들에게
어떤 아버지로 남고 싶은가?

☞ 좋은 아빠 10계명

1. 약속을 지키자.
2. 칭찬을 하자.
3. 기준을 세우자.
4. 모범을 보이자.
5. 일관된 행동을 하자.
6. 편지를 쓰자.
7. 가족회의를 하자.
8. 아버지의 일을 이해시키자.
9. 비교하지 말자.
10. 사과를 하자.

독불장군 우리 남편

박경민 씨의 자녀들은 언제나 기가 죽어 있다. 매사에 자신감이 없고 의욕도 없다. 박씨는 그런 아이들을 볼 때마다 비위가 상해 "사내 녀석들이 왜 그러느냐"며 윽박지르고 화를 낸다. 하지만 그럴수록 아이들은 활달해지기는커녕 오히려 주눅만 들어 갔다.

박경민 씨는 아내도 하인 다루듯이 한다. 애당초 아내와 의논이란 건 해본 적이 없고 늘 명령조로 말한다. 게다가 아내가 하는 일이라면 매사에 반대부터 해야 직성이 풀린다.

아이들에게도 할말이 있으면 해보라고 하면서도 막상 말대꾸를 하면 받아 줄 마음의 여유는 없다. 자기가 생각하는 건 모두 옳은 것뿐인데, 왜 아내와 아이들은 저렇게도 어리석은 생각만 하는지 박경민 씨는 답답하기만 하다.

이런 성격 때문에 박경민 씨에게는 친구가 거의 없다. 회사 동료들 역시 그와는 술자리도 같이하지 않으려고 한다. 자연히 귀가 시간이 정확할 수밖에. 그러니 그의 아내는 외출을 했다가도 남편이 들어올 시간이면 만사를 제쳐두고 집으로 돌아온다. 아이들 역시 학교 수업이 끝나면 부리나케 집으로 달린다. 아버지의 잔소리가 두렵기 때문이다.

신혼 때는 자신을 너무 사랑하기 때문이라고 믿었던 박경민 씨의 아내는, 이제 남편을 어리석은 독불장군으로밖에 보지 않는다. 아이들 역시 겉으로는 아버지를 무서워하고 존경하는 듯싶지만, 속으로는 무시하고 미워할 뿐이다.

아직도 박경민 씨는 자기가 없을 때라야 집안에 활기가 차고 가족이 편안해 한다는 사실을 알지 못한다. 자기 앞에서는 숨도 쉬지 못하고 복종하는 아내와 아이들의 마음속에 어떤 감정이 흐르고 있는지 알 생각조차 하지 않는다.

박경민 씨의 경우처럼 아버지의 지나친 독재와 억압은 정도의 차이는 있어도 가족을 불안하게 하고 고통스럽게 한다. 물론 아버지는 중요한 존재임에 틀림없다. 그러나 아내와 아이들의 마음을 살피지 못하는 독불장군형이 되어서는 오히려 가족의 마음에 고통을 심어주는 존재가 될 뿐이다.

아버지는 운동 선수가 되어야 한다. 어쩌면 아버지란 존재는 아내와 아이의 다리 한짝씩을 묶고 호흡을 맞춰야만 골인점을 향해 걸어갈 수 있는, '3각 1인'의 게임을 하는 선수가 아닐까 싶다.

생각을 바꾸면……

　해외 근무를 마치고 귀국한 한병기 씨는, 아버지 노릇 한번 제대로 하겠다는 각오가 대단했다. 6년 동안이나 아이들과 함께 지내지 못한 세월을 안타까워하면서, 이제부턴 가정의 기둥으로 열심히 살겠다는 생각에 하루하루가 즐거웠다.

　1남1녀의 자녀도 귀여웠고, 그 동안 혼자 가정을 꾸려 온 아내도 고마웠다. 직장에서의 진급도 순조로웠고 아파트도 당첨되었으니, 이제부턴 아버지 노릇만 잘하면 행복한 가정이 되겠다 싶었다. 어느새 초등학교 4학년이 된 아들녀석과 조금은 서먹서먹한 부분도 있었으나, 오랜 세월 떨어져 살아서 그러려니 하고 크게 문제삼지 않았다.

　6년 동안의 미국 생활에서 한병기 씨가 깨달은 건 우리 나라의 효와 예절이 대단히 중요하다는 사실이었다. 그래서 틈만 나면 아이들에게 효 정신과 예절 바른 태도를 강조했다.

　그러나 한병기 씨가 기대했던 것과는 다르게 아들녀석의 반응은 신통치 않았다. 몇 번 무섭게 야단을 쳤더니 아버지만 보면 주눅이 들어서 아무 말도 하지 못했다. 그러다가 마침내

아버지도 연습이 필요하다

말을 더듬기까지 했다.

한병기 씨는 아들녀석이 그렇게 된 것이 자신의 엄격한 태도 때문이었다고는 생각하지 않았다. 그래서 다른 사람 앞에서는 멀쩡하다가도 자기 앞에서만 말을 더듬는 아들에게 화를 냈고, 정신 차리라며 혼을 내기도 했다. 그러나 아들녀석의 말 더듬는 증세는 점점 더 심각해져, 결국은 병원에 다니며 치료를 받아야만 하는 처지가 되었다.

야단만 치는 아버지 때문에 아이가 변했다는 아내의 불평에 부부 싸움은 늘어만 갔다. 그럴수록 아들녀석은 만화방과 오락실에서 살다시피 했고, 상위권에 들던 학교 성적은 뚝 떨어졌다.

때리기도 하고 달래보기도 했으나 별효과가 없었다며, 필자를 찾아온 한병기 씨는 한숨만 푹푹 내쉬었다.

상담을 통해 지나치게 엄격한 아버지의 행동이 아이에게 어떤 영향을 주었는지 깨닫게 된 한병기 씨는 아들을 대하는 자신의 태도에 문제가 있었음을 인정했다. 그리하여 아들과 솔직한 이야기를 나누면서 그 동안의 태도를 바꾸어 나갔다.

그후 아들녀석은 몰라 보게 밝고 명랑해졌음은 물론이다.

자식을 사랑하지 않는 부모는 없다. 그러나 지나친 간섭과 엄격한 행동은 칭찬 한마디보다 못하다. 한병기 씨의 가정을 통해서 다시 한 번 그런 사실을 확인할 수 있었다.

당신은 아버지 자격도 없어요

정태민 군의 아버지는 어린 시절 엄청난 고생을 하며 자랐다고 한다. 시골에서는 도저히 어떻게 해볼 수 없어 서울로 무작정 상경, 닥치는대로 일을 하여 부자가 되었다. 부자가 된 사정이야 차치하고, 정군이 아홉 살이 될 무렵 집안에 문제가 생겼다.

정군의 아버지가 젊은 여자와 살림을 차렸던 것이다. 당연히 집안은 편할 날이 없었다. 이혼을 하자는 둥 절대 못해 주겠다는 둥, 결국 정군의 어머니는 폭언과 폭행에 질려서 이혼 서류에 도장을 찍고 말았다.

그후 5년 동안 정군의 어머니는 모든 것을 운명이려니 생각하며 열심히 살았다. 그 사이 정군의 집에는 새엄마가 들어와 이복동생을 낳았는데, 날이 갈수록 정군에 대한 구박이 심해졌다고 한다. 자연 정군은 집에 들어가는 걸 죽기보다 싫어했고, 좋지 않은 친구들과 사귀면서 용돈이 떨어지면 도둑질도 서슴지 않았다.

처음 도둑질을 하다 경찰서에 붙잡혀 들어간 날, 정군은 경

아버지도 연습이 필요하다

찰서로 찾아온 아버지에게 반쯤은 죽을 만큼 맞다 살아났다. 그후로도 정군의 아버지는 조그마한 일에도 혁대로 온몸을 때리곤 했는데, 그럴수록 정군은 학교 공부는 쳐다보지도 않는 문제아가 되었다.

어느 날, 정군은 아버지에게 죽도록 얻어맞고 어머니를 찾아갔다. 온몸이 시퍼렇게 멍든 아들의 모습에 어머니는 피울음을 토하며 전남편을 찾아갔다. 아버지 자격도 없는 사람이 어떻게 그럴 수 있느냐고 따지는 전부인에게, 정군의 아버지는 "니가 뭔데?" 하면서 주먹을 앞세웠다.

현재 정군의 어머니는 병든 몸으로 일을 하며 정군을 기르고 있다. 그런데 정군은 어머니와 함께 산 그날부터 밤낮으로 조르는 게 하나 있단다. 태권도를 가르쳐 달라는 것이다. 언젠가는 아버지를 죽이겠다고.

어린 정군의 가슴에서 자라고 있는 아버지에 대한 증오의 불길을 어떻게 하면 잠재울 수 있을까. 정군을 생각할 때마다 올바른 부모의 역할이 얼마나 중요한가를 곱씹게 된다.

술 마시기 위한 사업

　무역 중개상을 하는 민무기 씨는 업자와 만나고 외국 바이어와 만나면 으레 술을 마신다. 때문에 아침이면 속이 쓰려 죽겠다는 말을 입에 달고 일어난다.

　아이들의 얼굴을 찬찬히 보는 것도 일요일뿐이다. 그러나 일요일에도 언제나 잠만 자고, 아내가 아이들 문제로 무슨 이야기를 할라치면 "피곤하니까 당신이 알아서 해" 하고는 다시 잠 속으로 빠져든다. 그러니 아이들인들 아버지를 좋아하겠는가. 언제나 술냄새가 난다고 아예 근처에도 가지 않으려고 한다.

　이런 생활 때문인지 민무기 씨는 나이에 비해 늙어 보인다. 흰머리도 눈에 띄게 많이 나 있다. 몸을 가누기도 힘들게 마시는 습관 때문에 지갑을 분실한 게 한두 번이 아니다. 돈도 돈이지만 어떤 때는 누군가 그의 카드로 3백만 원어치의 물건을 사버려 곤욕을 치른 적도 있었다.

　그러나 지금 그의 아내가 걱정하는 건 남편의 건강만이 아니다. 이젠 업자들도 남편과 함께 하는 술자리를 피한다는 말이 들려오니, 사업이 어떻게 될지 여간 걱정되지 않았다.

옛날부터 술은 '약주'라고 했다. 적당히 마시면 혈액 순환도 잘되고 스트레스 해소에도 도움이 된다 하여 약주라고 했을 것이다. 그러나 무엇이든 과하면 문제가 된다.

우리 나라 음주 문화는 과음에 익숙해 있다. 1차, 2차, 3차까지 마시고 그로 인한 실수담을 모험담이나 되는 양 자랑한다. 하지만 과음은 결코 자랑거리가 아니다. 오히려 자기 자신에 대한 통제 능력이 얼마나 부족한가를 드러내는 지표가 될 뿐이다.

국내 주요 병원의 조사에 따르면 18~65세 인구의 22~23 퍼센트는 알코올 중독에 가깝고, 10퍼센트 가량은 당장 입원해야 할 수준이라고 한다. 주량 조절이 되지 않고 술로 인해 직장이나 가정에서 동일한 실수를 2회 이상 되풀이한 경우라면 진단을 받아 봐야 한다는 것이다.

술로 인해 한 가정의 행복이 무너지는 모습을 너무나 많이 봐왔다. 자신은 물론 사랑하는 가족을 위해서도 적당한 자기 관리는 필수가 아닐까.

책을 읽는 아버지

어느 모임에서 아버지들에게, "자녀가 당신을 닮아도 좋습니까?"라는 질문을 던졌다. 그랬더니 90퍼센트의 아버지들이 '아니다' 또는 '글쎄'라는 대답들을 했다.

자신의 인생을 돌아보며 열심히 살았노라고 자신만만하게 내세울 수 있는 사람은 드물다. 하지만 그 동안 어떻게 살아왔길래 내가 가장 사랑하는 자녀가 나를 닮아서는 안 된다고 열 명 중 아홉 명이 손을 내저은 것일까?

그러나 공교롭게도 자녀는 아버지의 잘못된 모습만을 꼭 닮는다. 아버지가 신경질을 부리면 아이도 신경질적인 아이로 성장한다. 무슨 일이든 부정적으로 처리하는 아버지 밑에서 자란 아이는 친구들과의 사이도 좋지 않다. 바라보는 시각이 부정적이니 사사건건 '네 탓'으로 돌리기 때문이다. 그래서 '피는 못 속인다'는 말이 나왔나 보다.

박동식 씨와 이기수 씨는 몇 가지 공통점이 있다. 같은 아파트에서 같은 종류의 승용차를 몰고 같은 회사에 근무하는 그들은 자녀의 수도 같다.

그런데 술자리가 많은 영업부장 박동식 씨의 자녀는 독서
는커녕 공부만 잘해도 고마워해야 할 정도로 학습 부진아이
다.

박동식 씨는 가정에서 책을 읽는 모습을 보여 준 적이 없
다. 물론 좋아서 하는 일은 아니지만, 평소 술에 취해 다닌 것
이 미안해서 일요일엔 언제나 식구들과 함께 외출을 한다. 당
연히 집에서는 책 한 줄 읽을 시간이 없다.

그러나 이기수 씨의 자녀는 눈만 뜨면 책을 읽기 때문에 부
모가 오히려 걱정할 정도이다. 해박한 상식과 정연한 논리로
또박또박 자신의 의견을 말하는 모습이 아버지를 쏙 빼닮았
다고 한다.

사실 기획실에 근무하는 이씨는 틈만 나면 책을 읽고, 그
때문인지 항상 풍부한 화젯거리로 주변 동료들의 부러움을
사고 있다. 물론 이기수 씨는 술을 전혀 못 마신다거나 안 마
시는 사람은 아니다. 술을 마시든 마시지 않든 간에 책 읽는
습관이 몸에 밴 그는 외출할 때도 책을 챙기고, 일요일이면
아이들과 서점에 들러 한 바퀴 빙 둘러본다.

우리 나라 국민들은 일 년에 책 한 권도 제대로 읽지 못한
다고 한다. 그러면서 술 소비량은 세계 제1위이다. 술 마시는
데 쓸 몇십만 원은 있어도 몇천 원 하는 책 한 권 안 사고 안
읽는다는 것은 분명 부끄러운 일이다.

독서는 정신적 영양소이다. 끊임없이 영양소를 공급해 주어
야만 정신 건강이 좋아질 것이다. 오늘 점심은 무얼 먹을까,
저녁은 무얼 먹을까, 하며 몸을 보하는 데는 열심이면서 오늘
은 무슨 책을 읽을까,고 정신 건강의 영양소에 대한 걱정은
하지 않는다.

그러면서 자녀들에게는 책을 읽어라, 공부해라,며 야단이다. 어린 자녀와 함께 술을 마신 후, 자기는 옆으로 걸으면서 자녀에겐 똑바로 걸으라고 야단치는 것과 무엇이 다른가.

왜 책을 읽지 않는가고 물으면 시간 운운하는 사람이 있다. 그러면서 술은 마신다. 책은 마음만 먹으면 단 10분이라도 읽을 수 있다. 요는 관심의 문제지 시간이 문제가 아니라는 것이다.

만약 당신이 책읽는 데 취미가 없다면, 책을 읽지 않는 당신 자녀를 나무라지 마라. 만약 당신이 필요 이상으로 많은 술을 마신다면, 미성년자인 당신 자녀가 술집을 들락거려도 나무라지 마라. 아이들이 당신에게서 보고 배운 것은 그것뿐이니까 말이다.

자녀 교육이란 가르치는 것이 아니라 부모가 삶의 모습을 보여 주는 것에 지나지 않는다. 탈무드에, '배움은 가르침을 받는 것이 아니라 큰 사람 앞에 서는 것'이라는 구절이 있다. 아이들은 힘들게 가르치지 않아도 부모의 모습을 보고 저절로 배우게 되는 것이다.

아무리 바빠도 식사를 하듯 독서하는 습관을 길러야 한다. 단 몇 분이라도 잠자리에 들기 전에 책을 읽는다면, 아이들이 무슨 책을 읽는지 책 제목이라도 물어본다면 당신은 틀림없이 존경받는 아버지가 될 것이다. 왜냐하면 아이들은 자기가 지금 읽고 있는 책이 무엇인지 알고 있는 아버지는 자기를 무척이나 사랑하는 신세대 아버지라 생각하기 때문이다.

좋은 아버지가 훌륭한 자녀를

　필자가 아는 사람 중에 그야말로 '좋은 아버지'라고 이름 붙일 수 있는 친구가 있다. 그는 가난한 농가에서 태어나 고학으로 공부를 하고, 성실히 일해서 이제는 웬만큼 안정된 가정을 꾸려가고 있다.

　'최고보다는 최선을 다해라. 일등보다는 개근을 하라'는 확고한 그의 신념 그대로 중학교 2학년인 아이는 성실한 태도를 보여 주었다. 아버지와 함께 일찍 일어나 조깅도 하고, 시간이 나는 대로 취미 생활도 하는 아이는 스스럼없이 이 세상에서 아버지를 가장 존경하고 사랑한다고 말하곤 했다.

　그런데 어느 날, 아이의 친구가 미국으로 유학을 가게 되었다고 한다. 유학을 가면서 얼마나 그럴 듯한 말로 자랑을 했는지, 그 아들 역시 유학을 가겠다며 막무가내로 떼를 쓰기 시작했다. 여러 가지 방법으로 설득도 하고 회유도 했으나 아이의 마음은 이미 태평양을 건넌 뒤였다.

　두 달이 넘게 설득했지만 아이는 입을 꾹 봉한 채 유학 관계 서적이며 미국의 지도를 사들여 밤을 새우다시피 했다.

결국 그 친구는 직장에 휴가계를 냈다. 그리고 조기 유학에 대해 알아보기 위해 8mm 비디오 카메라를 들고 미국 뉴욕으로 향했다. 낯선 이국땅 미국에 가서 아들이 지정한 학교를 찾아내고, 그곳의 유학생과 유학생 부모들을 만나 그들의 애환을 직접 녹음했다. 유학 생활에 적응하지 못해 방황하는 아이들의 모습도 비디오에 담았다.

언어 문제와 가치관의 혼란, 충분치 못한 경제 사정으로 고통스러워하는 유학생들의 모습에 그의 아들은 결국 입을 열었다.

"아버지, 대학을 졸업하고 떠나겠습니다."

우리 주변에는 수많은 조기 유학생들이 있다. 왜 가야만 하는가에 대한 목적도 없이 무조건 보내는 부모도 있고, 가고 싶어하는 아이들의 의견 같은 건 안중에도 없이 막무가내로 "안 돼" 하며 윽박지르는 부모도 있다.

그러나 부모의 진정한 관심과 냉철한 판단만이 자녀를 올바르게 키울 수 있음을, 필자는 그 친구를 보며 다시 한 번 확인할 수 있었다.

아버지도 연습이 필요하다

그 사람의 참모습

　대그룹에 입사하여 고속 승진으로 모두의 부러움을 사던 이정민 씨가 주유소를 차린다고 했을 때, 그를 아는 사람들은 모두 잘될 것이라고 덕담들을 했다. 무슨 일이든 성실하고 열심히 했기 때문이다.

　사람들의 말처럼 이정민 씨의 사업은 순풍에 돛단 것 같았다. 몇 년 되지도 않아 주유소를 하나 더 차렸기 때문이다. 그러나 아주 잠깐 사이 이정민 씨는 거액의 부도로 그 동안 모았던 재산을 몽땅 날리고 말았다. 주변에 우후죽순 모양 생기는 주유소들과의 경쟁에서 지고 만 것이다.

　하지만 월세방으로 이사를 한 이정민 씨는 아내는 물론이고 아이들 앞에서도 절망스런 표정 한 번 내비치지 않았다. '무엇이든 할 수 있는 나이인데 뭐가 걱정이냐'는 생각 때문이었다.

　그후 그는 택시 기사가 되었다. 언제나 밝은 모습으로 성실하게 일하는 그의 모습에 감동한 아내도 파출부며 식당 종업원으로 함께 벌기 시작했다. 큰 병 없이 자라주는 아이들이 재산이라면서 허리띠를 졸라매고 일했다.

아이들 역시 그 흔한 피아노나 속셈학원 한 번 가지 못해도 불평하지 않았다. 누구를 만나든 부끄러워하지 않고 솔직하게 자신들의 모습을 내보이는 부모님을 자랑스러워하기까지 했다. 그래서 친구들이며 선생님들에게 우리 아버지는 택시기사고 우리 어머니는 파출부 일을 한다고 당당하게 말하곤 했다.

큰딸이 고등학교를 졸업하고 회사에 취직하던 그 즈음 개인택시를 샀고, 얼마 전엔 변두리지만 24평 아파트까지 장만하여 너무나 행복하다는 이정민 씨 부부. 밝은 모습의 아이들과 이야기꽃을 피우는 그들 부부의 모습은 보기에도 더할 나위 없이 편안해 보였다.

만약 그들 부부가 사업에 실패한 뒤 좌절하고 체면에 급급했더라면 어떻게 되었을까? 사업에 실패하여 고통받는 사람이 비단 이정민 씨뿐이겠는가. 그러나 우리는 조그만 역경에도 쉽게 좌절하고 체면에 급급해 하며 현재의 고통 속에 주저앉는 사람들을 많이 본다.

사람의 참모습은 역경 속에서 나타나는 것임을 이정민 씨를 보며 다시금 느낀다.

아버지도 연습이 필요하다

칭찬과 격려라는 묘약

기초 학습이 부족한 민우가 중학생이 되어서 치른 첫번째 중간고사 성적은 형편없었다. 때문에 성적표를 들고 집으로 향하는 민우의 발걸음은 무겁기만 했다. 부모님께 성적표를 보여드린 후 도장받을 일도 끔찍했고, 어쩌면 매를 맞을지도 모른다는 두려움이 집으로 향하는 발길을 더욱 무겁게 만들었다.

그러나 한참 동안 성적표를 바라보던 아버지는 이렇게 말했다.

"민우야, 꼴찌에서 다섯째라서 많이 고민했겠구나. 하지만 크게 걱정할 필요는 없다. 일등과 꼴찌에서 다섯째를 막대기로 생각하면 차이가 크지만, 동그라미로 생각하면 일등과 너는 아주 가깝지 않니? 너희들은 모두 비슷비슷하기 때문에 노력하면 된단다. 성적보다 더 중요한 건 우리 민우가 정직하고 건강한 거야. 아빠는 이것만 갖고도 기쁘단다. 공부야 앞으로 열심히 하면 되는 거지."

매를 맞을 거라고 예상했던 민우는 아버지의 격려에 큰 감명을 받았다. 당연히 그 뒤로는 아버지의 말씀대로 열심히 공부를 했고, 지금은 상위권에 들고 있다.

민우 아버지의 칭찬과 격려는 모든 부모들의 귀감이 되고도 남는다. 평소에는 아이들 문제에 전혀 관심이 없다가도 성적만 떨어지면 아내에게 책임을 돌리는 아버지가 있다. 당연히 그런 가정에는 평화가 존재하지 않는다.

아이들은 아이들대로 가정 불화가 자기 때문이라는 죄책감에 집으로 들어가는 것을 두려워한다. 그러다가 가출을 하게 되고, 가출한 아이들끼리 어울려 본드 등의 해로운 물질을 흡입하며 흔히 말하는 탈선과 비행에 빠지는 것이다.

가정은 사랑과 평화의 안식처이다. 만약 그곳이 아이들의 정신을 괴롭히는 환경으로 떨어졌다면 부모는 자녀에게 가해자가 되는 것이다.

공부를 못하고 싶은 아이들이 어디 있겠는가. 당사자도 괴로울 텐데, 거기에다 칼질을 하고 소금을 뿌려서 무엇을 거둘 수 있겠는가? 아픈 상처에는 격려와 칭찬만한 묘약도 없는 법이다.

아버지도 연습이 필요하다

지나친 것은 모자란 것만 못해

조그만 기업체를 운영하는 오성식 사장은 해박한 지식의 소유자이다. 누구 못지 않게 책도 많이 읽고 생각도 열려 있다. 그의 아내 또한 재색을 겸비했다.

그런데 그런 부부가 무남독녀 외딸에게 하는 것을 보면 그들의 지식과 교양이 의심스러울 정도이다. 한편으론 아슬아슬한 느낌마저 든다. 그들의 지나친 사랑과 관심이 잎은 푸르지만 뿌리는 썩는 결과를 가져오지는 않을까 하는 조바심 때문이다. 아무리 그럴 듯해 보이는 나무라도 필요 이상 물을 주면 뿌리부터 썩게 마련이다.

사실 오 사장의 딸인 미화는 축복 속에 자라는 아이처럼 보인다. 부모의 사랑은 말할 것도 없고 가정도 넉넉하니까 말이다. 이제 초등학교 2학년인 미화의 말이라면 오 사장은 무조건 들어 주고, 아내 역시 딸의 말이라면 껌벅 죽는다.

그러나 그들이 가진 재산과 사회적인 위치 때문에 누구도 그들을 비판하거나 충고할 수 없다는 걸 그들 부부는 모르고 있다. 그저 자기 부부처럼 자식에게 많은 관심과 사랑을 베푸는 사람도 없을 것이라는 착각에 행복해 할 따름이다.

물론 미화가 크면서 나쁘게 된다고는 볼 수 없다. 넘쳐 흐르는 부모의 관심 속에서 행복한 소녀로 성장할 수 있다.

하지만 그 아이는 부모가 해주던 것에서 조금만 모자라도 예상치 못한 변화를 일으킬 수 있다. 결혼을 했을 때도 부모가 베푼 만큼의 사랑과 관심, 부를 소유하지 못한다면 무난한 결혼생활을 유지할 수 없을 것이다. 하지만 산다는 게 어디 그렇게 마음먹은 대로만 되는가?

고통을 겪어 봐야 더 큰 고통을 이겨낼 수 있다. 적당히 부족한 부분도 있어야만 더 큰 만족을 얻을 수 있다.

지나친 관심은 오히려 온실 속의 화초처럼 나약한 인간을 만들 수도 있다는 걸 오 사장 부부는 언제쯤 깨닫게 될까?

체면보다 중요한 아이들의 미래

김한석 군은 이제 대학을 포기하고 중국집 배달부로 나섰다. 중학교를 다닐 때만 해도 우등생이었는데, 고등학교 진학 후 점점 떨어지는 성적이 문제가 되었다.

김군의 아버지는 아직도 이 사실을 모르고 있다. 혹여나 남편이 이 사실을 알게 될까 봐 김군의 어머니는 좌불안석, 언제나 신경을 곤두세우고 산다.

문제는 사촌형이 S대를 합격한 이후부터 나타났다. 김군과 김군의 사촌형은 초등학교 때부터 우등생이었다. 그래서 가문을 세울 인물로 일찌감치 친척들의 기대를 한몸에 받았다. 그리고 사촌형은 당당히 명문 대학에 합격하여 기대치를 달성하였다.

그때부터 김군은 사촌형이 높다란 벽같이 생각되었다. 자신감을 잃었던 것이다. 자연히 성적도 떨어졌다.

그런데 김군과 그 사촌형은 둘 다 우등생이었으나 생활은 전혀 달랐다. 큰집에서는 자녀들이 스스로 공부하는 방법을 가르쳤다. 새벽마다 신문을 배달하여 스스로의 용돈을 해결케

했고, 집에서 운영하는 음식점의 음식 배달이며 잔심부름도 손이 모자라면 돕게 하였다. 또 틈틈이 등산이며 탁구, 볼링 등 취미 생활도 즐기게 했다.

이에 반해 김군의 어머니는 공부 잘하는 아들이 오직 공부에만 매달리게 하였다. 고등학생인 아들이 자고 난 이부자리도 어머니가 개어주곤 했다. 좋은 대학만 갈 수 있다면 어떤 잘못도, 어떤 게으름도 용서가 된다고 생각했다.

그런데 부모의 이런 바람과 기대에도 김군의 성적은 날이 갈수록 떨어졌고, 성격도 내성적으로 변해 갔다. 자포자기 심정으로 껄렁한 아이들과 사귀더니, 1학년 2학기 때 처음 가출을 했다.

가출을 하는 것도 습관이다. 첫번에 잘 타이르고 올바른 방향으로 지도했으면 큰 문제가 일어나지 않았을지도 모르는 일이다. 그러나 김군의 어머니는 너무나 창피해서 누구에게도 김군의 가출을 말하지 않았다. 결국 김군은 조금만 자기 뜻대로 일이 되지 않으면 집을 나갔고, 지금은 어느 중국집에서 배달을 하고 있다.

지금도 김군의 가출을 아는 사람은 몇 명 되지 않는다. 김군이 중국집에서 배달을 하고 있다는 걸 아는 사람은 한 명도 없다.

이렇게 되도록 모든 일을 비밀에 부친 김군의 어머니는, 지금도 김군에게 요리전문 학원에라도 보내줄 테니 제발 탈선만은 말아달라고 애원하고 있다.

자신의 체면에 급급한 김군의 어머니는 능력이 부족한 아들을 큰집 형과 비교한 자신의 잘못을 아직도 깨닫지 못하고 있다. 무조건 공부만 잘하면 된다고 부추긴 것이 나약하고 신경질적인 성격으로 만든 원인이란 걸 모르고 있다.

김군의 어머니에게 지금 최선의 방법은 무엇인가?

하루라도 빨리 남편에게 사실을 털어놓고, 아들의 문제를 함께 논의해야 한다. 아들의 장래를 망칠 수 있는 문제를 두고 더 이상 작은 체면이나 비난을 두려워해 머뭇거려서는 안 되기 때문이다. 서로 머리를 맞대고 냉정하고 차분하게 아들의 문제를 다루는 길만이 김군 부모들이 할 수 있는 최선의 길임을 알아야 한다.

그러나 한 가지, 김군의 부모가 알아야 할 중요한 것은 명문대 입학도 좋고 요리사도 좋지만, 무엇보다 올바른 인간 교육을 해야 한다는 점이다. 한 인간으로서 튼튼하게 성장하려면 올바른 인간 교육이 전제되지 않고서는 어렵기 때문이다. 진정한 성공의 길도 바로 거기에서부터 출발한다는 사실을 김군 부모, 특히 어머니는 명심해야 한다.

똑똑한 어머니가 너무 많다

오병선 씨가 고민하는 것은 아내의 자녀 교육 방법이다. 아이는 이제 초등학교 4학년인데, 아내는 자기가 못 이룬 꿈을 보상이라도 받으려는 듯 아이를 몰아친다는 것이다. 매일 다르게 지도되는 과외교습이 무려 여덟 가지나 되니, 시간을 외워서 교습소로 뛰는 아이를 보는 것만으로도 숨이 가쁘단다. 그러나 격정은, 아이가 받는 교습들이 하나같이 아이가 원하는 건 아니라는 점이다. 그러니 기관이 고장난 배가 파도를 타고 표류하는 모습이다.

아이는 요즘 들어 부쩍 학교가 싫다는 말을 서슴없이 내뱉는다. 그리고 그럴 때면 아내는 '아빠가 못 나온 대학' 운운하며 아이를 사정없이 야단친다니, 오병선 씨가 고민하는 것도 무리는 아니다.

요즘 어머니들은 너무 똑똑하다. 하지만 교육에 대해서 잘못 알고 있는 것도 한두 가지가 아니다. 이것저것 모두 다 시키면 다양한 사고력이 키워지는 줄 알지만, 그것도 유치원과 초등학교 저학년까지나 효과가 있다.

오병선 씨의 자녀도 유치원을 다닐 때까지만 해도 모든 분야에 대단한 소질이 있다는 선생님들의 칭찬을 귀가 따갑도록 들었지만 지금은 학교 가는 것도 싫어한다. 그런 아이가 어머니의 욕심대로 커줄지는 의문이다.

요즘의 자녀 교육 형태를 볼 때마다 조장(助長)이란 고사성어가 떠오른다.

옛날 중국 송나라의 어떤 농부가 곡식의 싹이 더디 자라자 어떻게 하면 빨리 자랄까 궁리를 했다. 그러다가 급기야는 싹의 목을 뽑아 주었다. 그리고 집에 돌아와 아내에게 이렇게 말했다.

"내가 싹이 자라는 걸 도와주고[助長] 왔소이다."

이 말에 아내가 아무래도 미심쩍어 나가 보니, 싹이 모두 위로 뽑혀져 물을 제대로 빨아들이지 못해 시들시들 말라 있었다고 한다.

때를 기다리지 않고 섣불리 욕심을 부리면 오히려 망치기 십상이라는 이야기다.

자녀에게 가장 훌륭한 스승은 부모이다. 인간 됨됨이나 인격은 가정에서 거의 대부분 이루어지며 사회에서는 그것이 나타날 뿐이다. 그런데도 부모는 학교나 과외가 모든 것을 해결하는 것처럼 생각하며, 돈만 쏟아부으면 그럴 듯한 인간으로 자란다고 믿는다.

제아무리 좋은 학교를 나와도 존경받는 인물이 못 되면 그 교육은 헛된 것이다. 크든 작든 소속된 집단에서 환영받는 사람은 인간 됨됨이가 갖추어지고 성실함이 돋보이는 사람들이다. 성격이 비뚤어지고 품행이 흐트러진 사람은 절대 환영받지 못한다.

따라서 자녀를 올바르게 키우고 싶다면 과잉 기대나 행동 장애가 될 수 있는 과잉 보호 등은 하지 않아야 한다. 자녀가 가지고 있는 능력을 객관적으로 평가해서 자발적인 참여로 성취감을 느낄 수 있도록 도와주어야 한다. 옆집의 누가 어떤 교육을 시키니 나도 뒤질세라 허겁지겁 시킨다면 그는 철학도 교육관도 없는 부모이다. 지금 당장은 여러 종류의 비싼 과외를 받고 있는 옆집 아이가 더 나아 보일 수도 있다. 그렇지만 평범하고 소박한 방법으로 소신 있게 자녀를 지도하는 부모의 자녀가 훗날 더 지혜롭게 살아갈 수 있다는 자신감을 가져야 한다.

자녀가, 자기가 하고 싶은 일을 해가며 세상을 재미있게 살아가길 바란다면, 스스로 하나하나 이루어가는 성취감을 느끼는 자랑스런 사람으로 커주길 바란다면 부모인 당신의 의식이 지금부터라도 변화되어야 한다.

아버지도 연습이 필요하다

좋은 부부되기 너무 쉽다

결혼을 한 지 10년이 훨씬 넘었는데도 문석우 씨 부부는 커피 한 잔을 놓고도 많은 말을 주고받는다. 아이들도 아버지에게 많은 이야기를 한다.

그래서 그 비결이 무엇인가 하고 물어 보았다.

문씨 부인의 대답은 지극히 평범했다. 그녀의 말에 의하면 '어머니'와 '아내'라는 확고한 자리가 남편으로 인해 생겼으니, 자기도 남편에게 '아버지'와 '남편'이란 확고한 자리를 마련해 주려고 노력한다는 것이다.

문씨 부인은 남편이 퇴근해서 돌아오면 아이들과 함께 현관까지 나가서 반갑게 인사를 한다고 한다. 식사를 할 때는 아버지가 수저를 들 때까지 온 식구가 기다리게 하고, 이웃집에서 별식을 갖고 온다거나 하면 반드시 아버지의 몫부터 떼어 놓는단다. 또한 아이들에게 아버지의 자리를 인식시키기 위한 하나의 방법으로 아이들의 용돈과 학용품비, 혹은 학교 공과금을 아버지가 줄 수 있게끔 한다는 것이다.

간혹 아버지가 늦게 들어오시면 '00일에 수련회를 갑니다.

금액 ○○원이 필요합니다'고 써놓게 한다. 수련회비야 엄마에게 타았지만 아버지는 그 다음날에라도 아이들에게 "수련회를 가서 좋겠구나", "수련회를 갈 때는 무엇이 필요하니?" 하면서 대화를 나눈다는 것이다.

또 한 가지, 문씨 부인이 아버지의 자리를 마련하기 위해 애쓰는 것은 월급받는 날이다. 월급날 남편에게 "그 동안 수고했어요. 고생 많았죠?" 하면서 별식을 내놓는다는 부인에게 그 남편은 휴일이면 손이 많이 가는 요리를 해준다고 한다. 별것 아닌 화제로도 재미있는 한때를 보내며 함께 시장도 가고 만두며 칼국수도 해준다니, 부부의 정이란 일방 통행이 아닌 '가는 정 오는 정'이라는 생각이 든다.

행복의 조건

문석우 씨 부인의 행복한 가정 만들기에 못지 않을 만큼 현명하게 사는 또 한 사람은 김영국 씨 부인이다.

김영국 씨의 부인은 자기 남편이 세상의 어떤 여자와 결혼을 했어도 행복하게 가정을 이끌어갈 남자라고 칭찬한다. 그러나 객관적으로 볼 때 김영국 씨는 평범하기 그지없는 남자이다. 아니, 어떻게 보면 아내의 입장에서 불만스런 요소가 상당히 많다. 직장에서의 늦은 귀가, 지나친 음주와 흡연도 밉게 보면 한없이 미울 만한 단점이다.

그러나 김영국 씨 부인은 이 세상에서 자기 남편만큼 소중하고 멋있는 사람도 없을 거라며 남편의 좋은 점만 찾아내며 그것을 커다란 행복으로 여긴다.

평일에는 시간을 못 내는 게 미안하다며 일요일이면 가족과 함께 시간을 보내는 남편이 고맙단다. 자기가 몸이 아파서 아침식사를 챙겨 주지 못하면 아이들과 함께 식사를 준비하는 남편이 감사할 따름이란다.

당연히 그렇게 해야 하는 것 아니냐고 말할 사람도 있을 것이다. 그러나 당연히 해야 할 일을 했을 때도 서로 고마워하는 그런 마음들에서 서로를 위하고 아끼는 생각이 자라는 게 아닐까.

사족 같지만, 늘 화목하고 신혼 때보다 더 서로를 사랑하는 김영국 씨 부부 사이에서 자라는 아이들은 밝고 건강하다. 예의도 바르고 공부도 잘한다.

남편과 아내의 행복은 단순한 데 있다. 가족의 건강, 배우자에게 무시당하지 않는다는 편안함, 아이들이 잘 크고 있다는 안정감 등, 따지고 보면 우리 나라 가정의 대부분이 갖추고 있는 것들이 바로 행복 그 자체이다. 세상을 아름답게 보려는 눈, 남을 비난하지 않는 입, 그리고 늘 감사하며 부족한 것을 감싸주려는 사랑만 갖고 있다면 우리도 김영국 씨 부인처럼 늘 행복하게 살 수 있으리라.

주눅 든 남편이 이들뿐이랴

아직도 우리 사회에는 매를 맞고 사는 아내들이 60 퍼센트
나 된다고 한다. 매스컴을 통해 심심찮게 보도되는 사례들이
그것을 증명하고 있다. 아직도 기억에 남는 사건 중의 하나
인, 딸이 매맞는 것을 보다 못한 어머니가 사위를 죽인 살인
극은 그래서 많은 사람들의 마음을 아프게 했다.

그러나 요즈음은 아내의 폭력에 시달리는 남편들도 부지기
수이다. 과거에는 여성들이 당했으니 이제는 당신네 남성들이
당해야 한다는 풍조도 없지 않아 있다. '북어와 아내는 사흘
에 한 번씩 어떻게 해야 한다'는 말은 속담사전에나 들어 있
는 말이다. 술취한 김에라도 슬쩍 입밖으로 냈다가는 여자들
의 오만 가지 논리에 코만 쏙 빠진다.

어찌 되었든 간에 요즘 세상의 남편들 권위는 북어 껍질 오
그라들 듯 형편없이 줄어들었다. 하루하루 아내의 눈치나 살
피면서 기죽어 사는 남편들이 하나 둘인가. 아내만 보면 놀라
는 경처가에, 슬슬 기는 기처가에, 간 큰 남자 시리즈는 듣는
남자들을 슬프게 한다.

　그러나 가정을 위해 희생하는 사람은 아내뿐인가? 하나의 온전한 인격체로 대접받지 못하고 폭행을 당하는 사람은 아내뿐인가?

　눈만 뜨면 직장으로 달려나가 돈 벌어야 하고, 아내와 아이들에겐 화도 내지 말고, 퇴근 후엔 가사까지 분담, 그러면서 진급은 척척, 그나마 사회성 좋은 인간이 되려면 술도 잘 마시는 슈퍼맨쯤 되어야 조금은 대접받는 남편이 된다.

　이것 중 하나만 부실해도 좋은 아버지는 될 수 없는 세상. 경제권, 자녀 교육권, 휴일 계획권까지 빼앗긴 아버지가 가정에서 자유롭게 할 수 있는 일은 무엇일까? 신문은 자유롭게 읽을 수 있을까?

　오동석 씨의 하소연은 그래서 더욱 슬프다.

　'돈도 못 버는'이란 꼬리표가 달린 오동석 씨는 아내가 아이들을 피멍이 들게 때려도 보고만 있어야 한다. 보다 못해 한마디 하면, "당신은 뭐가 잘났냐"며 퍼붓는 아내의 독설에 더 이상은 고개도 들 수 없다고 한다.

　"아이 때문에 이혼은 못하겠고, 경찰에 신고하는 방법은 없을까요?" 하며 하소연을 하는 오동석 씨를 보면 기가 막히다 못해 화가 난다.

　남자들은 단지 경제권을 빼앗겼다는 이유만으로 기가 죽고 주눅이 드는 것일까?

후회도 소용없다

결혼 후 지금까지 행복한 가정 생활이란 게 어떤 건지 알지도 못한 정태호 씨는 지금 병원에 입원해 있다.

정이 많아 누구에게나 따뜻하게 대해 주던 정태호 씨는 직업도 인품도 누구나 부러워할 만한 수준의 남자였다. 그러나 그 부인만은 그를 철저히 무시했다.

문제는 결혼 초 손님 접대를 하다 외도를 한 정태호 씨에게 있었다. 그는 그것을 신혼의 아내에게 솔직하게 고백했다. 다시는 그런 일을 저지르지 않겠노라 다짐하기 위해 한 고백이었다. 아내의 마음을 그렇듯 차갑게 바꿔 놓고, 평생을 그 그늘에서 벗어나지 못하도록 만들 거라고는 생각지도 못했다.

20여 년 간 아내의 정신적 학대에 시달려 온 정태호 씨는 엎친 데 덮친 격으로 이젠 병상에서 투병 생활로 고통받고 있다.

물론 정태호 씨가 건강을 상한 건 부인 때문이 아니다. 남편 스스로 자신의 건강을 수시로 체크했어야 했다. 그러나 부인도 남편의 건강을 체크해 주며 걱정해 주었어야 하지 않을까.

조금만 늦게 귀가하면 "누굴 만나고 오느냐?"고 따지고, 빨리 들어오면 "낮에 만나고 왔느냐?"며 빈정대는 부인의 푸념과 짜증에 남편 역시 말대꾸도 하지 않은 지 오래였다. 그런 상황에서 서로에 대한 걱정이나 연민의 감정이 있을 리 없었다.

그러나 지금 정태호 씨 부인은 그 동안 남편을 용서하지 못한 것을 후회하고 있다. 만약 투병 결과가 좋지 못하면 혼자서 가정을 이끌어 가야만 하는데, 그 생각만 하면 가슴이 막히고 자신의 발등이라도 찍고 싶은 심정이란다.

또 한 사람, 아내의 언어 폭력에 시달리는 송창수 씨의 경우를 보자.

송창수 씨는 이제 아내에게 지쳤다고 한다. 며칠 전 저녁식사를 하다가 국이 좀 짜다고 했더니, "당신이 반찬 한 번 만든 적이 있느냐"고 퍼붓더란다. 그러면서 "당신이 좋은 아버진 줄 아느냐"고 상황과는 전혀 맞지 않는 비약으로 괴롭혔다고 한다.

송창수 씨는 농촌 출신이다. 서울에서 일류 대학을 나오고, 남들이 부러워할 만한 직장에 다닌다. 처음 아내와 만났을 때, 많이 배우지는 않았지만 마음 씀씀이 순박하고 성실한 것 같아 기분 좋게 결혼을 결심했었다. 그가 기대한 건 겸손함과 푸근한 사랑이었다.

그러나 송창수 씨의 기대는 완전히 빗나갔다고 한다. 일류 대학을 나오고 남들이 부러워하는 직업을 가진 남편에게 아내가 느낀 건 다름 아닌 열등감이었다. 무슨 말만 하면, "그래, 나는 못났어. 그러는 넌 얼마나 잘났냐? 못난 나랑 사는 너도 나랑 똑같으니까 사는 것 아니야?” 한다는 것이다.

아내의 독설이 무서워 친구들과 술자리 한 번 마음놓고 가질 수 없었다. 그렇다고 친구들을 집으로 부를 수도 없는 문제였다. 언제 어느 때 태도가 돌변해 친구들 앞에서 망신을 줄지도 모르니까 말이다.

얼마 전엔 생일 선물을 사들고 갔더니, 이따위 걸 선물이라고 들고 왔느냐며 상스런 욕까지 퍼붓더란다.

말도 안 되는 아내의 언어 폭력에 시달리는 송씨는, 그렇지만 아이들이 있는데 어떻게 아내와 헤어지느냐고 자조섞인 미소를 머금는다.

참다운 가정이란 한겨울의 추위 속에서도 모락모락 따뜻한 김이 나는 그런 곳이어야 한다. 언제나 돌아가서 쉬고 싶은 곳, 그리운 사람이 있고 반겨 주는 사람이 있는 곳, 생각만 해도 가슴이 훈훈해지는 그런 곳이어야 한다.

하지만 정태호 씨나 송창수 씨에게 그런 이야기는 공허하게 들릴 것이다. 어쩌면 여기에 소개하려는 정호수 군 어머니역시 그렇다고 고개를 끄덕이지나 않을는지 모르겠다.

사실, 정호수 군 어머니는 남편이 사업을 하기 전까지는 자신이 행복한 여자라고 생각하며 살았다. 풍족한 살림은 아니었지만 꼬박꼬박 나오는 월급으로 한푼 두푼 아껴 가며 집도 마련하고 아이들 뒷바라지도 깔끔하게 해냈다. 남편은 성실했고, 가정을 위하는 마음 씀씀이도 다른 집 남편 못지 않았다.

그런데 정군 아버지가 직장을 그만두고 사업을 시작한 뒤부터 상황은 백팔십도 달라지기 시작했다. 사업자금이 넉넉한게 아니다 보니 사장인 정군 아버지는 직접 거래처를 돌아야했고, 납품일을 맞추려다 보면 집에는 이삼 일에 한 번씩밖에

아버지가 변하면 세상이 변한다!

들어갈 수 없었다. 게다가 집으로 들어가는 날도 멀쩡한 상태가 아니었다. 거래처 사람들과의 저녁 약속은 으레 술자리로 이어져, 조금만 마셔야지 하는 생각은 머릿속에만 있을 뿐 코가 비뚤어질 때까지 마시게 된다.

자연히 정군 어머니의 불만은 쌓일 수밖에 없었다. 게다가 중학교와 고등학교에 다니는 아이들은 어머니보단 친구들을 더 좋아했다. 으레 그러려니 하면서도 정군 어머니는 아이들에게도 섭섭함을 느꼈다.

그래서 수영도 하고 에어로빅도 해보았지만 이 세상에 자기 혼자만 서 있는 듯 허전하고 불안했다. 그러다가 우연히 동네 아주머니들과 화투를 치게 되었다. 처음에는 남아 도는 시간에 모여서 치는 화투가 재미있었다. 어울려서 실컷 수다도 떨고 남편 흉도 보고, 따니 잃으니 하면서 그 돈으로 맛있는 것을 사먹는 재미가 쏠쏠했다.

그러던 어느 날, 정군 어머니는 전문적인 사기 도박단에 걸렸다. 살살 부추기는 말에 넘어가 끼여들었는데, 결국 한 달도 못 돼 몇천 만원을 날리게 되었다.

집을 팔아서 빚을 갚고 전세집으로 이사하던 날, 정군 어머니는 한강으로 달려가 풍덩 뛰어들고 싶었다고 한다. 어찌됐든 그후 정군 어머니는 두 번 다시 화투에는 손을 대지 않았지만 이미 삶은 망가진 뒤였다. 남편과의 사이는 더욱 멀어졌고, 아이들은 엄마와 눈도 마주치지 않으려고 한다.

남편만 보면 심장이 뛰고 뒷골이 당긴다는 정군 어머니는 상담을 하는 동안 내내 눈물을 흘렸다. 이제부터라도 마음을 다잡고 살면 된다고 얘기했지만, 아직 정군 어머니의 귀에는 들어가지 않는 모양이었다.

아내도 인격이 있지 않느냐

노상래 씨 부부는 현재 별거중이다. 그런데 노상래 씨는 절대 이혼 서류에 도장을 찍어 줄 수 없다고 말한다.

유난히 아내에게 관심이 많은 건지 아니면 의처증이 있는 건지, 노상래 씨는 아내의 일거수일투족에 간섭이 심했다. 성격이 쾌활한 그의 아내는 그런 남편이 언제나 못마땅했다. 시장에도 딸애를 데리고 가야 하고, 어디를 가든 보고를 해야 하니 노이로제에 걸릴 지경이었다.

그러던 어느 날, 동창회를 마치고 방향이 같은 남자 친구 승용차를 타고 온 것이 화근이었다. 일찍 퇴근하고 오던 남편이 아내가 남자 친구와 악수를 하며 헤어지는 광경을 목격한 것이다.

부인보다 한 발짝 먼저 집으로 들어온 남편이 어디 갔다 오느냐고 물었다. 동창회 갔다가 저녁밥 때문에 택시 타고 일찍 왔다는 아내의 말에 남편의 안색이 파랗게 변했다. "금방 타고 온 자가용은 뭐냐?"는 남편의 닦달에 아내도 지금껏 참아 온 것들을 폭발시키고 말았다.

아내를 집 앞까지 데려다 준 남자 친구가 해명까지 해주었으나 노씨의 의심은 풀리지 않았다. 결국 두 사람은 별거에 들어갔다. 보증금 백만 원에 10만 원짜리 월세에서 식기 몇 개로 딸과 함께 지내는 부인은, 남편 얼굴을 보지 않아도 된다는 생각만 해도 날아갈 것 같다고 한다.

그렇지만 필자는 아이들을 위해서도 함께 사는 것이 낫지 않겠느냐며 남편을 상담실로 불렀다. 그런데 상담자인 필자까지도 곱지 않게 대하는 남편을 보고 문제가 심각하다는 걸 깨닫게 되었다. 몇 차례의 상담을 통해 변화는 오고 있으나, 이젠 아내가 다시 남편과 새로운 삶을 꾸려갈 용기가 나지 않는다는 것이다. 아내에게도 인격이 있는데 더 이상 감시당하며 사는 것은 숨이 막혀 살기가 싫다고…….

아버지도 연습이 필요하다

다시 찾은 행복, 당신도 가능하다

　부부란 크든 작든 문제를 안고 살아가게 마련이다. 그리고 작고 보잘것없는 문제가 얽혀서 소중한 가정과 아이들을 내팽개치게 만든다. 그러나 조금만 더 자신을 낮추고 상대방을 이해할 용의가 있다면 아무리 어려운 문제도 쉽게 풀릴 수 있다.

　이태우 씨 부부를 보면서 필자는 더욱 그런 확신을 갖게 되었다.

　어느 날 일곱 살짜리 남자아이를 데리고 상담실로 찾아온 부인이 있었다. 깜짝깜짝 놀라고 잘 우는 아이 때문에 찾아왔다는 그 부인에게 언제부터 아이에게 그런 증상이 나타났느냐고 물었다. 그러나 처음 그 부인은 미적거리기만 할 뿐 속시원히 말을 하지 않았다.

　보통 아이 문제로 상담을 하러 온 부모들은 십여 분이 지나면 하나둘 이야기 보따리를 풀어 놓게 마련이다. 그러면서 자신에겐 아무 잘못도 없다는 걸 극구 강조한다. 그러나 그 부인은 아니었다. 금방이라도 터져나오려는 울음을 참느라 안간

힘을 쓸 뿐이었다.

따뜻한 차 한 잔을 내주고 마음을 가라앉힐 시간을 주자, 그 부인은 비로소 말문을 열기 시작했다. 그리고 필자의 짐작대로, 아이의 문제는 부부 사이의 심각한 갈등 때문이었다.

부인의 남편인 이태우 씨는 모 호텔 나이트클럽 악사로서 성실하게 살아가는 평범한 사람이었다. 수입도 괜찮았고, 하나뿐인 아들을 끔찍히 사랑하는 좋은 아버지였다고 한다.

그런데 어느 날 웬 여자한테서 전화가 왔다. 예감이 이상해서 뒷조사를 했더니, 남편이 혼자 사는 무용수 아가씨의 집을 드나들고 있었다고 한다.

날벼락 같은 남편의 외도에 이씨 부인은 하늘이 무너지는 것 같았다. 그러나 더욱 기가 차게도, 남편은 사건의 전모가 밝혀진 후에도 그게 무슨 큰일이라도 되느냐는 듯 태연하게 행동하더라는 것이다. 잘못했다는 소리 한 번 안 하는 남편과 그 부인은 수도 없이 싸웠다. 아이가 보든 말든 물건을 내던지고 목청을 높였으니, 일곱 살짜리 아이가 얼마나 놀랐고 두려웠겠는가.

예전에는 남편이 밖에서 자고 들어와도 새벽까지 하는 일이니까 피곤해서 자고 들어오는 것이려니 생각했다. 그러나 그 사건 이후엔 외박은 물론이고 친구를 만나러 나가도 의심이 갔고, 결국 그 때문에 속병까지 생기고 말았다. 그 남편 역시 지긋지긋하다면서 언제부터인가는 아예 집에도 들어오지 않는다고 한다.

하지만 이태우 씨 부인은 아이 때문에 이혼만은 하고 싶지 않다고 말했다. 그러면서 무슨 방법이 없겠느냐고 울면서 애원하는 것이다.

아버지도 연습이 필요하다

필자는 몇 차례 부인과 상담을 한 후 그 남편을 어렵게 만났다. 아이의 장래가 걸린 문제라고 간곡히 얘기하자, 처음에는 퉁명스럽게 전화를 받던 그 남편도 마음이 끌리는 눈치였다.

결국 몇 번의 전화 끝에 이태우 씨와 만나게 되었다. 부인의 말대로 그 남편은 아이를 무척 사랑하고 있었다. 집에는 들어가고 싶지 않지만 아이에게 큰 죄를 지은 것 같아 언제나 마음이 무거웠다는 이태우 씨의 이야기를 들으며, 그래도 이 가정에는 아직 희망이 살아 있다는 걸 느꼈다.

필자는 인생 선배로서 그 남편과 많은 이야기를 나누었다. 그리고 인간은 실수를 통해 더욱 많은 인생 경험을 한다는 걸 다시 한 번 깨닫게 되었다.

이태우 씨는 아내의 용서만을 바라고 있었다. 술에 만취해서 저질렀던 실수였는데, 한 번 그렇게 되자 죄책감을 느끼면서도 자신을 제어할 수 없었다고 한다. 그리고 그 사실을 아내가 알게 되자 자포자기 심정이 되더라는 것이다. 부인은 태연하게 행동하는 남편을 용서할 수 없었다고 했지만, 남편은 태연하게 행동한 것이 아니었던 셈이다. 어찌됐든 상담은 순조롭게 이루어졌고, 마음의 벽을 허문 두 사람은 재결합을 하였다.

그 두 사람이 재결합을 한 지도 벌써 일 년이 지났다. 그리고 지금도 이태우 씨와 그 부인은 가끔씩 전화를 걸어 온다. 상담 덕분에 행복한 가정을 다시 이룰 수 있었다면서…….

부부란 세상에서 가장 가까운 사이면서도 또 가장 먼 사이이다. 그리고 그 사이에서 태어난 아이들로 인해 떨어질래야 떨어질 수 없는 관계가 고정된다. 설혹 이혼을 한다고 해서 아버지와 어머니의 자리까지도 반납할 수 있겠는가.

문제는 살아가면서 일어나는 크고 작은 문제를 어떤 마음 가짐으로 풀어나가느냐 하는 점이다. 이해하고 용서하고 사랑으로 감싸안는다면 행복한 가정의 밑바탕은 완성되는 게 아닐까.

부부의 문제는 곧 아이의 문제로 직결된다는 걸, 그리고 그 책임은 바로 부부 모두에게 있다는 걸 다시 한 번 생각해 본다.

아버지의 그림자

오상호 군이 옆집 아주머니의 지갑에서 돈을 훔쳤다고 했을 때 이웃 사람들은 아무도 믿지 않았다. 공부도 잘하고 인사성도 밝은 오군이 그럴 리가 없다며 모두들 고개를 설레설레 흔들었다. 그러나 오군은 옆집 아주머니의 돈을 훔쳤고, 그 돈으로 비디오를 빌려 보았다.

오군의 가정은 겉으로 보기에는 행복한 중산층의 모습 그대로이다. 그러나 그 가정의 내부는 심각한 갈등으로 엉켜 있었다. 물론 오군의 아버지는 그런 갈등을 알지 못한다. 왜냐하면 그가 집에서 하는 일이라곤 비디오 테이프를 보는 일이 전부였기 때문이다.

오군의 아버지는 비디오광이다. 회사에서 돌아오면 매일 저녁 비디오 한 편씩은 꼭 보고 잔다. 일요일이면 너댓 편씩 본다. 당연히 지구상에 있는 웬만한 영화배우 이름은 줄줄 꿴다. 거기에다 배우의 연기력과 영화 수준을 영화평론가보다 더 신랄하게 분석한다. 그러면서도 가족과의 대화는 전혀 없었다.

'나도 얼른 어른이 됐으면 좋겠다. 아버지처럼 비디오를 실컷 볼 수 있을 테니까……' 오군의 일기장에 적힌 내용이다. 그 동안 엄마가 잠깐 잠깐 집을 비울 때 엄마 지갑이며 저금통에서 돈을 훔쳐다 비디오를 빌려 보았다고 한다. 그러다가 옆집 아주머니의 지갑까지 손댄 것이다.

해달라는 건 무엇이든 다 해주었는데 왜 돈까지 훔쳤느냐면서 아내와 아이들에게 고함을 지르는 오군의 아버지는 거기에다 한마디 덧붙였다.

"애들이 무슨 비디오야? 하라는 공부만 하면 되지."

권기수 씨의 이야기를 해보자.

한자로 과(過)는 '지나치다'는 뜻이다. 과식, 과음, 과로, 과잉 등의 과는 '잘못됨'의 뜻도 포함하고 있다. 즉 '지나치면 화를 면치 못한다'는 뜻일 것이다.

오군의 아버지가 비디오광이라면 권기수 씨는 바둑광이었다. 비디오야 방 안에 틀어박혀 보는 것이니 집을 날릴 일은 없겠지만, 그러나 바둑광인 권기수 씨는 내기 바둑에 빠졌다가 전재산을 날린 경우이다.

내기 바둑에 빠져 거래처의 어음결재도 나 몰라라 하던 권기수 씨는 부도가 난 날도 내기 바둑을 두고 있었다. 울면서 이제 그만 정신을 차릴 때도 되지 않았느냐는 부인에게 손찌검까지 서슴지 않았던 그는 결국 집을 날리고 사글세방으로 짐을 옮기는 신세가 되었다.

하지만 권기수 씨는 지금도 내기 바둑을 두러 다닌다고 한다. 그리고 그의 부인은 그런 남편과는 더 이상 살 수 없다며 이혼을 준비하고 있다.

경제적 파탄으로 인한 가정 불화가 어린 자녀들에게 큰 충격을 주었음은 말할 것도 없다. 거기에다 이혼까지 하게 되었으니 그 아이들의 장래는 어떻게 될 것인가?

모든 것이 미완성인 아이들에게 부모의 행동은 절대적이다. 아버지, 어머니의 행동을 그대로 따라하는 모방성도 강하다. 그런 아이들에게 오군의 아버지나 권기수 씨 같은 아버지의 행동은 최악의 모델이다.

사람들은 흔히 아이들의 행동이 마음에 들지 않으면 서슴지 않고 이렇게 내뱉는다.

"누굴 닮아서 저 모양이야?"

그러나 그 말을 내뱉기 전에 자신의 지금 모습은 어떤지 먼저 되돌아보는 건 어떨까.

현대판 고려장

어느 대학에서 조사한 자료에 의하면, 부모가 치매에 걸리면 요양원에 보내겠다는 여대생들이 55퍼센트나 되었다고 한다. '만약'이라는 단서가 붙었는데도 이 정도라면, 막상 그런 상황과 맞닥뜨릴 경우 나머지 45퍼센트는 어떻게 대처할지가 의문스럽다.

부모가 자식을 낳아서 기를 때를 생각해 보자. 아이를 잉태하는 순간부터 입덧에 시달리며 열 달을 보낸다. 출산의 고통은 심할 경우 전쟁터에 세 번은 다녀오는 것과 맞먹는다고 한다. '응애' 하고 태어난 그 순간부터 밤잠 한 번 제대로 못 자며 젖을 먹이고, 대변의 색깔이 조금만 이상해도 코를 쿵쿵대며 오줌만 자주 눠도 가슴이 두근거린다. 그저 아프지 않고 쑥쑥 자라주는 것만으로도 고맙고 대견하다. 인생의 희망으로 생각하며, 있는 돈 없는 돈 끌어다 잘 먹이고 잘 입히고 잘 가르치는 게 기쁨이다.

그렇게 키우는데도 왜 나이가 들어 생활 능력이 떨어지면 자식들에게 푸대접을 받는 것일까. 왜 한 부모는 여러 자식을 키우는데 여러 자식은 한 부모를 제대로 모시지 못하는 걸까.

필자가 귀동냥으로 전해 들은 어느 할머니의 이야기가 생각난다.

그 할머니는 서른 살도 못 돼서 남편과 사별했다고 한다. 올망졸망 그 또래인 아들 둘, 딸 둘을 키우며 얼마나 부지런히 일했는지 어느 정도 재산도 모았다. 모두들 대학을 졸업시키고 시집 장가 보낸 후에 골고루 재산을 나누어 주었다. 그런데 막상 재산을 나눠 주고 나자 자식들이 변했다. 누구 한 사람, 어머니를 모시겠다는 자식이 없었다.

결국 그 할머니는 달동네 사글세방에서 혼자 살게 되었다. 일흔이 넘는 나이에 단추 끼우는 공장에 다니면서 그래도 마음은 편하다고 입버릇처럼 말씀하셨다. 일 년에 한두 번 가뭄에 콩나듯 다녀가는 자식들도 원망하지 않았다.

그러던 어느 날, 공장에서 돌아오다가 교통사고를 당했다. 다행인지 불행인지 목숨은 건졌고 보상금도 제법 많이 받았다. 그러자 자식들이 서로 어머니를 모시겠다고 달려들었다.

보상금이 나오지 않았어도 그 자식들은 어머니를 모시겠다고 달려들었을까?

자식을 기르는 일은 쉽다. 그러나 올바른 인간으로 기르는 일은 쉽지 않다. 그 할머니는 지금쯤 자식들을 제대로 키우지 못한 자신을 책하며 병상에서 고통받고 있을 것이다.

아버지가 변하면 세상이 변한다!

과욕은 비극이 될 수 있는데

　자녀 교육 강연을 하고 나면 반드시 개별 상담 요청이 있게 마련이다. 지난 해 봄, 분당의 모 유치원 강연을 마치고 나오는데, 어느 부부가 면담을 요청했다. 마침 오후에는 강의가 없던 터라 점심을 같이하며 저녁 늦게까지 이야기를 했다.

　상담을 요청한 목영상 씨 부부는 아이가 말을 배우기 전부터 좋다고 소문난 교육은 다 시켰다고 한다. 네 살 때부터 바이올린이며 피아노를 가르쳤고, 미술학원에도 보냈다. 주변에서 신동이니 소질을 타고났다느니 하는 소리를 들을 때마다 어깨가 절로 으쓱해졌다.

　그런데 아이가 일곱 살이 되면서부터 부모에게 물건을 집어던지고, 유치원에서도 자기가 하기 싫은 일은 죽어도 하지 않겠다고 고집을 부린다는 것이다. 유치원 선생님께 인사도 안 해서 달래도 보고 때려도 봤지만 소용없었다고 한다. 방문 과외 선생님도 왔다가 그냥 가기 일쑤니, 이 일을 어떻게 하면 좋겠느냐는 것이 이들 부부의 하소연 내용이었다.

　신동 소리를 들으며 이웃이며 친척들의 부러움을 샀던 것

아버지도 연습이 필요하다

이 바로 작년이었는데 일 년 사이에 이 지경이 되었다니, 그 부부의 답답함을 능히 헤아릴 수 있었다.

그런데 아이가 이렇게 된 건, 사업에만 정신이 없어 아이에 겐 신경도 쓰지 않는 남편 때문이라는 그 부인의 말이 남편의 비위를 계속 건드리고 있었다.

우리 주변에는 자신의 허영과 과욕으로 자녀의 흥미나 능력을 망가트리면서 그 모든 것을 남편에게 미루는 아내들이 많다. 또 아이들에게 즐거움과 성취감을 가질 만한 여유도 주지 않으면서 부모들의 욕심으로 자녀를 혹사시키는 경우가 수도 없이 많다.

그날 이후 수차례의 상담 끝에 목영상 씨 부부는 서로 반성하며, 아이의 특기교육을 줄이는 대신 이웃집 아이들과 어울려 노는 시간을 많이 늘렸다. 그런 후부터 목영상 씨 부부의 딸은 몰라보게 달라졌다고 한다.

상담을 통해 달라지는 사람들은 많다. 그런 사람들은 대개 허심탄회하게 자신들의 이야기도 하며, 무엇이 잘못되었는지 적극적으로 고치려고 한다. 또한 아이들의 빗나간 행동이 자신들로 인해 야기되었다는 점을 쉽사리 수긍한다. 그러나 아무리 많은 얘길 해도 받아들이지 않는 사람이 있다. 가진 돈만으로 따진다면 누구에게도 뒤지지 않는다는 신동기 군의 어머니도 그런 사람 중의 한 명이었다.

신 군이 학교에서 외톨이가 된 건 어제 오늘의 이야기가 아니다. 중학교 2학년인 신 군은 유치원을 다닐 때부터 친구들에게 따돌림을 당했다.

어느 날, 신 군이 친구들에게 맞고 들어왔다. 금이야 옥이야 키운 아들이 맞고 들어왔으니, 그 어머니가 가만 있을 리 없

었다. 아니, 어쩌면 그런 기회가 오기만을 기다렸는지도 모른
다.

신군의 어머니는 이 병원 저 병원을 다니면서 자신들에게
유리한 진단서를 발급받아 경찰서에 고소장을 접수시켰다. 결
국 신군을 때린 친구들은 잡혀 갔고, 이제 신군의 어머니는
누구도 자신의 아들을 건드릴 수 없을 거라는 생각에 만족스
런 미소를 지었다.

신군 어머니의 생각은 적중했다. 전교생이 그 사건에 대해
알게 된 뒤로는 누구도 신군 곁에는 가지 않았다. 체육 선생
님까지 신군이 수업중에 다치면 시끄러워진다고 아예 교실에
남아 있게 했다. 당연히 신군은 친구에게 맞는 것보다 더 고
통스러운 소외감에 시달리고 있다.

하지만 신군의 어머니는 신군이 겪는 소외감의 원인은 따
져 보지도 않고 아이의 학교 운이 없다고 생각한다. 신군에게
특별대우만 해준다면 학교를 위해서나 친구들을 위해서나 돈
을 펑펑 쓸 텐데, 왜 그걸 모르는지 답답하단다.

내친 김에 신군만큼이나 따돌림을 당하는 따순이(따돌림을
당하는 여학생을 지칭하는 은어) 손영미 양의 이야기를 해보
자. 신군의 어머니처럼 손양의 부모도 손양이 그렇게 된 원인
을 길 나쁜 친구 탓으로만 돌리고 있다.

손양의 가정도 부유하다. 중소기업체를 운영하는 아버지는
외제 자동차를 굴리고 어머니도 자녀의 통학을 핑계로 고급
승용차를 가지고 있다. 수입이 많은 아버지는 술과 도박으로
집에 일찍 들어오는 적이 없다. 그래서인지 그 어머니는 남편
보다는 아이들에게 자기의 인생을 건 듯 온 신경을 집중하고
있다.

손양이 유치원에 다닐 때는 꼭두각시 인형이나 다름없었다. 엄마가 지시하는 대로 움직였기 때문에 친구들과 어울릴 시간도 없었다. 유치원 행사 때마다 언제나 주인공이었던 손양은, 그러나 그런 것까지도 엄마의 치맛바람이 작용했으리라고는 꿈에도 생각지 못했으리라.

어찌됐든 손양의 어머니는 그렇게 키운 딸을 명문 사립 초등학교에 보냈고, 유치원에 보낼 때보다 더한 극성으로 학교 생활에서의 주인공 만들기에 성공했다. 통학버스가 아닌 자가용으로 등교시키기를 6년, 이번에는 학군이 좋다는 곳으로 이사해서 중학교에 입학시켰다.

그러나 손양이 이사온 지역에는 손양의 가정보다 더 부유한 집들도 많았다. 그러니 공주병에 걸린 손양을 반갑게 맞아줄 친구가 한 명도 없는 것은 너무나도 당연했다.

친구들로부터 따순이란 별명까지 듣게 된 손양은 집에만 오면 짜증을 부리고 무슨 말만 하면 화부터 냈다. 그러더니 결국 학교 얘기만 나오면 머리가 아프다며 죽어도 학교에는 가지 않겠다고 고집을 부린다고 한다.

병원에서는 아무런 이상이 없다고 하고, 남편은 아이 하나 제대로 못 키우고 뭘 했느냐며 잔소리만 해대니 손양의 어머니 역시 죽을 맛이다.

그렇지만 손양의 어머니는 자신의 책임 문제에 대해서는 한사코 머리를 흔든다. 모든 것이 친구들과 학교 선생님의 잘못이라는 것이다.

빗나간 부모의 과보호와 맹목적인 사랑이 빚어낸 문제아들은 도처에 널려 있다. 이제 초등학교 4학년인 문제아 박병주 군도 그런 아이 중의 하나이다.

박군의 아버지는 개인병원 원장이다. 의대를 졸업하고 현재
는 제법 큰 병원을 운영하고 있다. 병원을 세우는 데 일조를
한 그의 아내는 그와 대학동창이기도 하다.

이들은 결혼 후 내리 딸만 셋을 낳았다. 그리고 각고의 노
력 끝에 오매불망 꿈에서도 그리던 아들을 낳았다고 한다. 딸
만 셋을 낳다가 아들을 낳았으니 얼마나 귀하고 사랑스럽겠
는가.

그런데 이들 부부의 아들 사랑은 정상적인 관점에서 보면
지나치다 싶을 정도였다고 한다. 그 아들이 말을 시작하자마
자 아이를 위해 승용차 한 대와 기사를 따로 두었다고 하면
알 만한 일이지 않을까.

위험하다 싶은 일은 무엇이 됐든 간에 철저히 막았다고 한
다. 심지어는 피서도 위험하다며 지금까지 한 번도 가지 않았
다고 한다. 그러고는 엄마가 직접 호텔 수영장으로 데리고 다
닌다. 유치원에 다닐 때는 과외 선생님이 다섯 명이나 따라붙
어 한시도 아이를 혼자 있게 놔두지 않았다. 혼자 놀 시간도,
친구를 사귈 시간도 주지 않았던 것이다. 당연히 친구라고 부
를 만한 아이가 주변에 한 명도 없다.

초등학교에 다니면서부터는 방과 후 과외 선생님과 병원의
간호사들 외에는 만나는 이가 없다. 친척들도 이 아이의 얼굴
한 번 보는 게 대통령 만나기보다 더 어려웠다.

그러나 그렇게 정성(?)을 쏟으며 키워 온 아들의 행동은 부
모의 기대와는 영 딴판이다. 과외 선생님이 와서 열심히 가르
쳐 주어도 장난이나 치려고 하고, 학교에선 딴청이나 피우며
수업을 방해하기 일쑤이다.

그러나 선생님이 아이의 행동을 지적하기만 하면 봉투부터

들고와 "왜 내 아이만 미워하느냐"며 따지고 드는 박군 어머니의 행동에 선생님들도 고개를 절래절래 흔들 뿐이다.

자기가 어른이 되면 병원은 내 것이라고 간호사들에게 주인 행세를 하는 열두 살짜리 아이의 미래를 우리는 어떻게 상상할 수 있을까?

누구나 내 아이는 귀하고 세상에 둘도 없는 소중한 보배이다. 그리고 소중한 그만큼 올바른 사람으로 키워야 한다. 그러나 부모들은 자칫 내 아이만 하는 빗나간 생각에 과보호와 무절제한 사랑으로 아이들을 망치기 일쑤다.

그런 아이들이 커서 친구는커녕 부모도 몰라 보는 문제아가 되는데도, 문제아들의 부모들은 자신들의 잘못을 인정하지 않는다. 그러다가 자식의 짐이 될 만한 나이가 되면 후회한다. 왜 그렇게 키웠을까 하고.

지나침은 모자람만 못하다는 말도 있다. 이 세상을 사고도 남을 만한 돈을 물려주는 것보다 더 중요한 건 사람답게 사는 법을 가르쳐 주는 것이 아닐까.

하늘의 별따기

　재혼한 지 얼마 되지 않는 강준석 씨네 집안엔 언제나 웃음 꽃이 넘친다. 퇴근해서 돌아온 남편의 양복을 받아 걸며 "힘 드셨지요?" 하고 묻는 아내의 얼굴엔 사랑이 넘친다.

　아이들의 얼굴도 눈에 띄게 밝아졌다. 언제나 '새엄마'의 뒤를 따라다니며 한 번이라도 더 '엄마'라고 부르고 싶어한 다. 과일 한 쪽이라도 함께 먹고 싶어서 엄마가 올 때까지 기 다리지 못해 손을 끌러 온다. 친엄마와 살 때, 저녁마다 싸우 는 엄마 아빠의 틈바구니에서 겁에 질리고 눈물로 얼룩졌던 그런 얼굴들이 아니다.

　우리 주변에는 재혼으로 새로운 가정을 꾸민 집이 적지 않 다. 그리고 행복해지기를 원하며 재혼을 했지만 자녀 문제, 재산 문제로 얼키고 설켜서 고통받는 가정 또한 심심찮게 찾 아볼 수 있다. 그렇게 되지 않기 위해 강준석 씨는 뼈를 깎는 노력을 했다.

　강준석 씨는 재혼을 하면서 생활 태도를 크게 바꾸었다. 아 내의 조그만 잘못도 용서하지 못하고 욕설을 퍼붓던 태도도 고치고, 아내와 아이들에게 일방적으로 지시하고 명령만 하던 것도 이젠 대화로 푼다. 또 평생 고치지 못할 거라고 생각했던 욱하는 성질도 많이 가라앉혔다.

강준석 씨는 자신이 어떻게 이렇듯 너그러우면서도 이해심 많은 남편, 아버지가 됐는지 신기하다고까지 말했다. 그러면서 전부인에게 조금은 미안하게 느낀다고 했다.

물론 예전 부인도 만만치 않은 성격이었지만, 지금처럼 너그럽고 차분하게 대했더라면 상황이 달라지지 않았을까 하는 생각에서일 게다.

한 남자와 한 여자가 만나서 부부란 이름으로 불리며 살다 보면 별의별 일이 다 있게 마련이다. 그런데 사소한 사건이 부부 사이를 갈라 놓고 아이들을 팽개치게 만든다. 그 동안 어떻게 살을 맞대고 살아왔을까 싶을 정도로 철천지 원수처럼 노려보고 헐뜯는다. 하지만 그럴수록 냉정하게 자기 자신들을 돌아보는 지혜가 필요하다. 조금만 참고 이해하면 넘어갈 일인데도 아차 하는 사이 넘어서는 안 되는 선을 넘는 것이다.

사실, 재혼으로 강준석 씨만큼 안정된 삶을 꾸린다는 건 쉬운 일이 아니다. 그만큼 과거의 자신을 반성하고 잘못된 행동을 고치려고 노력했기 때문에 얻어진 보상일 수도 있다.

사람들은 쉽게 이혼한다. 그리고 설마 그 사람보단 낫겠지, 하는 생각에 재혼을 서두른다. 하지만 그건 너무도 안이한 발상이다. 그 많은 처녀 총각 중에서 고르고 고른 짝도 마음에 들지 않은데, 숫자가 적은 재혼자들 중에서 좋은 반려를 만난다는 건 그야말로 하늘의 별따기인 것이다. 하늘의 별따기 같은 행복을 위해서 뼈를 깎는 고통의 반의 반, 아니 또 그 반

의 반만큼만 이해하고 사랑한다면 우리 가정은 행복해지지
않을까.

인내에도 한계가 있다

박윤호 씨의 부인은 심성 고운 사람이었다. 공손하고 예의도 발라서 항상 사람들의 칭찬 소리가 끊이지 않았다. 그런데 아이가 둘이 되면서부터는 짜증을 부리고 아이들을 때리는 일이 비일비재하다.

사내아이들만 둘인 이 집에는 온전한 물건들이 거의 없다. 장식장 위에 놓아 둔 물건들도 꺼내다가 부수기 일쑤다. 어제는 형이 동생의 얼굴을 온통 사인펜으로 물들여 놨다. 그러고는 인디언 추장이라도 되는 듯 날뛰는 동생과 씨름을 하다 기어코 팔까지 부러트리고 말았다. 그런데 문제는 이것을 나무라는 아버지에게 숟가락을 던진 것이다.

아이를 키운다는 것은 정말 어려운 일이다. 철없는 아이들을 감싸고 이해하며 하루에도 몇 번씩 용서를 해야 한다. 하지만 박윤호 씨의 가정처럼 아이들의 말썽이 심하고, 더욱이 아버지에게 숟가락을 던졌다는 것은 철없는 아이들의 짓이라고 쉽게 넘어갈 수만은 없는 일이다.

그런데 이런 아이들의 행동 뒤에는 더 큰 문제를 안고 살아가는 아버지가 있었다. 박윤호 씨는 일년 365일 거의 대부분을 술에 취해 사는 사람이다. 또 술을 마시면 아내에게 사사건건 시비를 걸고 새벽이 되어서야 간신히 잠을 잔다. 그리고 아침에는 아무리 깨워도 못 일어나니, 지각은 밥먹듯이 하고 결근도 심심찮게 한다. 그러면서도 아내의 투정은 조금도 받아들이지 못하는 성격이어서, 아내가 한마디만 하면 욕설을 퍼붓고 물건을 집어던지기가 일쑤였다.

이래저래 박윤호 씨의 아내는 밤낮으로 고단한 시간을 보내야만 했으니, 그의 성격이 온전하게 지탱할 리가 없었다.

아이들은 아버지의 모습 그대로 행동한다. 아이들이 물건 던지는 것을 어디에서 배웠겠는가? 요즘 박윤호 씨의 아이들은 아빠가 술에 취해 비틀거리는 모습까지 흉내내고 있다고 한다.

"제발 술 좀 먹지 말고 일찍 들어오세요. 이젠 아이들이 술 취한 행동까지 따라한다구요"라는 부인의 말에 박씨는 이렇게 대답한다.

"당신이나 똑바로 해. 나보다는 당신과 함께 있는 시간이 더 많잖아."

역경을 헤치고

　오덕수 씨는 택시 기사였다. 어디 반듯한 직장에 들어갈 때까지 운전이라도 해야겠다며 젊은 나이에 운전대를 잡은 것이 평생 직업이 되고 말았다.

　그렇지만 오덕수 씨는 십여 년 간 한 번도 사고를 내지 않았고, 그 덕분에 꿈에서도 그리던 개인택시를 몰게 되었다. 시간만 나면 차를 닦는 아내와 언제나 대문 밖까지 나와 인사를 하는 두 아이의 밝은 얼굴에서 그는 삶의 희열을 만끽하곤 했다. 부유하진 않지만 넘치도록 행복한 자신의 삶에 늘 감사함을 느꼈다.

　하지만 행복은 잠깐이었다. 자꾸 허리가 아파서 병원에 갔는데, 언제 그렇게 되었는지 암세포가 온몸을 파고들어 있었던 것이다. 결국 오덕수 씨는 휠체어에 의지해야 하는 신세가 되었고, 그 병원비와 가족의 생계비는 아내의 몫으로 고스란히 떨어지게 되었다.

　그러나 오덕수 씨의 아내는 조금도 힘들어 하지 않는다. 새벽시장 점원에서부터 파출부, 식당일까지 닥치는대로 일하며 남편과 아이들을 책임지고 있다.

파김치가 되어 돌아오는 아내를 위로하면, "내 육신이 멀쩡한데 뭐가 두려워요. 난 당신이 살아 있는 것만으로도 행복해요" 하는 아내의 말이 오덕수 씨는 그저 고맙기만 하단다. 또 아이들은 아이들대로 표창장과 우등상장으로 병든 아버지의 회복에 커다란 힘이 돼주고 있다.

우리 주변에는 더러 남편이 아프거나 돈벌이를 못하면 가출을 하는 아내들이 있다. 그로 인해 가정은 풍비박산나고 아이들은 고아 아닌 고아가 되는 경우도 적지 않다. 하지만 오덕수 씨의 아내 같은 이는 병든 남편을 위로하고 남편 대신 생계를 꾸려가며 정말 착실하게 살고 있다.

사람을 올바르게 평가하려면 풍요로울 때보다는 곤란하고 어려울 때를 보라는 말이 있다. 그런 의미에서 오덕수 씨의 가족은 모든 사람들에게 귀감이 되며, 이런 것이 바로 아름다운 가정이 아닌가 생각하게 된다.

아버지도 연습이 필요하다

부모의 욕망과 현실

  김정아 양이 가출한 것은 부모의 욕망과 무관하지 않다. 공무원인 평범한 가장의 딸인 김양은 어릴 적부터 피아노에 재질이 있다는 이야기를 듣곤 했다. 그것이 계기가 되어 중학교에 다니면서도 열심히 피아노를 쳤다.

  그리고 아이가 음악에 뛰어난 재주가 있는 것 같으니 예술고등학교를 보내라는 피아노 선생과 주변 사람들의 권유에 부모도 욕심이 나기 시작했다. 그리하여 중학교 3학년 때부터 본격적으로 전문가 레슨을 받아 당당히 예술고등학교에 입학한 김양은 훌륭한 피아니스트가 될 꿈에 가득 차 있었다.

  그러나 김양이 입학한 후 한 학기가 지나자, 조금만 절약하면 되겠지 했던 학비는 애초의 예상을 뛰어넘어 경제적인 두통거리로 다가왔다.

  이제는 더 이상 버티기가 힘들다는 결론을 얻기까지 그들 부부는 매일 싸움을 했고, 이러지도 저러지도 못하는 상황에서 집안의 불화는 점점 깊어졌다. 작은 아이가 중학교에 입학하면서 말단 공무원인 남편의 월급으로는 큰아이의 과외비를 대줄 수 없게 되자 김양의 어머니는 식당일까지 하게 되었다.

그러자 김양은 썰렁해진 집안 분위기가 자신 때문이라는 죄책감에 부모 몰래 레스토랑에서 아르바이트를 하게 되었고, 거기에서 만난 친구들과 어울리다 가출까지 하게 된 것이다.

한국을 빛낼 피아니스트가 꿈이었던 김양은 학비 예산 없이 예술고등학교에 보낸 부모로 인해 가슴에 상처를 입은 것이다.

차라리 일반 고등학교에 보내 소질을 살려 삶의 일부로 활용할 수 있도록 했더라면 아이의 삶도 윤택해지고 가정의 화목도 지속되었을 텐데 하는 아쉬움이 남는다.

김양의 경우와는 전혀 다른 최성진 군의 이야기를 해보자.

최군은 올해 대학 특차모집에 당당히 합격했다. 공부를 못해 무던히도 부모 속을 썩이던 최군이 대학에 들어간 건 부모님 덕분이었다.

최군의 아버지는 트럭을 운전하는 기사다. 사업을 하다 실패한 뒤 어렵게 트럭 한 대를 마련했다. 그것으로 전국을 누비며 열심히 살았다. 일감이 없을 땐 남의 집 막일도 하면서 5년 동안 모은 돈으로 빚도 갚았고, 조그마한 아파트도 한 채 마련했다.

그 사이 아이들은 잔병치레 한 번 하지 않고 잘 자라 주었다. 물론 공부할 여건이 못 되었기도 했지만 아이들의 성적은 형편없었다. 가슴이 아프고 속도 많이 상했지만 그래도 최군 부모는 아이들에게 공부 잘하라고 잔소리 한 번 하지 않았다.

이런 부모의 마음을 아는지 큰아이는 태권도장에 다니면서 청소를 하고 잔심부름도 하면서 용돈을 벌었다. 얼마나 착실하게 생활했는지 태권도장 관장의 눈에 띄어 태권도 선수가

아버지도 연습이 필요하다

되었고, 그것으로 대학교에 특차로 입학하게 된 것이다.

　최군이 대학에 들어갈 수 있었던 것은 최씨 부부의 올바른 정신 때문이었다고 해도 과언은 아니다. 만약 최군의 부모님이 오직 공부만이 성공의 지름길이라고 채찍질을 했다면 아이는 자기 능력에 한계를 느끼고 좌절하여 탈선의 길로 들어갔을지도 모르는 일이다.

　공부를 잘하든 못하든, 취미가 어디에 있든 간에 대학에는 꼭 가야 한다며 몰아세우는 부모들은 아이들의 미래를 짓밟고 있는 것인지도 모른다. 부모의 욕망과 현실의 벽 사이에서 우리의 아이들은 오늘도 좌절의 고통을 맛보고 있지나 않는지……

아파트 입주가 자녀를 도둑으로

선병렬 군은 중소기업체 과장인 아버지와 인자한 어머니 밑에서 곱게 자란 중학교 1학년생이다. 좋은 부모 아래에서 좋은 자녀가 크듯이 선군도 말썽없이 커준 모범생이었다.

선군의 부모님은 결혼한 지 16년 만에 34평 아파트에 입주하게 되었다. 그런데 아파트 입주와 동시에 선군의 어머니는 근심으로 밤잠을 설치게 되었다. 아파트에 입주하면서 융자받은 돈을 갚기에는 남편의 봉급이 너무 빠듯했기 때문이다. 며칠 동안의 고민 끝에 선군 어머니는 동네 공장에 나가기로 했다. 아이들이 웬만큼 큰 것도 맞벌이를 결심하게 된 중요한 이유 중의 하나였다.

선군의 어머니는 열심히 일했다. 물론 일은 힘들었지만 자녀의 학원비와 생활비에 보탬이 되었기에 힘든 줄도 몰랐다. 야간수당이 욕심나 얼른 집에 가서 아이들 저녁을 챙겨 주고 다시 공장으로 향하기도 하였다.

그러던 어느 날 경찰서에서 전화가 왔다. 아이가 절도 혐의로 잡혀 왔으니 경찰서로 빨리 나오라는 것이었다. 앞이 캄캄

아버지도 연습이 필요하다

하고 다리가 후들거렸다. 어떻게 갔는지 모르게 경찰서에 가
보니 아들이 또래 아이 두 명과 고개를 숙인 채 조사를 받고
있었다.

"이놈아, 너 죽고 나 죽자."

고개 숙인 아들을 때리며 통곡하는 선군의 어머니에게 경
찰관이 들려준 사건의 개요는 다음과 같았다.

어머니가 공장을 다니게 된 뒤부터 선군은 집이 싫었다. 아
무도 없는 집 안에 혼자 있노라면 무섭기도 하고 세상에 혼
자 버려진 듯 쓸쓸하기도 했다. 그래서 오락실을 다니게 되었
다. 처음에는 동생을 데리고 다녔지만 차츰 오락실에서 만난
친구들과 어울리게 되었다. 돈이 없다고 하면 서로 빌려주고
빌리기도 하다가 손버릇이 나쁜 친구도 사귀게 되었다. 그러
던 어느 날, 그 친구는 선군에게 망을 보라고 하면서 문방구
에 있는 오락실 기계를 드라이버로 뜯어 1만 2천 원 정도를
훔쳐 달아나다 잡히게 되었다는 것이다.

어머니가 직장에 다닌다고 해서 모든 아이들이 이렇게 되
는 것은 아니다. 오히려 직장에 나가는 어머니를 이해하고 집
안일을 돕는 아이들도 의외로 많다. 문제는 집안 형편상 갑자
기 직장을 나가게 되는 어머니의 부재로 인해 적응이 안 된
아이들이 방황하게 되는 데 있다.

선군에게 차근차근 가정 형편을 얘기해 주고 협조를 바랐
다면 경찰서에 잡혀 갈 정도로 방황하는 아이는 되지 않았을
지도 모른다. 빚을 내서라도 집을 장만해야 제대로 사는 것처
럼 인식된 우리의 삶에서 발생한 비극이 못내 가슴을 아프게
한다.

아빠, 연예인이 되고 싶어요

언젠가 모 방송국에서 가출 청소년들에 대해 심층 보도한 일이 있었다. 그들에게 앞으로 무얼 하고 싶냐는 질문이 돌아가자 대뜸, "연예인이요" 하는 대답들이 나오는 걸 보았다. 연예인들이 들으면 기가 막힐 대답이 아닐 수 없었다. 연예인들이란 가출 청소년들이 택하는 직업이 아니다. 그 분야에서 오랜 세월 피나는 노력을 한 우수 집단들이기 때문이다.

그런데 상담실을 찾아온 청소년들 중에는 연예인이 되고자 하는 아이들이 대부분이다. 그들의 우상은 당연히 연예인이 될 수밖에.

연예계의 동향을 줄줄이 사탕처럼 꿰고 있는 김현미 양은, 자신의 가출은 연예인이 되기 위한 유일한 선택이었다고 말했다.

"연예인 이름 외울 머리로 영어 단어 줄줄 외우면 얼마나 좋아."

상담실로 데리고 온 김양의 어머니가 그녀를 나무라자 김양은 오히려 어머니를 경멸하는 눈초리로 쳐다보았다.

　중학교에 입학한 김양이 연예인 사진을 모으고 펜클럽에 가입했다고 했을 때도 김양 어머니는 별신경을 쓰지 않았다고 한다. 사춘기엔 흔한 일이려니 하는 생각에 별 제재를 가하지 않았다. 그런데 중학교 3학년이 돼서도 방송국의 쇼 프로에는 빠지지 않고 참석하는 눈치였다. 성적이 밑바닥에서 노는 건 불을 보듯 뻔한 일. 부모의 설득과 협박에도 아랑곳하지 않고 연예인을 따라다녔고, 스타들의 사인을 모아 놓은 노트를 밤에도 품고 잘 정도였다.

　말로는 소용이 없자 김양의 아버지는 김양을 무차별 구타한 뒤 외출 금지령을 내렸다. 그러자 김양은 보따리를 싸서 집을 나왔다. 단란주점에서 돈을 벌어 가수가 되겠다는 게 김양의 항변 아닌 항변이었다. 레코드 제작비만 마련하면 떼돈 버는 가수가 되는 건 시간 문제라는 것이다.

　딸아이 친구들을 수소문하다 김양을 붙잡은 김양 부모는, 아무리 설득해도 딸이 말을 듣지 않자 상담실로 끌고 왔던 것이다.

　연예인이란 많은 사람들의 환호성을 받으며 떼돈을 버는 사람들이라고 청소년들이 인식하게 된 데는 누구의 책임이 클까? 그 자리에 서기까지의 뼈를 깎는 노력과 고통스런 기다림을 보여 주기보다는, 화려한 겉모습과 몇 억이란 출연료만 크게 적은 어느 일간지가 오늘따라 유난히 눈에 거슬린다.

이 집에서 나는 어떤 존재인가

한석호 씨의 아내는 우울증에 시달리고 있다. 결혼한 지 13년, 나이 마흔이 넘고 보니 자신의 모습이 너무나 처량하고 '나는 뭔가?' 하는 생각이 편두통처럼 머리 한 구석에 자리 잡고 있다.

남들이 부러워하던 결혼이었고, 광고회사에 다니는 남편도 나날이 발전하고 있다. 바쁘게 살아온 지난 날, 집도 마련했고 경제적으로도 성장했다. 연년생인 두 아들도 어머니의 극진한 보살핌에 공부도 잘한다. 누가 봐도 남부러울 게 없다.

그런데 막상 자신은 왜 이렇게 무능한 사람처럼 느껴지는지, 삶의 의욕까지 없단다. 어쩌다 남편에게 이런 마음을 하소연하면, 너무 편하니까 쓸데없는 생각이나 한다고 면박을 준다. 그리고 남편이 그렇게 나올수록 더 큰 외로움과 절망감에 어쩔 줄을 모르겠단다.

'정신과를 찾아가 볼까' 하는 생각도 없진 않았지만, 정신과에 대한 선입관에 가슴이 철렁하고 용기도 나지 않아 상담실을 찾았다고 한다.

아버지도 연습이 필요하다

이창국 씨 부인의 경우도 한석호 씨 부인의 경우와 비슷하다.

이창국 씨는 너무나 무뚝뚝하다. 집에 오면 신문 보고 텔레비전 보다가 식사 준비가 다 됐다고 하면 아무 말없이 밥을 먹는다. 그러고는 또 텔레비전을 보다가 잠을 잔다.

이에 반해 이창국 씨의 부인은 원래 성격이 쾌활하고 얘기하기를 좋아하는 성격이었다. 하지만 이젠 그 부인도 남편의 이런 태도에는 지쳤다고 한다. 싸움을 한 것도 아닌데 둘 다 입을 꼭 다물고 지내면서 15년을 보냈더니 이젠 침묵이 습관이 되었다고 한다. 거기에다 아이들도 다 커서 엄마와 다정다감하게 이야기도 하지 않으려고 한다.

남편과 아이들을 위해 자신을 잊고 산 지 어느덧 15년, 허리띠 졸라매고 살면서 모은 것이라곤 24평 아파트 한 채. 남편이 출근하고 아이들이 등교하며 뱀 허물 벗듯 벗어 놓은 옷가지들을 챙기며 거울을 보니 눈가에는 주름살이 늘었고, 어느새 흰머리도 드문드문 보인다.

'나는 누구인가?', '과연 이 집에서 어떤 존재인가?' 미래의 자신을 생각하면 가슴이 답답하고 미칠 것만 같아 상담을 청해 왔다고 한다.

우리 주변에는 '나는 뭔가? 난 무엇을 할 수 있을까?' 라는 문제를 놓고 우울증에 시달리며 고통받는 주부들이 의외로 많다. 우리 나라의 가정 구조는 주부의 희생만을 요구하며, 그 희생을 가치 있게 인정해 주지 않는 경향이 다분하다. 또한 사회에서 주부들을 필요로 하는 일자리도 많지 않다.

거기에다 자녀들은 커갈수록 부모를 멀리하고, 남편은 남편대로 바깥으로만 바쁘게 뛰니 아내들의 우울증이 깊어갈 밖에.

지극히 개인주의적인 서구 여러 나라 남편들은 우리 나라 남편들을 너무나 부러워한다고 한다. 넉넉하지 않은 생활비를 이리저리 쪼개서 가정을 지혜롭게 꾸려가는 아내들의 내조를 부러워하는 것이다. 그러나 우리 나라 남편들은 아내의 공을 그다지 높게 사지 않는다. 아내라면 당연히 그러려니 하고, 어떤 남편들은 아내를 돈이나 쓰는 사람 혹은 하루 종일 집안일이나 하는 가정부로 보기도 한다.

남편과의 대화가 단절되고 아이들에게도 무시당한다면 아내들의 스트레스는 날로 심해지고, 주부 우울증은 사회 문제화될 것이다.

남편들이 집에 와서 쉴 권리가 있다면 가정이 직장인 아내들도 집에서 위로를 받아야 하지 않을까. 퇴근 후 부부가 오순도순 이야기를 나누고, 거기에 남편이 "당신 오늘 힘들었지?" 하고 한마디만 한다면 착한 우리 나라 아내들은 우울증과는 금방 담을 쌓을 텐데……

순한 양이 좋을까

경식이 아버지는 점잖고 말이 없다. 그래서 경식이한테 큰 소리 한 번 안 치면서 곱게 키웠다. 경식이도 아버지를 그대로 닮아 조용한 편이었다. 말썽도 안 부리고 선생님 말씀에도 잘 순종하여 학교에서는 착한 어린이로 통했다. 그러던 아이가 6학년이 되면서부터 조금씩 반항적인 태도를 보이더니 사춘기를 맞은 중학생이 되어서는 더욱 심해졌다.

경식이 부모님은 순한 양 같던 아이가 갑자기 왜 저럴까, 하는 생각에 아이에게 잔소리와 꾸중을 심하게 했다. 그럴 때마다 경식이의 말대답 또한 만만치 않았다.

그러던 어느 날, 경식이가 막무가내로 삐삐를 사야겠다고 고집을 부렸다. 그의 부모는 어린 나이에 무슨 삐삐냐고 무조건 거부했다. 나중에는 말대답을 한다며 매를 들었다. 그러자 상상하지도 못했던 일이 일어났다. 경식이가 집을 나갔던 것이다.

일 주일 만에 간신히 경식이를 찾아온 부모는 걱정이 태산이었다. 아버지가 잘못했다고 빌어도 묵묵부답인 채 노려보기

만 하는 경식이가 금방이라도 터질 듯한 시한폭탄 같아 두렵
기만 하다.

　벼를 키울 때도 성장하는 시기에 따라 약을 치고 김을 매주
어야 한다. 버릇이 없는데도 아직 어리다고 그냥 놔두다가 어
느 날 갑자기 큰 소리로 꾸짖고 매를 든다면 아이는 충격을
받는다. 어려서부터 자기의 주장을 이야기하게 하고, 그것을
통해 부모나 교사는 좋고 나쁜 점을 분명하게 알려 주어야
한다. 그런 과정을 통해 아이들은 해도 될 일과 해서는 안 되
는 일을 알아간다. 그렇지 않고 무조건적인 순종을 강요받거
나 자기 주장을 펼 기회를 주지 않으면, 아이들은 충동적인
성격으로 자라나기 쉽다.

　농부가 때를 맞춰 약을 치고 김을 매듯 부모 역시 자녀의
성장 시기에 따라 대처하는 방법을 연구할 일이다.

가정에서 가르친 폭력

"넌 왜 병신같이 맨날 맞고 들어오는 거야? 돈으로 물어 줄 테니, 같이 때려."

또래에게 맞고 들어오는 것이 불만이던 창수 어머니의 사고방식에다 태권도 학원까지 보낸 덕택(?)으로 창수는 학년이 올라갈수록 맞는 것보다 때리고 들어오는 횟수가 많아졌다. 때로는 친구의 눈두덩을 퍼렇게 물들여 놔 곤혹스럽기도 했지만, 창수 어머니는 맞고 들어오는 것보다는 낫다며 은근히 기뻐하였다.

문제는 창수가 중학교 때 일어났다. 창수는 중학교에 입학하자마자 싸움 잘하는 아이로 통했고, 덩치 큰 친구들도 창수의 주먹을 두려워했다. 어떤 때는 같은 학교 친구들과 합세해 다른 학교 아이들과 패싸움도 했다.

그러다 보니 끼리끼리 모인다고, 공부도 못하고 껄렁껄렁한 아이들끼리 집단을 이뤘고 창수는 그들의 대장이 되었다. 싸움도 심심찮게 하고 친구들의 돈을 빼앗기도 했다. 그것이 문제가 되어 학교나 그 주변에서 요주의 학생이 되었으며, 결국 학교 폭력 단속 대상이 되었다.

애들이니까 맞고 오기도 하고, 그런 것들이 자신의 입장과 타인의 입장에 대해 생각해 보는 계기가 된다. 또 그런 과정을 통해 옳고 그름을 인식한다. 그런데도 부모들은 앗 하는 순간 아이들의 세계 깊숙이 들어가 아이의 인성이나 됨됨이를 결정짓는다.

옛말에 '맞는 사람은 발을 뻗고 자도 때린 사람은 잠 못 잔다'고 했다. 합의금을 들고 경찰서로, 병원으로 뛰면서 사정하지 않으려면 지금부터라도 주먹이 아닌 대화로써 합리적인 방법을 찾는 지혜를 가르쳐야 할 것이다.

성적을 속였어요

　정남수 군의 어머니는 눈앞이 캄캄했다. 아이가 자기를 속일 줄은 정말 몰랐다. 중학교에 입학해서 처음 본 시험을 아이는 분명히 잘 치렀다고 말했고, 그 당당한 태도에 조금도 의심하지 않았다. 그런데 아들과 같은 반인 옆집 아이네 집에서 모든 걸 알게 되었다.

　정군은 어머니에게 학교에서 성적표를 나눠 주지 않았다고 말했다. 그렇지만 성적표는 책상 서랍 깊숙한 곳에서 잠자고 있었고, 성적은 상상도 못할 만큼 형편없었다.

　이성을 잃은 정군 어머니는 무섭게 회초리를 휘둘렀다. 그리고 그 일 이후 정군은 부모님을 멀리했을 뿐 아니라 성적도 더 떨어졌다.

　초등학교 때는 반에서 일이등을 다투던 아이였으니, 부모의 실망과 거기에 부모를 속인 것에 대한 분노를 이해하지 못하는 건 아니다. 그렇지만 어떤 문제를 해결하려 할 때, 그 원인은 생각지도 않고 회초리로 문제를 해결하려 든다면 그 결과는 불을 보듯 훤하다.

사춘기는 흔히 '질풍노도의 시기'라고 할 만큼 정서적 변화가 심한 시기이다. 사춘기의 아이들은 순간적인 기쁨과 수치심, 열등감 등에 자주 휩싸여 늘 불안해 하고 자주 화를 내며, 긍정적이기보다는 부정적인 정서로 기우는 경우가 많다. 거기에다 초등학교와는 다른 학습 환경에 적응하기 위해 아이들은 나름대로 고민하고 있다. 그런 상황에서 부모의 과잉 기대는 아이를 짓누르기 십상이다.

정군은 아마도 부모님을 실망시키고 싶지 않아 거짓말을 했을 것이다. 그런데 아이를 윽박지르고 회초리를 휘둘렀으니, 부모를 피하고 학습 의욕을 잃은 것도 나름대로 이해할 만한 대목이다.

부모는 자녀가 올바른 길로 나아갈 수 있도록 안내하는 길잡이일 뿐이다. 절대로 자녀의 생활에 뛰어들어 이건 이렇게 하고 저건 저렇게 하라고 일일이 지시할 수도, 명령할 수도 없는 문제다. 스스로 자신의 인생을 꾸며갈 수 있도록 여건만 제공하고, 아이가 어려운 문제에 부닥쳤을 때 진지한 태도로 대화를 한다면 아이는 절대 성적을 속이거나 부모를 멀리하지 않을 것이다.

아버지도 연습이 필요하다

엄부자모(嚴父慈母) 정신

　우리 나라에는 전통적으로 자녀 교육에 대한 하나의 큰 원칙이 있었다. 엄부자모. 엄한 아버지에 자애로운 어머니라는 말이다.

　엄부자모의 정신이 꼭 좋다 나쁘다라고 말할 수는 없지만, 흔들리는 요즘의 가정과 자녀 교육 측면에서는 깊이 생각해 볼 여지가 많다는 생각이다.

　오늘날의 우리 가정에서 자녀 교육의 커다란 문제로 대두된 것 중 하나가 '아버지 부재 현상'이다. 언제부터인가 자녀 교육은 어머니의 몫으로 인식되어 왔고, 아버지는 방관자의 입장으로 전락한 듯한 느낌을 지울 수 없다.

　물론 그렇게 된 원인은 사회·문화적 구조의 변화에서 찾아볼 수 있다. 급격한 사회 변화에 따라 아버지는 가정보다 사회를 우선시하게 되었고, 그로 인해 어머니가 아버지의 역할까지 대신하는 '어머니의 이중 역할' 시대가 되었다. 아버지는 '돈을 벌어다 주는 사람', '늦게 들어오는 사람'으로 인식된 것이다.

아이들은 부모를 통해 최초의 사회 경험을 하게 된다. 아버지에게서는 남자의 역할을, 어머니에게서는 여자의 역할을 배우는 것이다. 그런데 그 한쪽인 아버지의 자리가 비어 있다면 당연히 불균형한 여성화가 초래될 수밖에 없다.

에릭 프롬은 아버지는 정의를, 어머니는 자비를 대표하는 존재라고 보았다. 이 두 역할이 조화를 이룰 때 가정은 건전하게 영위되지만, 그렇지 않을 경우 아이들에게 커다란 혼란을 준다고 했다.

자녀 교육은 부모의 공동 작업이다. 결코 어머니 혼자만의 노력에 의해서만 되는 것은 아니다. 아버지는 남자로서 어머니는 여자로서 고유의 느낌이 있고, 가정의 분위기도 부모가 함께 공유함으로써 그 속에서 자라는 아이들이 자연스럽게 성의 역할을 알게 하는 가정 교육이 되는 것이다.

자녀 교육에 있어서 중요한 점은 적절한 규제와 필요한 칭찬을 함께 하는 것이다. 자녀의 행동을 적당히 제한하여 자기 통제력을 길러주고, 한편 그에 상응하는 칭찬이 수반될 때 자녀는 정신적으로 균형을 이룰 수 있다. 일방적으로 규제한다든가 지나친 칭찬과 과잉 보호, 무관심은 문제 발생의 원인이 되기도 한다. 그것이 아버지가 해야 할 일이기도 하다.

오늘날의 가정 교육 방침이 꼭 엄부자모여야 한다는 법은 없다. 그 반대의 경우도 있을 수 있겠으나, 중요한 것은 자녀 교육에 있어서 규제든 칭찬이든 어느 한쪽에 치우쳐서는 안 된다는 것이다. 적절하고 조화롭게 지도될 때 아이들은 성숙한 인간으로 자랄 수 있다. 한 연구 결과에 의하면 지나치게 엄격한 교육을 받고 자란 사람은 애정 결핍으로 공격적이거나 난폭해지며, 지나친 과잉 보호 속에서 자라면 대단히 의존적이고 무기력한 성격이 될 가능성이 높다고 한다. 거기에다 '아버지의 부재' 속에서 자란 아이들은 가족 내에서조차 적절한 성 역할을 찾지 못하고 나약하고 자신감이 없는 아이로 자라게 된다. 즉, 단체 생활에 적응하지 못하고 동성과의 사회적 관계 등에서 문제점이 생긴다는 것이다. 뿐만 아니라 성격적으로도 대단히 의존적이고 참을성이 없으며, 쉽게 포기하거나 지나치게 수줍어하고 멋대로 행동한다.

따라서 자녀를 바람직한 인간으로 키우고 싶다면 어머니의 지나친 간섭을 줄이고 아버지의 역할을 증대시키는 것만이 해결의 한 방법이 될 것이다.

부친부재(父親父在)의 문제

  세상의 변화가 그 빠르기의 정도를 더해 가면서 우리의 사회 구조 및 가족제도 등에서 많은 변화를 느끼게 된다. 특히 여성의 사회적 활동의 기회가 많아지면서 대가족 제도라는 우리의 전통적 가족제도가 붕괴되고 핵가족이 많이 생겨나게 되었다.

  이러한 변화는 젊은 여성들에게 일시적인 해방감을 주기는 했으나 미혼모와 이혼율이 증가하고 가족간의 분리[別居], 가족 관계의 약화 등 여러 가지 사회 문제를 만들어냈다. 그리고 이런 문제가 발생한 집의 아이들은 본의 아니게 부모들 중 어느 한쪽과 떨어져 지내야 한다는 불행을 맛보아야 한다.

  부모와 자녀로 구성되어 있는 가족 형태에서 어머니 혹은 아버지 중의 어느 한쪽이 없는 가정을 결손가정이라고 한다. 일반적인 가정에서 어머니는 가족의 소비 생활과 인간 관계의 융합을 도모하고 정서적 역할을 담당하는 데 비해 아버지는 가정 내에서의 사회의 대표자이자 사회에 대해서는 가정을 대표하는 존재이다. 또한 무슨 일에 대한 최종적인 결정권과 자녀를 교육시키는 책임을 맡기도 한다. 이러한 과정에서 아버지는 자녀의 장래를 설계할 수 있도록 도와주기도 하고 독립된 성인이 되도록 보살펴 주는 역할을 한다.

미국의 경우에는 이혼 후 90퍼센트 이상이 자녀와 어머니가 함께 살고 있으며, 일반적으로 편부일 경우는 재혼을 많이 하지만 편모일 때는 재혼하는 율이 낮아 결손가정은 부자가정(父子家庭)보다 모자가정(母子家庭) 쪽이 더 많다고 한다.

부친부재란 어린이들이 커가는 과정에서 아버지로부터 받아야 할 적절한 교육이나 지도가 제대로 없었다든가, 부성애의 결핍에 의해서 초래되는 지적·사회적·정서적 행동상의 발달과 성격 형성에 있어서의 왜곡 및 장애를 통틀어 하는 말이다. 아버지가 없다는 사실은 긍정적이든 부정적이든 간에 아버지의 영향을 자녀가 받지 못한다는 심각한 문제를 낳는다.

아버지가 없는 아이들은 자신을 감독, 교육하는 가족 성원을 느끼지 못하고 사회의 법칙과 도덕을 대표하는 도구적 역할자를 알지 못하게 되며, 자신의 성 역할 발달에 영향을 주는 남성 모델을 찾을 수 없게 된다.

이강욱과 민준기는 둘 다 아버지가 없이 편모슬하에서 자라고 있는 아이들로 성격이 아주 판이하다. 강욱은 내성적이고 항상 불안한 마음에 젖어 있으며 대인관계에 있어서도 다른 사람과의 접촉을 꺼린다. 그러나 준기는 외향적이고 반항적이며 언뜻 보면 버릇이 없다 싶을 정도로 상대방에게 접근하여 금방 자신을 드러내는 성격이다. 두 사람의 성격이 전혀 다른 이유는 물론 개인이 지니는 특성에서 찾아볼 수 있으나, 그들의 생후 성장 환경에서 까닭을 찾아보면 다음과 같은 점

아버지가 변하면 세상이 변한다!

을 발견할 수 있게 된다.

강욱의 부모는 강욱이 어렸을 때 서로 불화로 갈등을 느끼다가 이혼을 하게 되었다. 불화가 시작되어 이혼할 때까지 집안 분위기는 계속해서 무겁고 불안하게 이어졌고, 어쩌다 강욱이 이불에 오줌이라도 싸면 그 어머니는 아버지에 대한 분노까지 덧붙여서 아이를 때렸다.

부모의 이혼으로 강욱은 어머니와 자라게 되었는데, 어머니의 심리적 불만이 계속되면서 그녀는 아이에게 불안과 슬픔을 안겨 주고 열등감을 갖게 하여 아이로 하여금 엄마뿐 아니라 모든 어른들에게 두려움을 느껴 마음의 문을 닫아버리게 만든 것이다.

반면에 준기는 아버지가 일찍 돌아가셔서 어머니와 단 둘이 살게 되었다. 그런데 준기의 어머니는 어떻게 해서든 아버지 없이 자라는 아이를 부끄러움 없이 꿋꿋하게 자라게 하고 싶었다. 그리하여 그녀는 엄격한 규칙을 만들어 스스로 실천하면서 아들에게도 그것을 실천할 것을 요구했다. 그러나 한창 뛰놀며 자라야 할 아이에게 그것은 가혹한 형벌이었다. 준기는 때로는 어머니에게 반항하면서 그 형벌에서 벗어나려고 했고, 때로는 불쌍한 어머니를 위로하기 위해 비록 눈속임일망정 수도승 흉내를 내기도 했다. 그 결과 그는 반항적인 면과 이지러진 심리 상태를 함께 가지게 되어 주관없이 순간순간을 모면해 가는 사람으로 자라게 되었다.

성장 초기의 아버지 부재는 남자아이의 독립심이나 남성 행동에 이상을 초래하게 되어 성 역할 발달에 많은 지장을 주며, 여자아이에게는 성장 과정이나 성장 후의 남성, 혹은 남편과의 관계에 어려움을 가져온다.

아버지도 연습이 필요하다

대학을 졸업하고 사회에 발을 내디딘 지 5년째 접어드는 양 희정 양은 어머니와 친구들의 성화에 못 이겨 여러 차례 선을 보았으나 한 번도 마음에 드는 남자를 만나지 못했다. 다른 사람이 보는 희정 양은 무엇 하나 나무랄 데 없는 규수이다. 그리고 그녀가 만나서 선을 보게 되는 상대자들도 세상 사람들이 일등 신랑감이라고 떠들어대는 유능한 사람들이었다. 그러나 그녀는 모든 남자들을 거부하거나 그럴 수 없는 경우에는 상대방에게 좋지 않은 인상을 주어서 자기를 싫어하게 만드는 방법 등으로 결혼을 피하곤 하였다.

그녀가 여고에 다니던 때 그녀의 아버지는 해외지사로 발령을 받아 외국 근무를 하게 되었다. 아버지는 가족 모두를 데려가고 싶었으나 아이들의 성장에 지장이 있을지도 모른다는 어머니의 고집으로 가족을 남겨 놓은 채 혼자서만 외국으로 떠나게 되었다.

그런데 희정 양의 아버지가 근무하면서 해외지사의 실적이 부쩍 올라가자 애당초 일 년 만에 돌아오기로 했던 계획이 바뀌어 회사에서는 그를 4년 반 동안이나 잡아 두었다고 한다. 물론 짬을 내서 일 년에 두어 차례씩 집에 다녀가기는 했지만 가족, 특히 아버지의 사랑을 지극히 받았던 희정 양은 하루하루를 아버지에 대한 그리움 속에서 보냈다. 이렇게 되자 아버지 이외의 남자들은 자연 아버지만 못하게 느껴져 그녀는 아버지 아닌 다른 남자는 상대하기가 싫어졌다고 한다.

결국 희정 양은 사랑이 없는 억지 결혼을 하기보다는 자신의 능력을 사회에 대한 봉사에 이용해 보자는 마음으로 여성단체에 가입하여 청춘을 사르기로 했다고 한다.

아이들은 자라면서 본능적으로 사회 생활의 모델을 찾고 그

대상을 흉내내는데, 아이들이 주변에서 가장 쉽게 찾아낼 수 있는 모델이 바로 아버지이다. 때문에 아버지는 자기의 행동 여하에 따라 자녀의 인격 형성이나 습관, 혹은 사회성 발달에 많은 영향을 받는다는 점을 알아야 한다.

가정에서의 아버지의 역할 중 빼놓을 수 없는 것이 가정의 질서를 잡는 일이다. 예로부터 우리네 가정 교육은 엄부자모의 전통으로 유지되어 왔다. 엄한 아버지가 가정의 질서를 잡아가면 어머니가 자애롭게 감싸준다는 말이다. 양친이 살아 있어서 그 역할을 바꾸는 것은 그리 큰 문제가 되지 않는다. 그러나 아버지가 없어 어머니 혼자 가정을 이끌어가는 경우에는 어머니 스스로 콤플렉스를 가지고 아이들의 질서를 잡으려고 하기 때문에 지나치게 엄하게 키울 가능성이 있다.

아버지가 없다는 사실이 자녀에게 어떠한 영향을 주는가 하는 것은 아버지가 안 계신 시기, 자녀의 성별, 엄마와의 관계 등에 의해 좌우된다고 한다. 이러한 영향은 아이의 나이가 어릴수록, 그리고 아버지의 부재기간이 길어질수록 반사회적인 인물로 만들 소지를 주는 것이다.

만약 어떤 이유로 아버지를 잃게 되면 아버지의 상(像)과 비슷한 대리 모델을 설정하여 아이들에게 접근시켜야 한다. 대리 모델은 가까운 친척일수록 좋다. 아버지가 없는 아이들은 삼촌이나 사촌형에게서 사회 생활과 질서를 배울 수 있는 것이다.

아버지도 연습이 필요하다

제3부

우리 아이들, 아버지가 나서자

가정에서 아버지의 자리는
크고도 넓다.
그런 자리가 비어 있다면
아이들은 올바르게 자랄 수 없다.
어머니가 아무리 노력해도
아버지의 자리를
대신할 수 없는 것이다.
문제가 많다는 요즘 아이들,
이젠 아버지가 나서서
올바르게 키워야 한다.
방법은 많다.
아버지의 사랑으로
제대로 키워보자.

1. 가장 기쁜 표정으로 가볍게 대화한다.
2. 눈높이, 마음높이를 맞춰 이야기한다.
3. 대화의 시간은 개그맨이 된다.
4. 고민스러운 것일수록 내 문제인 양 들어준다.
5. 잘못된 행동은 올바르게 꾸짖는다.
6. 과잉 보호를 하지 않는다.
7. 어른의 기준으로 판단하지 않는다.
8. 한꺼번에 꾸중과 칭찬을 하지 않는다.
9. 명령, 지시조로 설교하지 않는다.
10. 아무리 큰 문제도 감정적으로 처리하지 않는다.

아직도 아이들을 편애하나요

열 손가락 깨물어 아프지 않은 손가락은 없다. 그 말은 진리이다. 그러나 아픔과 애착과는 다르다. 아픔은 상처지만 애착은 사랑이기 때문이다.

어느 부모나 슬하의 자녀들에 대한 평등한 애정을 이야기한다. 그러면서도 그렇지 못하는 게 부모들이다. 자식마다에 거는 기대가 다르기 때문이다. 편애는 어쩔 수 없는 인간의 본성이다. 첫인간인 아담에게도 자식에 대한 편애는 있었다.

그러나 자식 교육에 있어서는 편애만큼 백해무익한 것도 없다. 사랑을 받는 쪽도 소외된 쪽도 불행의 불씨를 잉태한다. 편애 자체가 어쩔 수 없는 인간의 본성이라고는 하지만 부모의 노력 여하에 따라서 편애하는 마음을 억제할 수 있다. 항상 그러한 노력이 따를 때 슬하의 나무들은 골고루 잘 자라 아름다운 결실을 맺는다.

자녀에 대한 편애는 역사 곳곳에서 찾아볼 수 있다. 그리고 그 편애는 한 나라를 망하게 하기도 하고 형제간의 살육을 자행하게도 했으며 아버지와 자녀 간에 칼을 겨누게도 했다.

우리 아이들, 아버지가 나서자

그런데 편애는 천지창조와 함께 시작되었다고 해도 과언은 아니다. 구약성서 창세기 편에 나오는 카인과 아벨 형제의 이야기가 바로 그것이다.

아벨과 카인은 각각 하느님께 제(祭)를 올렸지만 하느님은 아벨의 기도에만 응답하였다. 그리하여 카인은 하느님이 아벨만을 사랑한다고 생각하고 끓어오르는 질투심을 견디지 못해 동생을 돌로 쳐죽이는 죄를 범하고 만다.

이 이야기는 많은 것을 시사하고 예언한다. 형제간에 어느 한 명만을 사랑한다는 것이 얼마나 위험한 일인가를 보여주고 있는 것이다. 카인은 소외감에 빠져 동생을 죽이는 극단적인 행동을 보인 것이다.

카인의 행동은 부모에게 소외를 당하는 자녀들의 마음을 상징적으로 표현한 것으로도 볼 수 있다. 소외된 자녀는 카인처럼 직접 행동으로 옮기지 않을지는 몰라도 개중에는 그렇게 하고 싶다는 마음을 무의식 속에 감추고 있을지도 모른다.

'엄마는 나만 미워한다. 형이나 누나에게는 잘해 주면서 나에게는 조금도 사랑을 주지 않는다. 나는 형제들이 차라리 없었으면 하는 생각이 들기도 한다. 아마 나는 엄마의 친자식이 아닐지도 모른다.'

초등학교 4학년 남자 어린이 김민수 군이 글짓기 시간에 쓴 글이다. 이것은 부모의 잘못된 애정 분배가 자녀의 교육에 얼마나 치명적인 요인으로 작용하는지를 단적으로 드러낸다.

자녀 교육의 성패는 부모의 애정 정도에 의해 결정이 난다고 해도 과언이 아니다. 문제아의 대부분이 부모의 사랑이 결핍된 문제 가정에서 만들어진다는 것이 그것을 보여 준다.

형제 중에 누구 하나만을 유별나게 미워하거나 예뻐하는

편애는 자녀 교육의 중대한 결함으로 지적된다. 물론 부모들은 의식적이든 무의식적이든 간에 자녀를 편애하는 경우가 있다. 얼굴이 예뻐서 남에게 늘 칭찬을 받는다든지 머리가 좋고 재능이 뛰어나 그의 장래에 대해 큰 희망을 건다든지, 용모가 부모를 쏙 빼닮아 아무래도 다른 형제보다는 귀여움을 더 받을 수도 있다.

민수의 담임인 성찬경 선생님은 학생들의 일기장을 보면 의외로 편애에 시달리는 아이들이 많다는 걸 알 수 있다고 한다.

자녀들은 부모가 무한정의 애정을 쏟아 주기를 원한다. 그것은 마음에 간직된 정체된 사랑이 아니라 행동으로 표현한 살아 있는 사랑을 원하고 또 그것을 확인하려는 심리를 갖고 있다.

부모가 자기 이외의 형제를 더 사랑한다고 느낄 때 자녀들은 심한 소외감을 느낀다. 그리고 그런 편애로 인한 정서적 고통이 행동으로 나타나 '문제아'가 될 소지를 보이게 된다.

자녀들은 부모의 사랑이 다른 형제보다 못하다고 생각되면 어떻게든 그 부모의 관심을 끌기 위해 전에 없이 이상한 행동을 한다고 한다. 미운 짓을 천연덕스럽게 한다든지 초등학교에 다니는 아이가 오줌을 싸기도 한다. 툭하면 형제들과 싸우고 공격적인 언어를 사용한다. 새옷을 입고 나가 진흙탕에서 뒹굴기도 하고, 비가 오는 날 우산도 없이 나가서 비를 흠뻑 맞기도 한다. 꾀병을 부리며 부모를 괴롭히기도 하고, 등교를 거부하기도 한다.

자녀들이 갑자기 이런 현상을 보인다면 편애의 한 증상이라고 보아도 크게 틀리지는 않다. 그리고 이런 증상들은 부모

우리 아이들, 아버지가 나서자

로부터 사랑을 받기 위한 본능적인 시위라는 것을 알아야 한다. 자녀들의 갑작스런 이런 태도에 무관심하거나 지나치게 야단을 치면 그런 행동이 더욱 심화되어 성격이 비뚤어지고 정신질환으로까지 발전하게 된다는 것을 명심해야 한다.

조그마한 사업체를 운영하는 박동재 씨는 열세 살, 열 살 난 두 아들을 키우면서 별 문제없이 살아왔다. 사업이 비교적 잘 되어 생활은 여유가 있었고, 그래서 아이들에게도 남들보다는 신경을 더 쓴다고 자부하고 있었다. 그런데 언제부터인가 박동재 씨에게는 고민 한 가지가 생겼다. 막내아이가 형의 노트를 몰래 찢어버리거나 교과서를 훔쳐서 쓰레기통에 버리는 등, 형의 물건이라면 어떻게든 못 쓰게 만드는 게 아닌가.

처음에는 막내를 때리거나 혼을 내주기도 했지만 그런 행동을 막을 수는 없었다. 몇 번 회초리를 들었던 박동재 씨는 아이의 고집이 예상외로 세자 살살 타이르는 전법을 구사하였다. 아무리 심한 행동을 해도 야단치지 않고 달래며 타일렀다. 그리고 그 이유를 물어 보았다. 그러자 아이는 자신의 잘못은 조금도 인정하지 않은 채 당당하게 이야기를 하는 게 아닌가.

"엄마 아빠는 형만 좋아하잖아. 작은 아빠도 고모들도 형만 이뻐하고. 나는 아들이 아닌가 뭐."

막내아들의 말에 박동재 씨는 혼이 나간 듯 멍하니 있었다. 박동재 씨는 장손이었고 그의 장남도 자기를 이어 그 가문을 이어갈 혈육이었다. 그 때문에 알게 모르게 장남을 더 챙겨 주었고, 그걸 당연하게 생각하고 있었다. 그러나 막내아들은 그로 인해 상처를 입고 있었던 것이다. 그 뒤로 박동재 씨는 막내에게 많은 신경을 썼다. 학용품 등도 똑같이 사주곤 했다.

아직도 우리 사회에는 장남 선호사상이 뿌리깊게 남아 있다. 장남이 한 가정의 울타리가 된다는 의식을 누구나 잠재적으로 가지고 있는 것이다. 박동재 씨처럼 초기에 문제를 알아차려 현명하게 대처한다면 그 이상의 문제는 더 발생하지 않을 것이다.

그러나 노골적으로 장남을 우대하는 가정에는 늘 시한폭탄을 장전한 것과 같은 상황이 빚어질 가능성이 많다. 형은 언제나 새옷과 좋은 것을 가져야 하고 동생은 형의 그늘에 묻혀 지내야 하는 것을 운명적으로 받아들인다면 그 자녀는 열등감에서 벗어날 수 없다. 그리고 그 열등감은 소극적인 성격으로 변형되어 자기 주장을 할 수 없는 아이로 바뀌게 되는 것이다.

박동재 씨와는 조금 다른 가정을 살펴보자.

40대 부인이 상담소를 찾아와 호소한 내용이다. 그 부인 역시 열네 살, 열두 살의 두 아들을 키우고 있었는데 형이 부모님만 안 계시면 동생을 때린다는 것이다.

형은 어렸을 때부터 활달하게 자랐다. 공부도 잘했고 주변에 친구들도 많았다. 그 반면에 동생은 형에 비해 체격도 작고 소심해서 밖에 나가 잘 놀지도 않는 성격이었다. 태어나자마자 큰 병을 앓았던 작은아들만 생각하면 자다가도 한숨을 쉴 정도였다.

그 때문에 그 부인의 손길은 자연히 작은아들에게 한 번이라도 더 갈 수밖에 없었다. 비가 오는 날이면 우산을 들고 학교까지 찾아가 작은아들을 데리고 왔다. 큰아들에게는 늘 동생을 보살펴 주어야 한다고 귀에 못이 박히도록 말하곤 했다.

그런데 어렸을 때는 그렇게도 동생을 잘 보살펴 주던 형이 요즘 들어 동생을 때려 울리기도 하고 위협적인 말로 동생의 물건을 빼앗는다는 것이다.

두 아들 중 지나치게 한편을 보살펴 줌으로써 발생한 문제였던 것이다.

"편애보다는 다른 방법을 택하게 했어요. 예를 들어 두 아이에게 적성에 맞는 취미를 갖게 하는 겁니다. 동생에게 그림 지도를 받게 한다면 형에게는 운동 기구를 사준다는 방법 등을 택해 둘에게 공평한 애정을 쏟는다는 것을 인식시켜 주어야 해요. 그것은 두 형제 모두를 위하는 길이기도 합니다."

그 부인의 상담을 맡았던 상담원의 말이다.

자녀들은 부모의 사랑에 매우 민감하여 조그마한 일에도 미묘한 반응을 보인다. 장남 선호사상이라든가 더 돌봐 주어야 할 아이라든지 하는 고정 관념은 자녀 교육에서 빨리 배제되어야 한다. 아무 뜻도 없이 한 행동 하나에도 아이들은 쉽게 상처받기 때문이다.

그러나 방금 이야기한 부인의 예는 가벼운 것에 속한다. 인천에 사는 모 기업 중견 간부인 정석현 씨의 경우는 듣기에도 섬찍한 사례가 아닐 수 없다.

열한 살, 여덟 살 두 딸을 키우고 있는 정석현 씨는 큰딸보다 작은딸을 더 귀여워했다. 사업상 술을 잘 마시는 정석현 씨는 술에 취해 집에 들어갈 때마다 작은딸의 선물을 사가곤 했다. 큰딸의 선물을 산다는 것은 거의 생각지도 않았다. 부인이, 그렇게 행동하면 큰아이가 상처를 받는다고 충고했지만 귓전으로 흘려들었다.

작은딸은 정석현 씨를 무척 따랐다. 엄마가 시장에라도 가면 작은딸은 자신이 마치 정석현 씨의 아내인 것처럼 굴었다. 아빠의 옷을 벗겨준다든지, 발을 씻고 오라든지, 물을 떠다 준다든지 하는 식의 행동이 정석현 씨를 감동시키곤 했다.

하지만 큰딸은 그렇지 않았다. 늘 술만 마시고 오는 아버지에게 반감을 품고 있었다. 심부름을 시켜도 잘 듣지 않았고 아버지의 잘못을 일일이 따지고 들었다. 그럴수록 정석현 씨는 제 귀염은 제가 타고난다면서 작은딸을 유난히 귀여워했다.

큰딸은 동생만 귀여워하는 아버지에게 큰 상처를 받았다. 툭하면 동생을 때리고 밥을 먹지 않았다. 어떤 때는 부모님이 자신을 찾으러 나오기를 기다리며 문 앞에 앉아 집에 들어오지 않았다. 정석현 씨는 그런 큰딸을 야단만 칠 뿐 왜 그런 행동을 하는지 이해하려고 하지 않았다.

그러다가 작은딸이 행방불명되었다. 경찰서에 신고도 하고 부산을 떨었지만 작은딸의 행방을 찾을 수는 없었다. 큰딸에게 동생을 못 보았느냐고 물었지만 큰딸은 고개만 흔들 뿐 아무런 내색도 하지 않았다.

그날 밤 12시가 다 되어 택시 기사가 작은딸을 데리고 왔다. 정석현 씨는 잃었던 딸을 찾아준 택시 기사에게 백 번도 더 감사를 표했다.

그런데 집으로 돌아온 작은딸의 입에서 나온 이야기는 실로 놀랄 만했다. 언니와 전철을 타고 서울에 갔는데 갑자기 언니가 없어졌다는 것이다. 그래서 울고 있으니까 어떤 아저씨가 인천 가는 전철을 태워 줘서 왔고, 인천에서는 택시 아저씨에게 부탁해서 집으로 왔다는 것이다.

정석현 씨는 화가 나서 큰딸을 때리려고 했지만 아내가 말

우리 아이들, 아버지가 나서자

렸다. 그리고 큰딸을 불러놓고 왜 그런 일을 했느냐고 물었다.

이유는 너무 간단했다. 아빠가 동생만 귀여워해서 동생이 죽었으면 좋겠다고 늘 생각했다는 것이다. 그 방법으로 동생을 서울에 버리는 것을 택했다는 것이다. 편애가 살의를 품게 만든 끔찍한 이야기가 아닐 수 없다.

자녀들 중 어느 한 명만을 편애하여 일어나는 가정의 불화는 사실 그 사례를 열거하기가 어려울 정도로 많다. 그러나 대표적인 사례의 하나로 더 꼽을 수 있는 것은 바로 아들과 딸을 구별하여 편애하는 남아 선호사상에 대한 내용이다.

그런데 어린이들의 남존여비에 대한 생각은 어른들의 예상을 뛰어넘으리만큼 높다고 한다. 그리고 그런 생각은 고학년으로 올라갈수록 더욱 두드러지게 나타난다고 한다.

대구 어린이를 대상으로 한 초등학생들의 남존여비에 대한 생각을 보면 놀라울 정도이다. 1학년에서 4학년 남자 어린이는 40퍼센트가 여자보다 남자가 우월하다고 생각하고 있고, 5·6학년 남자 어린이는 70퍼센트가 남존여비에 대한 생각을 믿는다. 재미있는 현상은, 여자 어린이들 중 남자가 우월하다고 믿는 어린이는 7퍼센트밖에 되지 않는다는 사실이다.

이 초등학교 어린이들의 생각은 우리 사회를, 좁혀 이야기하면 현재 우리들의 가정 상황을 그대로 반영한 것이라고 말할 수 있다. 미국 어린이들의 남존여비에 대한 생각은 0퍼센트라는 것이 그것을 잘 말해 주고 있다.

남아에 대한 선호사상이 우리 역사를 이끌어 온 하나의 기둥이었다는 것은 아무도 부인할 수 없고, 지금까지도 그런 생각은 사회 전체에 퍼져 있다. 아들을 낳기 위해 양수 검사를

해서 딸이라고 진단이 나오면 임신 중절을 하는 경우도 우리
는 무수히 본다. 옛날에는 딸을 낳으면 섭섭이라든가 뒤에 아
들을 낳으라는 뜻으로 후남이란 이름을 지어 주었다. 물론 이
런 이름들은 이제 거의 사라졌지만 생각까지 바뀐 것은 아니
다.

우리 주변에서는 아직도 아들과 딸을 편애하는 경우를 얼
마든지 발견할 수 있다. 아들을 편애하면서도 당연히 그래야
한다는 생각, 그래서 편애를 하는지조차 모르는 부모들이 너
무 많다.

모 초등학교 문영자 선생님이 들려준 이야기이다.

이선미 양은 얼굴도 예쁘고 공부도 잘했다. 다만 무엇인가
를 생각하는 듯 우울한 표정을 하고 다녔다. 문 선생은 그런
선미를 무심히 보아넘겼다. 단지 성격 탓이겠거니 하고 생각
했다. 그런데 어느 날 일기 검사를 하던 문 선생은 깜짝 놀랐
다.

"엄마가 동생의 로봇을 사왔다. 나는 전부터 인형을 사달라
고 졸랐지만 동생 것만 사온 것이다. 나도 사달라고 하자 엄
마는 여자가 그런 걸 가져서 무얼 하느냐고 나무라셨다. 내가
로봇을 사달라고 했는지 아셨나 보다. 인형을 사달라고 말한
것은 잊은 것 같다. 왜 나는 남자로 태어나지 못했을까. 정말
죽어 버리고 싶다. 공부도 하고 싶지 않다. 공부를 잘해도 엄
마가 한 번도 칭찬해 주지 않는다."

문 선생은 선미의 어머니를 불러 일기장을 보여주었다. 선
미 어머니는 깜짝 놀라며 자기 딸이 그런 생각을 가지고 있
었는지 몰랐다며 눈물을 글썽거렸다고 한다.

사실 우리네 보통 부모님들은 선미 어머니처럼 자신들이

아들을 편애한다는 것도 의식하지 못하는 게 대부분이다. 그러나 아예 '여자가 뭐'란 식으로 딸을 무시하는 경우는 그야말로 큰 문제라고 하지 않을 수 없다.

강만영 씨는 여덟 살, 네 살된 딸 둘을 키우고 있었다. 그의 소원은 아들을 하나 낳는 것이었다. 친구들 집에 가서 친구 아들을 보고 오는 날은 밥맛까지 잃을 정도였다.

그래서 세 명의 자녀에게는 의료보험이나 세금 혜택이 없다는 것을 알면서도 아기를 가졌고 소원대로 아들을 낳았다.

그때부터 두 딸의 수난은 시작되었다. 집에 들어오면 아기에게 병을 옮긴다고 아기방의 출입마저 금지하였다. 아기의 손을 몰래 만져보다 들키면 하루 종일 벌을 설 정도였다.

아기가 말을 하면서는 두 딸이 아기를 울리기만 하면 혼이 났다. 두 딸은 아기가 하자는 대로 해야 했다. 큰딸은 나이 차이가 많아 그런대로 참아냈지만 작은딸은 매우 신경질적인 성격으로 변했다. 아기를 증오하고 미워하는 마음을 갖게 된 것이다. 그러고는 부모가 없는 사이에 작은딸이 동생을 마구 두들겨 패준 일이 일어났다.

아차하고 그제야 후회했다는 강만영 씨는, 지금은 딸들과 아들이란 개념 자체를 잊어버리려고 노력한다는 것이다.

부모가 의식적이든 무의식적이든 아들을 편애하면 반드시 문제가 발생하게 마련이다. 남존여비 사상을 믿는 여자 어린이가 7퍼센트밖에 없다는 사실을 부모들은 눈여겨봐야 한다. 그건 대부분의 여자아이들이 아들과 똑같은 대우를 받기를 원한다는 뜻이니까 말이다.

아버지가 변하면 세상이 변한다!

권위 없는 질서는 기항지 없는 항로

"아빠, 지난번에 나랑 공받기 하기로 했잖아."

"아빠는 피곤해. 저리 가."

"약속해 놓고……."

"글쎄, 나가 놀라니까."

아이가 아빠의 차가운 거절에 못내 서운한 듯 눈물을 글썽이며 밖으로 힘없이 걸어나간다.

일 주일 동안 일에 시달려 누적된 잠이 휴일 정오까지 이어진다. "다음 일요일엔 꼭 아빠랑 공받기 하자" 하고 아들과 약속은 했지만 아무래도 지키지는 못할 것 같다…….

이런 아버지가 너무 많다. 그리고 이런 상황이 계속 이어지면서 아이와 아빠와의 벽은 점점 쌓여가고, 마치 낯선 사람을 대하는 것처럼 부자 사이가 점점 서먹해져 간다.

이처럼 부모 자식 간의 단절이 요즘 들어 큰 사회 문제로 대두되고 있는 것은 우리 나라에만 있는 일은 아니다. 어떤 통계에 의하면 미국에서는 아버지와 자녀들이 이야기하는 시간은 하루 평균 3분이라고 한다. 인스턴트 카레를 덮혀서 먹

우리 아이들, 아버지가 나서자

는 만큼의 시간밖에 커뮤니케이션이 없다는 말이다.

그러나 유태인 가정에서는 이런 일이 결코 없다. 아이들은 어려서부터 아버지를 집안의 중심으로서 존경하고 아버지도 중심에 어울리는 행동을 해나간다.

딸도 그렇지만 아들은 아버지를 흉내내면서 성장한다고 한다. 공부를 하는 습관도 처음에는 아버지로부터 배우는 것이 보통이다. 이것을 가능하게 해주는 것이 바로 유태인의 제도인 안식일이다.

유태인들도 안식일이 되면 아버지가 자기 방에 자녀들을 하나씩 불러서 앉혀 놓고, 일 주일 동안 했던 공부나 그 주일에 있었던 일들을 털어놓고 이야기하도록 한다. 그러고 나서 서로 대화를 하는 것이다.

이것은 벌써 부모와 자식 관계를 넘어선 것인지도 모른다. 아이들에게는 아버지가 존경스러운 이미지로 부각될 것이며, 그런 점이 아버지를 아버지이자 선생님으로 생각되도록 만든다.

그러므로 유태인의 아이들은 아버지를 '나의 아버지이자 선생님'이라고 부르는 것이 일반화되어 있다. 부자가 대화하는 시간은 30분 정도가 보통인데, 이 시간이 아이들로서는 일 주일 동안을 총괄하는 중요한 시간이다.

우리에게는 유태인처럼 안식일 같은 습관은 없다. 그러나 아버지가 일요일만이라도 틈을 내어 아이들과 대화하는 시간을 갖도록 한다면 우리 사회와 가정의 모습은 지금보다는 훨씬 더 바람직한 모습이 되지 않을까.

그런데 요즘 우리의 아버지들은 일요일이 되면 자녀들과 이야기할 시간보다는 낚시를 가거나 골프를 치러가는 경우가 많다고 한다. 게다가 평일에는 또 아버지의 귀가 시간이 일정하지 않고 아이들이 잠든 뒤에 돌아오는 날이 많다고 한다. 이것은 아이들에게 아버지가 없는 것이나 마찬가지이다.

얼마 전 모 초등학교 3학년 어린이를 상대로 조사한 앙케트에서, 70퍼센트의 어린이들이 늦게 귀가하는 아버지를 제일 싫어하는 아버지로 꼽았다는 결과가 나왔다. 현대 아버지들의 공통된 현주소를 어느 정도는 짐작해 볼 만한 일이 아니겠는가.

지난해, 지나친 취미 생활로 인해 가정을 파괴시켜 버린 불행한 사건이 신문지상에 실렸다.

평일에는 출장이다 야근이다 해서 외박을 하거나 밤 늦게야 귀가하고, 휴일이면 일 주일 동안 쌓인 스트레스를 풀기 위해 낚시짐을 꾸려 아직 어둑한 새벽녘에 도망치듯 집을 빠져 나갔다가 밤늦게 집으로 돌아오는 생활을 몇 해 동안 반복해 오던 한 아버지가 한순간에 사랑하는 아내와 자식을 잃은 것이다.

가정에는 0점일 수밖에 없었던 남편에게 아내는 견디기 힘든 회의를 느끼기 시작했고, 급기야는 남편이 낚시를 떠난 어느 휴일 오후 두 자녀와 함께 목숨을 끊어버린 끔찍한 사건이었다.

이 사건은 있으나마나 한 아버지와 남편으로서의 역할 부재에서 비롯된 비극의 일말이었다.

평일에도 특별한 일이 없는 한 가족과 함께 저녁을 먹을 수 있도록 일찍 들어온다든가 자녀들의 일을 심각하게 생각하고 함께 고민하는 등, 아버지가 자녀와 커뮤니케이션의 기회를 확보하려고 노력한다면 아버지의 부재나 아버지와의 정신적

우리 아이들, 아버지가 나서자

인 단절은 일어날 수 없다.

　아버지의 부재 현상은 숨가쁘게 돌아가는 사회적인 여건에 의해 초래되는 경우도 많지만, 아버지 자신의 개인적인 능력에 따라 빚어지는 경우도 흔히 볼 수 있다.

　예로부터 우리는 버릇없는 자식을 일컬어 ‘호로자식’이라 불러 왔다. 이 말은 아버지가 없는 아이들에게 가장 치명적인 상처를 줄 수 있는 욕 중의 하나로, 어떤 이유로든 질서가 파괴되고 균형이 깨진 가정의 불행을 넘보면서 사람들은 이 말의 뜻을 확인하곤 했던 것이다.

　그러나 아버지가 없어도 어머니의 정성과 자기 자신의 의지로 훌륭하게 성장한 사람들은 얼마든지 있다. 어떤 면에서는 정상적인 가정의 어린이를 능가하는 경우도 볼 수 있다. 그럼에도 호로자식이란 말이 뜻하는 것을 외면할 수 없는 것은 아버지의 존재나 비중이 얼마나 중요한 것인가를 말해 주고 있기 때문이다.

　여기에서 아버지의 존재나 권위가 희미해져서 가정에서 인정받지 못한 경우와 그 반대인 경우를 비교해 보자.

　회사원인 김근호 씨는 경제권이나 그밖의 모든 결정권을 아내가 쥐고 있는 이른바 ‘내(內)주장’ 가정의 아버지이다. 더구나 김근호 씨는 매일 아침 아이들이 보는 앞에서 아내에게 하루 용돈을 타서 출근한다. 아이들의 눈에 비친 아버지의 모습은 밤 늦게 들어와 아침이면 엄마에게 돈을 타서 출근하는 모습이 전부이다. 집에 머무는 시간 중 아이들이 아버지의 말을 거역해서 조금이라도 야단을 칠라치면 아내가 놀란 토끼눈으로 김근호 씨 앞을 막아선다. “당신이 무얼 아느냐. 아이들 교육은 내가 시킬 테니 당신은 가만히 있으라”며 남편이 아이들을 지도하는 것도 마땅하지 않게 여긴다.

그러다 보니 아이들도 아버지를 대수롭지 않게 평가하여 김 씨가 심부름을 시키면 귓전으로 흘려 버리고, 아이 자신들의 신상에 어떤 변화가 생겨도 엄마와만 상의하려 할 뿐 아버지 앞에서는 입을 꾹 다물고 만다.

이것은 아버지의 권위나 역할이 없어져 버린 한 가정의 단면이다. 이상진 씨의 경우는 이와 정반대이다. 그는 가정에서 자녀들을 원만히 이끌어 가는 성공적인 아버지이다.

이상진 씨는 가정에서 한 번도 매를 든 적이 없지만 아이들은 잘못했을 때 엄마보다 아버지를 더 의식한다. 그러면서도 엄마보다 아버지를 더 좋아하고 아버지가 최고라는 생각을 갖는다. 그런데 그렇게 되기까지는 어머니의 속깊은 배려가 숨어 있었다고 한다.

아내는 아이들이 보는 앞에서는 남편에게 고분고분하고, 아버지가 가정에서 가장 큰 어른이라는 생각이 들도록 지도를 했다. 또한 자녀들이 무엇인가를 요구하면 언제나 "아버지가 돌아오시면 여쭤보고 하자"는 방법으로 대함으로써 자녀에게 모든 일에 있어 아버지의 책임 의식을 인식시켜 줄 뿐만 아니라, 아버지의 소중함을 주지시키는 이중 효과를 갖도록 했던 것이다.

그렇게 되자 아이들이 잘못된 행동을 했을 때 아버지가 개입해서 차근차근 말로 타이르기만 해도 그 효과는 1백 퍼센트였다고 한다.

이처럼 부권의 질서는 부부가 공동의 노력을 보일 때 가능하고 따라서 자녀 교육도 건전하게 이루어질 수 있다고 생각한다.

자녀들에게 아버지의 이미지가 서 있지 않으면 그들은 가정 안에서 사회인으로 성장해 가는 데 지장을 받게 된다. 이런 의미에서 부권의 회복은 매우 중요하다.

그러려면 먼저 가정에서 아버지와 자녀가 대화하는 시간을 늘리고 아버지의 말이 최대한으로 존중되는 분위기를 만들어야 한다고 생각한다.

몇 년 전부터 토요일을 '가정의 날'로 정하고 그날은 일찍 귀가할 것을 종용하고 있는데, 상당한 효과가 있었다는 보고가 있다. 일요일 오후나 토요일 오후 등 일 주일에 한 번 정도는 자녀들과 함께 놀고 대화할 시간을 갖는다면 부권을 회복하고 유지하는 데 좋은 효과를 보지 않을까 싶다.

문제아 뒤에 문제 가정이 있다?

인간은 성장하면서 여러 사람들과 종적으로 또는 횡적으로 인간 관계를 맺으면서 살아간다. 그리고 자신의 욕구나 욕망을 충족하는 과정에서 남을 알고 이해하며, 세상을 바르게 살아가는 능력이나 방법을 알게 되는 것이다.

이러한 인간 성장의 과정 속에서도 특히 청소년 시기는 장래를 가늠하는 가장 중요한 시기라는 건 이론의 여지가 없다. 즉 어떠한 사고를 가지게 하느냐, 또는 어떠한 인생 철학을 몸에 체득하게 하느냐에 따라서 성공과 실패의 갈림길에 놓이게 되는 것이다. 또한 아동기와 성인기의 중간에 위치하는 과도적 전환기인 이때는 신체적 성숙과 함께 정신적으로도 성숙하는 시기여서 부모의 지배나 구속을 싫어하고 독립된 자기를 발견하려 한다. 그래서 앞으로 주어질 새로운 역할과 기대 등에 불안을 갖기도 하고, 긴장을 경험하게 됨으로써 심한 갈등을 겪기도 한다.

이러한 여러 심리적 현상과 함께 성장하는 아이들에게 있어 가정의 역할은 대단히 중요하다. 가정에서 서로를 사랑하고 이해하며 관심을 가지고 대하는 태도 하며, 든든한 가족 구성이나 마음의 안식처인 행복한 생활 등은 그들의 건강한 정신을 가지게 하지만 그렇지 못하는 데서 문제가 발생하는 것이다. 부모가 자녀의 성장 발달과 욕구를 바르게 알고 그들을 지도하며, 애정을 가지고 대하며, 삶의 가치를 중시하며, 세상을 보는 시각을 좀더 아름답게 키울 필요가 있다. 또한 분명한 행동 기준이나 규범을 준수하게 지도하는 것은 내일의 삶을 풍부하게 살찌우는 것이다. 또한 기성 세대들은 그들이 참다운 삶을 살아가게끔 사회 전반의 청소년 저해 요소를 제거하여 좋은 여건을 조성할 필요가 있다.

그리고 학교도 전인 교육에 눈을 돌려 능력껏 세상을 살아가게 지도해야 한다.

극소수이긴 하지만 오늘날 소위 문제 청소년들이 사회에 던지는 파문은 우리 모두 걱정하는 바 크다. 그것도 점차 연령이 낮아지고, 집단화·횡포화되는 것은 물론이요, 자기가 한 행동이나 저지른 잘못에 대해서 잘못했다는 죄의식을 느끼지 않고 있다는 데 심각성이 있다. 사소한 감정이나 유흥비 마련을 위해 저지르는 끔찍한 사건 등은 실로 '무서운 10대'라는 생각을 떨치지 못하게 하는 것이다.

그러나 이들은 모두 우리의 자녀이고 이 나라를 이끌어 갈 주역들이기에 방관하고 있을 수만은 없다.

이 모든 것이 공부만 잘하면 최고이고 진정한 삶의 의미는 뒷전에서 취급되어, 남과 더불어 사는 지혜보다는 그들과 치열한 경쟁에서 누르고 이겨야 하는 현실이 문제를 싹트게 하는 것이다. 더욱이 내 자식만이 최고이고, 오직 내 자녀만을 위한 무가치한 애정이나 과보호는 그들에게 필요한 의지나

신념을 앗아가 버리게 한다. 당연히 육체적 성숙에 비해 정신적 성숙이 따르지 못해 불균형을 이룬다.

따라서 정신적 미흡함은 이성적 판단을 못하고, 충동적 행동을 저지르거나 엄청난 일을 쉽게 저질러 청소년 문제를 더욱 심각하게 한다.

정민주 양의 어머니가 나를 찾아 상담한 지도 벌써 1년이 되었다. 그날따라 한가한 내 상담실이 이상하다는 듯 기웃거리던 민주 양의 어머니는, 그러나 자리에 앉자마자 하소연을 시작하였다. 내용인즉 유난히도 예뻤던 딸아이가 가출한 지 벌써 10개월째이며, 지금 학교에 다니면 중 3이라고 했다. 언니는 상고를 나와서 은행에 다니고 아버지는 운전수, 그리고 어머니도 시간제로 근무하는 직장에 다니고 있고 남동생은 국민학교 4학년, 얼마 전에 돌아가신 할머니, 이것이 민주 양의 가족 구성원이었다. 절실한 기독교 집안에 부자는 아니지만 대단히 평화로운 가정이었다. 그러나 민주 양이 그렇게 된 것은 부모의 과잉 기대 때문이었다.

언니와 남동생은 유난히 공부를 잘했다고 한다. 그러나 민주 양은 예쁘고 착한 것에 비해 성적이 나빴다. 그의 부모는 당신들이 못 배운 한과 서러움을 자식에게서 얻으려 했고, 유난히 정이 가는 민주 양에게 많은 관심을 가졌지만 부모의 기대에 따라 주지 못했던 것이다. 국민학교 때는 그럭저럭 어머니를 따라 주는 척하며 유지했지만, 중학교에 가면서 더욱 성적이 문제가 되어 부모의 기대와 자신의 능력에 한계를 인식, 갈등을 느끼다 결국 가출이란 돌파구를 찾아 마침내 술집 접대부가 되었던 것이다.

어머니의 하소연과 배경 설명을 듣고 보니 민주 양의 행동은 잘못되었지만, 그의 심정은 이해되었다. 부모의 지나친 기대와 욕심이 결국 자녀를 궁지로 몰아넣었던 것이다. 그러나 여섯 차례의 상담 끝에 결국 그의 어머니가 민주 양을 이해하고 반성하는 태도를 보였다. 아버지도 호통치고 야단쳐서 훈육하던 태도를 벗어나 마음을 열고 못 돼도 내 자식, 잘 돼도 내 자식이란 생각으로 바뀌어 그녀를 대하는 태도가 달라졌다. 또 가족 모두가 그에게 공부보다는 건전한 사고를 가지게 노력하여 민주 양이 다시 집으로 돌아오는 데 성공했다.

그리고 열심히 기도했던 어머니의 침착하고도 새로운 교육지도관이 "이제 검정고시 학원을 열심히 다니면서 전문대학이라도 나와서 유치원 교사가 되겠다"는 고백을 민주 양으로 하여금 하게 해서 주변 사람들에게 크나큰 감동을 주기에 이르렀다.

그의 달라진 표정과 태도는 너무 감사하고 대견스럽다. 이렇듯 자녀의 능력을 무시한 과잉 욕심은 우리가 바라는 바와는 먼 생각을 가지게 한다는 것을 명심해야 한다. 따라서 무엇보다 중요한 건 각자의 개성과 능력에 맞게 교육을 시키는 일인 것이다.

엄마를 따라 상담실에 온 강태준 군은 말도 없이 조용하기만 했다. 그의 표정은 왜 나를 이곳까지 끌고 왔느냐는 무언의 반항이었다. 그는 대단히 침착해 보였다. 큰 키 하며 잘생긴 얼굴 등 무엇 하나 꼬집을 데 없는 외모였지만, 그의 심리 상태는 그렇지 못했다.

현재 중학교 2학년인 태준 군은 초등학교에 다닐 때는 공부도 대단히 잘했단다. 그림에도 남달리 소질이 있었고, 부모 말이나 교사의 지시에 순응하고 잘 따라 주었다. 그런데 그 어

아버지가 변하면 세상이 변한다!

머니는 하나뿐인 외아들 태준 군을 위해 그것이 과잉 보호라는 것도 모르고 헌신적으로 뒷바라지하는 데만 열심이었다. 중학생이 되면서부터 그런 어머니의 태도가 지배라고 생각하여 벗어나기에 바쁜 태준 군과, 아들의 그런 태도가 섭섭하여 더욱 자기 품으로 끌어들이려는 어머니.

청소년 시기가 되면 심리 상태가 그렇게 되는 줄 어머니는 모르고, 어릴적 생각으로 지도하려는 데 문제가 생기고 있었다. 학교나 바깥 생활에서는 모범생이었지만 집에 오면 식구들을 들볶고 불평하고, 자신의 성격을 참지 못하여 부수고 깨고 부모에게 대들고 하는 갑작스런 변화에 어머니는 당황하게 되었고, 아버지의 회초리에 집을 나가겠다고 나서는 아들에게 어머니는 오히려 빌면서 달랬다. 그럴수록 태준 군은 더욱 거칠게 행동했다. 어머니의 말대로 옛날 그 고분고분하며 말 잘 듣고 착한 태준 군이 아닌, 전혀 다른 태준 군의 행동에 어머니도 지쳐 있었다.

태준 군은 어려서 몸이 허약했다고 한다. 그러니 하나뿐인 외아들에게 그 부모, 특히 어머니가 쏟은 애정은 각별했다. 그가 바라면 무엇이든 해결되었고, 같이 숙제하고 열심히 도와준 것이 결국 판단력과 통제력이 나약한 인간으로 만든 원인이 되었다면 너무 지나친 판단일까.

결국 충동적이고 우발적인 성격이 습관처럼 굳어져 누가 자기를 조금만 놀려도 의자를 집어던지며 싸움을 걸었고, 자칫 커다란 문제가 될 사건들을 그 어머니가 나서서 무마한 적이 한두 번이 아니었다고 한다.

상담이 시작된 후 심성 훈련을 통해 먼저 자기 관찰과 대인 관계를 정립하고, 세상 사람들에게 고마운 마음을 깨우쳐 주길 6개월, 그리고 부모는 자녀를 대하는 방법을 지시와 명령이 아닌, 존중과 권장으로 책임을 주는 과정에서 이제는 던지고 깨는 습관이 눈에 띄게 줄어들었다. 공부도 11등까지 스스로 올라서는 발전이 있었다. 이는 부모와 자녀는 각기 다른 인생관을 가지고 세상을 살아간다는 사실을 부모가 알고 지혜롭게 대처한 결과였다.

법원으로부터 나에게 인계되어 부모와 같이 온 오영식 군은 쥐구멍 찾듯 긴장한 표정이 역력했다. 그는 모 중학교 육상선수로서 달리기에는 남다른 소질과 체격을 갖춘 유망주였다. 그런 아이가 무슨 일로 문제아의 대열에 낀 것일까.

10여 일 전, 서울 근교의 경기도에 살던 오군은 운동 연습을 마치고 둑길을 따라 집에 오는 도중에, 같은 동네에 사는 5학년짜리 여자아이가 혼자 오는 것을 보았다. 아무도 없는 들길에서 여자아이를 보는 순간 오군은 자신도 모르게 성적 충동을 일으켰고, 그런 감정을 이기지 못해 둑길에서 성폭행을 했다. 그리고 며칠 후 그 사실이 발각되어 경찰서 신세를 지게 되었다.

그러나 그의 장래성과 평소의 태도가 참작되었든지 피해자 측과 적당한 합의가 이루어져 필자에게 선도 의뢰가 온 것이다. 오군은 그 일을 이미 크게 반성하고 있었고, 순간의 실수가 얼마나 엄청난 결과를 가져왔는지 스스로 느끼고 있었다.

필자는 오군이 저지른 사건을 보면서 자기 관리, 자기 통제력이 얼마나 중요한가를 다시 한 번 생각하게 되었다.

인간은 누구나 성적 충동을 느낄 수 있다고 생각한다. 다만 그러한 순간들을 양심이나 윤리에 따라 억제하고 통제할 능력을 가지게 지도되었느냐, 아니면 우발적으로 처리하는 사람으로 키워졌느냐에 문제의 중요성이 있다고 본다. 그리고 그것은 바로 부모가 평소에 어떻게 행동하고 교육시켰느냐에 따라서 달라진다는 것을 강조하고 싶다.

중학교 2학년인 이민우 군의 부모는 생활 형편상 맞벌이를 하고 있다. 한푼이라도 더 벌겠다는 욕심에 아이들이 잠들면 집에 오는 게 한두 번이 아니다. 그러다 보니 남매는 집에서 노는 것이 지겨워 동네를 배회하기 일쑤였고, 좋은 것 나쁜 것을 보면서 자라지만 나쁜 것을 보고 걸러낼 가정의 지도자가 없어 간혹 도둑질도 했다고 한다.

이러한 생활이 계속되자 공부에는 갈수록 흥미를 잃었고, 중학교에 가면서는 학습 부진아가 되었다. 결석, 지각을 막아줄 사람이 없어 자신과 비슷한 아이들과 어울려 오락실, 만화 가게에서 많이 놀다 보니 용돈이 부족할밖에. 그래서 어느날, 집 부근 전봇대에 올라가는 발디딤용 쇠를 뽑아 고물상에 팔아 용돈으로 썼다. 발각은 시간 문제였고, 큰 문제로 확산될 즈음에 부모가 나서서 변상을 하고, 어린 학생이란 이유로 선도 처분만 받았다.

그렇게 되어서 필자와의 상담이 10여 차례 이어졌던 것이다. 물론 민우 군의 부모님과도 상담이 이어졌다. 처음에는 거부 반응을 보이던 민우 군의 부모는, 그러나 곧 아이들의 탈선이 부모의 문제라는 걸 깨닫게 되었고, 어머니가 선뜻 오전만 근무하는 곳으로 직장을 옮기는 결단을 내려주었다. 그리하여 오후에는 자녀와 같이 시간을 가지고 대화하며, 공허한 민우 군의 마음을 사랑으로 채워주려고 노력하였다. 그 결과 민우 군은 눈에 띄게 달라졌고, 지금은 계획된 생활도 하고 성적도 조금씩 향상되었다.

231

우리 아이들, 아버지가 나서자

가정에서의 부모의 역할이 얼마나 중요한가를 알게 해준 사례가 아닐 수 없었다.

정현석 군을 처음 만났을 때, '저렇게 의젓한 아이가 소년원 생활을 했을까' 하는 의아심이 들 정도로 현석 군의 모습은 단아하였다. 하지만 몇 마디 이야기를 나누고 나자 사회에 대한 불평과 삶의 가치를 못 느끼는 문제아라는 걸 금방 파악할 수 있었다.

집안의 가난 때문에 상급학교에 진학하지 못했고, 그래서 공장 생활, 술집 종업원 생활 등등 '바른 성장에 좋은 여건이 아닌데다, 사회가 이런 아이들에게 너무나 냉정했구나' 하는, 아니 어쩌면 '그렇게 만들었구나' 하는 생각이 들었다. 그는 전과 2범이었다.

첫번째는 친구들과 싸워서 구속되었는데, 출소를 하자 친구들이며 가족, 친지까지도 전과자라는 사실을 강조하고 훈계하며, 노골적으로 멀리 하려는 태도가 역력했다고 한다. 그러다 또 한 번 싸운 사건으로 소년원 생활을 하였는데, 가석방 상태에서 필자에게 보호관찰의 처분이 내려졌던 것이다.

그는 냉정한 사회를 불평했고, 누구도 믿으려 하지 않았다. 그러다 보니 사회에 대한 불신이 더해져서 다시 문제가 생길 것 같았다.

그를 파악한 후 그의 마음을 알아 주는 사람이 없다는 것을 알고 필자는 그에게 적극적으로 다가들며 이야기 동무가 되어주었다. 또한 그의 일이면 무엇이든 성심껏 도와주었고, 어려운 일이 생기면 같이 뛰어다녔다. 철저히 믿음을 주고 가깝게 지내면서 도와주기를 몇 달, 그는 아주 조금씩이기는 하지만 나를 차츰 믿어주었다. 그후, 현석 군은 전과자라는 과거를 잊은 채 열심히 기술을 배워 공장에 취직하였다. 그리고 첫월급을 타던 날, 다들 그렇게 한다면서 어머니에게 속옷을 사드렸다고 한다. 현석 군의 어머니가 얼마나 기뻐했겠는가. 현석 군은 이제 앞날의 희망을 이야기하는 어른으로 크고 있다.

어떤 문제든 결과만 가지고 이야기하면 커다란 실수를 저지를 수 있다. 그렇게 된 과정이나 동기를 살펴서 이해하려는 마음만 있다면 많은 문제 아이들의 마음을 훨씬 부드럽게 다독여 줄 수 있을 것이다.

우리 아이들, 아버지가 나서자

아하, 이렇게 칭찬해 주니까 더 잘하네!

'세 살 버릇 여든까지 간다'는 속담이 있다. 어렸을 때의 습관이나 버릇이 평생을 좌우한다는 진리가 오롯이 담겨 있는 말이다. 하지만 이제 겨우 말귀를 알아듣는 세 살짜리 혹은 초등학교에 들어가기 이전의 아이들은 어떻게 해야 할까? 자, 이런 방법으로 실천해 보자.

1. 칭찬→지적→격려의 3단계로 칭찬을 한다

예를 들면 아이가 밥을 흘리지 않고 잘 먹은 경우에는 "아주 잘했어요"라고 단순히 칭찬하지 말고 다음과 같이 칭찬을 해본다. 우선 "밥을 거의 흘리지 않고 깨끗하게 먹었네. 아주 잘했어요"라고 칭찬의 말을 한다. 그런 다음 계속해서 "조금 흘렸군요. 하지만 괜찮아요. 조금씩 숟갈로 떠서 입으로 가져가면 흘리지 않을 수 있어요"라고 더욱 잘할 수 있는 방법을 지적해 준다. 그러고 나서는 "이번에는 조금도 흘리지 않고 잘 먹을 수 있을 것 같네요"라고 격려를 해주는 것이다. 이런 방법으로 하면 다음에는 더 흘리지 않고 먹으려는 의욕을 갖게 된다.

2. 칭찬하기 전에 반드시 아이에게 애정을 보인다

아이는 부모로부터 칭찬을 받거나 혼나기도 하면서 자라게 된다. 그러나 어떤 부모들은 '한 번 칭찬해 준 일은 앞으로도 많이 하겠지' 라든가 '혼내준 행동은 앞으로는 하지 않겠지' 라는 계산으로 아이를 혼내거나 칭찬한다. 그러나 이런 생각으로 아이를 건전하게 키워가기는 어렵다.

칭찬을 하는 것도 꾸짖는 것도 인간 관계에서 생기는 일이다. 이러한 행동은 애정과 신뢰를 가질 때라야만 비로소 의미를 갖게 된다. 자신이 좋아하는 부모로부터 칭찬을 들으면 아이는 매우 즐거워하고, 그런 부모로부터 꾸지람을 들으면 아이는 고통스러움을 느낄 것이다. 자신이 사랑하는 부모를 기쁘게 하고 싶다, 화나게 하고 싶지 않다는 기분에 의해 아이들은 어떤 행동이 바람직한 것인지, 바람직하지 못한 것인지를 스스로 깨달아 간다.

3. 지나치게 칭찬하는 것은 나쁜 영향을 미친다

칭찬하는 것이 좋은 일이기는 하지만 무엇이든 과분한 것은 모자란 것과 마찬가지이다. 아이를 지나치게 칭찬한 것의 문제점은 아이가 칭찬받는 일에 너무 익숙해지면 언제나 칭찬을 받지 않으면 기분이 안 좋은 상태로 될 염려가 있기 때문이다. 자신이 늘 칭찬을 받고 있지 못하다고 생각이 들면 기분이 나빠져서 자기 멋대로 행동하는 성격이 되기 쉽다. 또한 좋은 일을 하지 않는다. 따라서 지나치게 사소한 일에 칭찬을 한다거나 같은 칭찬을 너무 여러 번 하는 것은 바람직

우리 아이들, 아버지가 나서자

하지 못하다.

4. 그 장소에서 바로 칭찬하는 것이 원칙이다

아이를 칭찬하는 타이밍을 잡는 것은 매우 어려운 일이다. 그 원칙은 아이를 꾸짖을 때와 마찬가지로 '그 자리에서 바로'이다. 특히 아이가 어릴 때는 이 원칙이 더욱 중요하다. 칭찬받을 만한 일, 꾸짖음을 받을 만한 일을 했을 때 그 자리에서 당장 하지 않으면 어린아이는 무엇을 칭찬하는 건지, 무엇을 혼내는 건지 알 수 없게 된다. 따라서 칭찬받을 일을 하면 그 자리에서 바로 칭찬하는 것이 어떤 행동이 잘한 것인가를 알게 하는 데 효과가 크다.

5. 어떤 일이 칭찬받을 만한 일인지에 대한 분명한 판단을 한다

어떤 것을 칭찬하고 어떤 것을 꾸짖을지에 대해서는 각 가정의 부모의 성격이나 가치관에 따라 다양할 수 있다. 혹은 부모 사이에서도 엄마와 아빠 사이에 차이가 있을 수 있다. 이처럼 양친 사이에 큰 차이가 있는 가정에서는 아이가 혼란스러울 수 있기 때문에 부모들은 이런 것들에 대해서 일관성 있게 행동해야 한다. 또한 지난번에는 이런 일에 대해서 칭찬을 했는데 이번에는 칭찬을 하지 않으면 아이는 가치관의 혼란을 느낀다. 따라서 부모들은 어떤 일에 대해서는 칭찬을 하고, 어떤 일에 대해서는 꾸짖을 것인지를 미리미리 상의해서 일관성 있게 행동한다. 그리고 아이가 무엇에 대해 칭찬을 하고 있는지를 확실하게 알 수 있도록 칭찬하는 것이 가장 중요하다.

6. 칭찬할 때는 간결하게 한다

아이를 칭찬할 때는 마음에서 우러나게, 꾸짖을 때는 진지하게 하는 것이 기본이다. 그때 말하는 어조는 물론 각각의 개성이 있겠지만 될 수 있으면 간결한 것이 좋다. 마음에서 진심으로 우러나는 칭찬을 할 때는 많은 말이 필요하지 않다. 지나치게 아이를 칭찬하다 보면 본래의 칭찬받을 만한 일뿐 아니라 아이 자체를 칭찬해서 필요없이 우쭐대는 성격으로 만들 수 있다. 이런 아이들은 남에게 인정을 못 받거나 실패할 경우에는 쉽게 포기해 버리는 경향이 있다.

7. 스킨십은 매우 중요하다

마음에서 우러나게, 그러나 무심하지 않게 칭찬하는 것이 바람직한 방법이라는 것은 앞에서 이미 말했다. 그러나 아이를 칭찬할 때 더욱 효과를 높이는 법이 있다. 말로만 칭찬을 하는 것보다는 아이의 머리를 쓰다듬으며 "잘했어"라고 하면 아이는 한층 기뻐할 것이다. 이렇듯 신체의 접촉을 통하면 기분을 더욱 잘 전할 수 있기 때문이다.

8. 공평하게 칭찬하되 다른 사람이 위축받지 않도록 한다

아이를 칭찬하든 꾸짖든 간에 공평성을 잃지 않는 게 중요하다. 형제가 두 사람 이상일 경우, 아이들은 부모가 자신들을 공평하게 대하는지 아닌지에 대해서 신경을 곤두세우는 일이 많다. 그리고 누군가 자기보다 더 사랑을 받는다고 생각되면 심한 좌절감을 느낀다. 바로 편애로 인한 정서상의 장애가 발생하는 것이다. 때문에 형제가 많을수록 부모는 사랑을 더욱 공평하게 나누도록 노력해야 한다.

눈물이 무기인 아이는……

두 아이가 장난을 치다가 선생님께 야단을 맞았다. 한 아이는 담담하게 받아들이다가 이내 다시 웃는 얼굴로 제자리로 돌아와 정상적인 생활을 한다. 하지만 다른 한 아이는 선생님께서 말씀을 시작할 무렵부터 얼굴이 빨개져서 곤혹스러운 표정을 짓다가 울음을 터트린다. 자리에 돌아와서도 얼굴을 책상에 대고 흐느끼며, 수업이고 뭐고 엉망으로 망친 다음 집으로 돌아와 다시 대성통곡, 다시는 학교에 가지 않겠다고 고집을 부린다.

다른 사람은 대수롭지 않게 생각하는 문제를 크게 생각하거나 유난히 좋아하고 심하게 낙담하는 등 감정의 기복이 큰 경우를 '예민하다'고 표현한다. 그리고 단체 생활에서는 예민한 아이가 견디기 힘든 문제가 자주 발생할 수 있다.

감정이 예민한 경우 선천적으로 그럴 수도 있지만 아이를 벌벌 떨면서 키우는 육아 태도나 부모로부터 예민한 아이라는 인식을 받아 계속 특별 대우를 받고자 하는 아이의 의도 때문에도 생길 수 있다.

아이에게 야단을 치다가도 아이가 울면 측은한 마음으로 중단하고, 어떤 일이든 아이가 울면서 요구하면 거절이나 통제를 못하고 다 들어주면 아이는 눈물을 무기로 점차 예민한 아이처럼 행동할 수 있다. 이런 경우는 실제로 아이가 예민하다고는 볼 수 없다. 단지 정서를 현실도피 수단으로 이용하고 있는 것이다.

아이가 울면 "네 방에 들어가서 울고 싶을 때까지 울고 나오너라" 하고 말해 아이의 정서 반응 자유는 인정하되 눈물을 무기로 사용하지 않게 해야 한다.

아이가 예민하게 행동하면 부모의 육아 태도 점검과 함께 아이가 심리적으로 위축된 근본 원인과 불안감을 주는 요소 등을 세밀하게 살펴보아야 한다. 아이를 이해하려는 자세가 필요하며, 예민한 반응이 심하거나 장기화되면 전문가에게 상담을 의뢰하는 편이 바람직하다.

우리 아이들, 아버지가 나서자

리더십 있는 아이로 키우고 싶어요

집단 생활에서 지나치게 공격적인 아이는 금방 눈에 띈다. 모든 일을 자기 중심적으로 처리하고 마음대로 되지 않으면 친구를 밀고 때리는 등 공격적인 반응을 보인다.

그런 아이가 있으면 늘 소란스럽고, 피해를 당한 아이가 집에 가서 부모에게 하소연함으로써 학부모 사이에서도 말이 많을 수밖에 없다.

폭력을 자주 쓰는 아이는 더욱 각별한 사랑과 관심을 보여 아이가 정서적인 안정감과 부모로부터 인정받고 신뢰받고 있다는 느낌을 갖게 해야 한다. 무엇보다 명심해야 할 것은 아이에게 화를 내지 말아야 한다는 점이다. 그리고 이야기를 많이 나눈다. 경우에 따라서는 친구에게 양보하고 져주는 일이 필요하고, 그런 경우 더 재미있고 친구들이 자신을 더 좋게 생각할 수도 있다는 점을 누누이 강조한다.

이와는 대조적으로 친구에게 자주 맞고 들어오는 아이들이 있다. 이런 아이들은 대개 또래들과 잘 놀지 못하는 경우와 방어 능력이 없어서 남에게 우습게 보이는 경우가 있다. 또 노는 방법을 몰라서 놀이원칙을 깨뜨릴 때 누군가에게 매를 맞을 수 있다.

그러므로 친구에게 양보하는 요령, 주고받는 것과 차례를 지키는 법, 남이 놀 때까지 기다리는 것 등을 차근차근 설명해 주고 친구와 재미있게 지내려면 그런 요령이 필요하다는 점을 주지시켜야 한다.

자신감 있는 아이로 키우고 싶어요

아이의 행동 발달상 적당한 경쟁심이나 시기심은 꼭 필요한 요소이다. 지나치지만 않는다면 시샘이 있어야 성취 욕구도 일어나기 때문이다. 하지만 정도가 지나치면 문제다. 어디서나 누구에게나 지는 일을 용납하지 못한다. 피나는 노력을 해서라도 이겨야만 직성이 풀린다.

이처럼 더 노력하려는 욕구의 표현으로 샘을 내는 아이가 있는가 하면, 노력은 않은 채 드러난 상황만 보고 질투를 하는 아이가 있다. 이를테면 현실에 대한 불만으로 샘을 내는 경우도 있는 것이다.

노력을 하면서 샘을 내면 발전하지만 후자처럼 현실에 대한 불만으로 샘을 내면 마음의 상처만 깊어진다.

시샘이 많은 아이일수록 좌절도 많이 한다. 사소한 일에도 심리적인 상처를 받아 교사나 친구들이 자신에게 관심을 기울이지 않는다고 느껴지면 학교나 유치원에 가기 싫어하고, 가서도 문제 행동을 일삼을 수 있다.

유난히 샘이 많은 아이는 다른 특성까지 살펴서 과연 그런

행동의 근본 원인이 무엇인지 알아낸 뒤 서서히 해결해 줘야
한다. 특히 부모의 육아 태도를 점검한다. "너는 왜 그런 것도
못하니?", "친구한테 부끄럽지도 않니?", "아무개는 공부도 잘
하고 피아노랑 미술도 잘한다는데…… 그 아이 엄마는 얼마
나 좋을까" 하는 등의 남과 비교하는 행동을 삼가고, 은연중
남과 경쟁해서 이기라고 부추기지 않는다. 친구나 형제 모두
마찬가지다.

  아이만의 장점, 잘하는 점을 찾아내 자신감을 갖게 도와준
다. 형제나 친구에게 시샘을 내면 "너는 그 아이에 비해 예쁜
목소리를 가지고 있어. 말할 때 얼마나 남을 즐겁게 하는지
몰라. 피아노는 조금 늦게 시작해서 실력이 모자라지만 그 아
이가 가지지 못한 예쁜 목소리를 갖고 있으니 행복하게 생각
하자. 그 아이처럼 피아노를 잘 치고 싶으면 열심히 연습하면
돼. 하지만 늦게 시작했기 때문에 남보다 더 열심히, 꾸준히
연습해야 한다" 하면서 시샘이 좋은 방향으로 발전될 수 있
도록 이끌어준다.

  아이가 잘해 보려고 노력한다면 그 과정을 높이 사야 한다.
결과보다 과정을 중요하게 생각하면 아이도 자연히 부모의
가치관을 닮아간다. "아무개는 글씨를 잘 쓰지만 너는 연필을
깨끗하게 깎고 소지품을 잘 정돈하잖아. 엄마는 그런 네가 참
마음에 들어" 하면서 좋은 점, 잘한 점을 칭찬해 준다.

  겉으로 드러난 것보다 마음가짐이 중요하다는 것을 늘 일
깨워 준다면 아이의 자신감은 금방 쑥쑥 자랄 것이다.

적극적이고 활달했으면 좋겠어요

유난히 소심하여 유치원이나 학교 생활에 적응 속도가 느린 아이들이 많다. 어디를 가든 주변의 눈치를 살피며 일일이 엄마 손과 입을 빌려 다른 사람들에게 자신의 의사를 표현한다. 선생님의 물음에도 제대로 대답하지 못하고 친구들과도 말 한마디 제대로 나누지 못한다. 그저 꿀먹은 벙어리처럼 뒷전에 앉아 있다가 그림자처럼 집으로 돌아온다. 자연히 생활은 단조롭고 무미건조하여 늘 외롭고 의기소침할 수밖에 없다.

부모가 바라는 아이는 매사에 활달하면서 적극적이고 어딜 가든 적응을 잘하는 성격이다. 또한 자신감이 넘치는 아이이기를 바란다. 그러나 자녀의 성격은 부모가 원하는 대로 되어주지 않는다.

아이의 타고난 성품이 그렇지 못한데 부모가 억지로 바꿀 수는 없다. 소심한 아이에게 소심함을 나무라면서 빨리 자신감 있는 아이로 변하기를 바라는 것은 무리이다.

아이의 성품을 자세히 살펴서 정말 소심한지 아니면 모든

일을 신중하게 검토한 다음 행동에 옮기는 침착한 성격인지
잘 분석해 보아야 한다. 한 가지 일에 소심함을 보인다고 그
런 성격으로 단정짓지 말고 여러 측면을 살피고 그런 소극적
인 성격 탓에 사회 생활에 제대로 적응하지 못한다고 판단될
경우에만 염려해야 한다.

자녀의 행동 중 소심한 단면을 자주 발견한다면 우선 부모
의 양육 태도부터 점검해 보아야 한다. 부모가 작은 일에도
과민한 반응을 보인다든지 금지를 많이 시킨다든지, 어려서부
터 체벌을 자주 하거나 과잉 보호하는 육아 태도는 자녀를
소심한 성격으로 만드는 원인이 된다.

'안 돼', '못써', '하지 마'라는 금지를 나타내는 말도 자주
사용하지 않는다. 금지를 많이 받으면 좌절감을 맛보게 되고,
사사건건 잘잘못을 가려 주는 부모 앞에서 잘못하여 야단을
맞느니 차라리 아무 일도 하지 않겠다는 생각을 하기 때문이
다.

스스로 하고 난 다음 경험하는 성취감을 많이 겪게 해준다.
성취감은 자신감의 바탕이기 때문이다. 격려를 아끼지 말고
몇 번의 시행착오를 겪더라도 끝까지 지켜보는 자세가 바람
직하다.

우리 아이들, 아버지가 나서자

자부심을 키울 방법은 없나요

　어려서부터 자기 자신을 긍정적인 시각으로 바라보고 자기 자신을 사랑하는 사람은 어른으로 성장한 후에도 자신감과 안정감을 가질 수 있다. 뿐만 아니라 다른 사람을 바라보는 눈 또한 긍정적이어서 타인을 믿고 사랑할 줄 아는 여유있고 포근한 사람이 될 수 있다.

　반대로 어려서부터 자신에게 부정적인 생각을 지닌 아이들은 성장한 후에도 모든 사물을 보는 시각이 부정적이기 때문에 매사에 자신이 없고 기가 죽는 불행감을 느끼게 된다. 그러기 때문에 유아기 때부터 '나는 무엇이든 할 수 있다'는 긍정적인 사고를 가질 수 있도록 해주는 것이 자녀 교육의 가장 기본이라 할 수 있다.

　아이들이 자기 자신에 대해 긍정적인 자아 개념을 갖게 되면 '나는 무엇이든 할 수 있다'는 자신감과 더불어 다른 사람들 또한 믿고 이해하는 포용력을 가질 수 있다. 뿐만 아니라 정서적으로도 안정감을 갖는 데 도움이 된다.

　남과 자신을 비교하여 심한 좌절감과 불행감에 빠진다거나,

남이 하니까 나도 한다는 식으로 별다른 생각없이 남을 따라 한다거나, 자신의 실수나 잘못을 오랜 기간 지나치게 괴로워 한다거나 하는 것은 모두 긍정적인 자아 결핍에서 비롯되었다고 할 수 있다.

긍정적인 자아 개념을 갖는 데 실패한 아이들은 커서도 지나치게 자신을 비하한다거나 자기 자신을 부정적으로 인식할 수 있기 때문에 정서적인 문제를 나타낼 수도 있다. 때문에 정서적으로 건강한 아이로 키우기 위해서도 자신을 긍정적으로 바라보는 눈을 갖게 해주는 것이 필요하다.

그렇다면 어떻게 자아 개념을 갖도록 하는 것이 좋을까. 무엇보다도 어른들의 배려가 필요하다. 즉, 아이들을 둘러싸고 있는 다른 사람들의 도움 없이 자긍심 있는 아이로 성장할 수는 없다는 것. 가장 중요한 것은 말할 것도 없이 아이와 가장 많은 시간을 보내는 부모이다.

가정에서 부모의 태도는 아이들이 자긍심을 갖는 데 절대적으로 중요하다.

부모의 사랑이 깃든 애정 깊은 관심과 배려, 그리고 올바른 양육 태도는 아이들의 자긍심을 심어주는 데 필수적인 요소들이다. 물론 성장해 가면서 주변의 또래 친구, 유치원이나 학교 교사들도 큰 몫을 하지만 그 가운데서도 부모의 태도는 가장 핵심적이라고 할 수 있다.

그런데 여기에서 짚고 넘어갈 것이 하나 있다. 아이에게 자긍심을 길러준다고 해서 무조건 아이가 원하는 것을 다 들어 준다거나 받아주어서는 안 된다. 남에게 피해가 가거나 말거나 아이가 원하는 것을 충족시키기 위해, 지나치게 기를 살려 준다거나 해서는 더더욱 안 된다.

우리 아이들, 아버지가 나서자

　자긍심을 길러주는 교육은 아이를 인격적인 존재로 인식하고 아이 나름대로의 생각이나 표현을 인정해 주는 것이 우선시되어야 한다. 아이들의 장점이나 특징을 칭찬해 주고 아이의 실수와 잘못을 구별하여 그 입장을 들어 주고 이해해 주는 것이 절대적으로 필요하다.

　"그런 점에서 그렇게 생각했니", "그럴 수도 있겠다", "참 재미있는 생각이구나", "그래, 넌 잘할 수 있을 거야", "실수를 했구나. 이런 것들은 조심스럽게 다루어야 한단다", "지난번보다 많이 나아졌구나", "사람들은 누구나 실수를 할 수 있어. 그러니 너무 걱정 마라", "아마 다음번에는 더 잘할 수 있을 것 같구나" 등등.

　아이와 이야기를 할 때는 아이의 나이, 키에 맞추어 이야기를 해야 한다. 그래야만 엄마, 아빠의 이야기를 잘 들을 수 있고 자기 자신이 너무 작고 어리다는 생각을 잊어버릴 수 있다. 또한 아이가 무슨 말을 할 때마다 좋다거나 나쁘다는 평가를 내리기보다는, 아이가 왜 그런 말을 하고 행동을 했는지에 관심을 가져야만 아이의 사고력은 성장해 간다.

　실수를 마치 큰 죄나 되는 것처럼 야단칠 때 아이들은 자기 자신이 쓸모없는 아이라고 생각하기 쉽다. 또한 어떤 잘못을 했을 때 "이 못된 아이야!"라는 식의 야단을 맞으면 자신이 정말로 못되고 불필요한 아이라고 생각하기 쉽다. 그러므로 반드시 잘못한 행동에 대해서만 이야기를 해야 한다.

　모든 엄마들은 말한다. "우리 아이만은 기죽이지 않고 자부심이 강한 아이로 키워야지" 하고. 그러나 자기 자신을 긍정적으로 바라보는 자긍심과 자만심은 반드시 구별되어야 한다고 생각한다. 하지만 많은 엄마들이 자긍심과 자만심을 잘 구별하지 못한다. 그리하여 아이들의 '기'를 키워주는 가정 교육이 마치 자긍심을 키워주는 교육인 양 혼돈해 기를 살려주는 데만 역점을 두어 왔다고 해도 과언은 아니다.

그래서 많은 아이들 중에는 자기 자신밖에 모르는 이기적인 아이로 성장하는 경우가 많다. 그러한 예를 우리는 주변에서 자주 보게 된다.

물론 '기'가 죽은 아이는 좌절감과 실패감을 많이 느끼면서 성장할 수 있다. 그러나 '기'를 너무 살려주어 자기 위에는 아무도 없는 것처럼 안하무인격인 행동을 하거나 남을 무시하고 인정하지 않는 것은 너무나 큰 문제가 아닐 수 없다.

남에게 피해를 주는 상황인데도 아이의 '기'가 죽을까 두려워 야단조차 치지 않는 부모들을 우리는 주변에서 쉽게 찾아볼 수 있다. 실패를 경험해 보지 않아 패배를 용납하지 못하는 경우도 너무 아이들의 '기'를 살려준 결과이다.

그러므로 부모들은 자긍심이 무엇인가를 정확히 파악해 자만심과 혼동해서는 안 될 것이다.

자긍심을 심어주는 데는 무엇인가를 능동적으로 해보려는 의욕이 무엇보다 중요하다. 의욕이란 흥미를 가지고 자발적이고 적극적으로 해보자는 마음가짐이다.

매사에 의욕이 없고 동기 부여가 없다면 자기 자신을 긍정적으로 바라보는 자긍심 또한 기대하기 힘들다. 그러므로 의욕을 돋우어주는 부모의 노력도 매우 중요하다.

의욕을 갖기 위해서는 다음의 세 가지가 요소가 필요하다.

첫째는 누가 시키지 않아도 해보자는 마음가짐인 호기심이다. 둘째는 남이 시키기 전에 스스로 해보고 싶다는 생각이 들어야 하고, 셋째는 자기 힘으로 할 수 있다는 자신감과 성

취감이다. 그러므로 부모는 아이들이 의욕을 느낄 수 있도록
가능한 한 도와주는 것이 필요하다.

　무표정, 무감동, 무응답의 환경 속에서 자라는 아이는 무기
력해지기 쉽다. 부모는 아이들의 행동을 적극적으로 받아들이
고 반응해 주는 응답 환경을 만들어주어야 한다.

　사람은 누구나 나름대로의 가치가 있다는 것을 깨달아야
한다. 그 가치를 깨달았을 때에만 비로소 자기 존재의 필요성
을 느끼는 것이다. 그렇기 때문에 자기 자신을 긍정적인 눈으
로 바라보는 자세는 무엇보다 중요하다.

자부심을 심어줄 수 있는 열 가지 방법

첫째, 아이를 하나의 인격체로 인정하고 대우해 준다.

아이는 부모의 소유물이 아니다. 그러므로 비록 어린 아이라고 해도 그들의 존재를 인정해 주어야 한다. 아이들의 의견을 존중하고 그들의 이야기를 잘 들어 주는 것, 그것이 아이들을 하나의 인격체로 인정하는 것이다.

둘째, 무슨 일이든 할 수 있다는 자신감을 키워준다.

만약 아이가 도와줄 것이 없느냐고 묻거든, 귀찮더라도 아이의 마음을 받아주어 "나도 엄마를 도울 수 있다"는 기쁨을 맛보게 하는 것이 좋다. 우리 나라 대부분의 엄마들은 그럴 경우 공부나 하라고 대꾸한다. 하지만 그것이야말로 아이의 기를 죽이는 가장 좋은 방법이다.

아이가 해냈다는 기쁨을 맛보면서 엄마의 칭찬을 받았을 때 아이는 자긍심은 물론이고 자신감까지 얻게 된다.

셋째, 아이의 나쁜 점을 지적해 고치기보다는 좋은 점을 찾아내 계발시킨다.

지나치게 단점만을 지적하다 보면 아이는 자기 자신도 모르게 자신에 대한 부정적인 사고를 할 수 있다. 그러므로 아이들의 단점은 가능한 한 스스로 깨달을 수 있도록 환경을 조성해 주고 스스로 고치도록 기회를 준다.

넷째, 지나친 간섭이나 평가는 내리지 않는다.

아이가 무엇인가를 열심히 하고 있을 때는, 비록 그것이 잘못된 것이라 할지라도 도중에 간섭하거나 평가를 내려서는 안 된다. "그렇게 하는 게 아냐. 네 방법이 틀렸어"라고 지적하면 아이는 의욕을 잃고 "나는 할 수 없어"라는 생각에 빠진다. 때문에 가능한 끝까지 지켜보는 자세가 필요하며, 왜 그런 방법을 썼는지 대화로 이끌어 가는 자세가 필요하다.

다섯째, 자립심을 키워준다.

자립심이란 무슨 일이든 자발적을 해내는 것을 말한다. 때문에 부모는 아이가 스스로 하겠다는 말을 하면 그것을 꺾지 말고 기회를 주어야 한다. 엄마의 일을 돕게 하는 것도 한 가지 방법이다. 자립심이 강한 아이는 자기가 행동한 결과에 대해 스스로 책임질 줄 안다. 자칫 무책임한 과보호로 무책임한 아이를 만들지 마라.

여섯째, 실패를 능력 부족으로 돌리지 않는다.

누구든지 실패할 수 있다. 그런데 아이가 실패를 했을 때, "넌 그것밖에 못하니", "넌 정말 머리가 나쁘구나", "잘되긴 틀렸어" 등등, 한 번의 실수를 능력 부족인 것처럼 몰아붙여서는 안 된다.

일곱째, 아이 스스로 목표를 세우게 한다.

아이들을 볼 때는 절대 부모의 시각으로 보지 않아야 한다. 그래야만 아이가 진정으로 원하는 게 무엇인가를 알 수 있고, 스스로 목표를 정하도록 도와줄 수 있다. 또한 그렇게 해야만 아이는 무슨 일이든 만족감을 느끼며 해나갈 수 있다.

여덟째, 아이를 믿고 신뢰한다.

부모가 믿고 신뢰하지 않으면 어느 누가 아이를 신뢰할 수 있겠는가. 끝까지 믿고 신뢰하는 것이 부모의 의무이다.

아홉째. 다른 아이들과 비교하지 않는다.

다른 아이와의 비교만큼 좌절감에 빠트리는 일도 없다. 형제간의 비교도 마찬가지이다.

열째, 부모가 모범을 보여야 한다.

아이들은 부모의 거울이다. 부모의 말과 행동이 아이들에게 그대로 투영되기 때문이다. 그러므로 무엇보다 중요한 것은 부모가 먼저 솔선수범해서 모범을 보이는 것이다.

우리 아이들, 아버지가 나서자

도벽이 있어요

어린이들의 고민을 상담해 주는 〈신나는 전화〉에는 한 달 평균 15건 정도의 도벽 상담 문의가 온다. 그리고 도벽이 있는 어린이들의 경우 대개 오락실에 가기 위해 남의 물건이나 돈을 훔친다고 답변하고 있다.

사실, 취학 전 어린이들이 남의 물건을 가져오는 경우는 '훔친다' 라는 생각보다 갖고 싶은 물건을 '가져온다' 라는 표현이 옳다.

이런 어린이들에게는 '내 것' 과 '네 것' 의 개념을 분명하게 가르치고, '네 것' 을 가져오는 것이 얼마나 부끄러운 일인가를 가르쳐야 한다. 아직 어린데 하는 생각으로 방치하면 습관으로 굳어지는 문제가 생긴다.

전문가들이 걱정하는 것은 일시적인 도벽이 아닌, 습관화된 도벽이다. 정상적인 어린이도 단순히 갖고 싶다는 욕망이나 다른 친구가 훔치는 것을 본 뒤에 모방하고 싶은 모험심, 호기심으로 훔치는 짓을 하기 때문이다.

그러나 문제는 신경증 중세와 관련된 도벽이다. 이런 도벽은 흔히 애정 결핍에서 기인하는 경우가 많은데, 사랑을 받지 못한 아이들은 훔친다는 행위에서 만족감이나 상징적인 포만감을 느낀다는 것이다.

모 초등학교에 다니던 김미정 양은 성적은 상위권이었으나 말이 별로 없어 담임 선생님은 온순한 아이로만 생각하고 있었다. 그런데 미정이의 학급에서는 늘 도난 사고가 끊이지 않아 담임 선생님의 머리를 아프게 했다.

그러던 어느 날, 소지품 검사를 하던 중 미정이의 가방에서 오래 전에 같은 반 친구가 잃어버렸다고 했던 지갑이 나왔다. 알아듣게 타이르고 설득하자 미정이는 그 동안의 도난 사건 모두를 자신이 저질렀다고 실토했다.

미정이는 부모의 이혼으로 어머니와 단둘이 살아가고 있었다. 그런데 공장에 다니는 어머니는 사는 게 힘겨워 미정이가 무슨 생각을 하며 사는지에 대해서는 전혀 관심을 두지 않았고, 심지어 미정이가 훔친 물건을 자기 방에 보물처럼 진열해 놓은 것을 보면서도 그게 어디서 났느냐고 한 번도 묻지 않았다고 한다.

미정이의 도벽은 부모의 이혼과 그로 인한 애정 결핍에서 나왔던 것이다. 하지만 그후에도 미정이는 친구들의 물건을 계속 훔쳤고, 결국 친구들에게 따돌림을 당하다가 다른 학교로 전학을 가게 되었다.

미정이는 자신의 도벽에 대해 수치심을 느끼지도 않았다. "안 그러려고 해도 자꾸 손이 가요."란 말을 미정이는 상담 선생님께 태연하게 털어놓았던 것이다.

신경질적이고 예민한 어린이들에게 충동적인 도벽은 정서적인 불안, 곧 가정 생활의 부조화나 부모들의 바람직하지 못

우리 아이들, 아버지가 나서자

한 태도 때문이라고 보아도 큰 오류는 없다. 따라서 아이에게 도벽이 있다면, 우선 부모 자신의 태도가 아이에게 어떤 영향을 미쳤는가를 살피는 것이 순서이다.

도벽을 고친다고 가혹하게 체벌을 하는 부모도 있다. 하지만 가혹한 체벌이나 꾸짖음보다는 부모가 원하지 않는 행위라는 것을 정확하게 일깨워 주는 것이 중요하다. 또한 주변 환경의 장애 요인(주변의 관심을 끌려고 하는 행동, 수집 욕구, 냉대에 의한 복수, 애정 결핍에 의한 자기 과시 등)을 제거해야 한다. 그러나 무엇보다 중요한 것은 어린이에 대한 깊은 신뢰와 어린이의 욕구나 기분을 분명히 알고 그것을 받아들이려는 충만된 사랑을 주는 것이다.

거짓말을 해요

아이들은 가끔씩 현실과 상상의 세계를 구별하지 못해 거짓말을 하는 경우가 있다. 그리고 이런 거짓말은 자라면서 고쳐질 수 있기 때문에 크게 걱정할 필요는 없다. 문제는 정도를 넘는 거짓말을 습관처럼 하는 경우이다.

정신분석학자 프롬은 아이들의 거짓말은 칭찬과 애정 결핍, 잘못의 은폐, 적개심 등에 그 원인이 있다고 말하였다.

아이들은 주목을 받기 위해 거짓말을 하고, 심한 분노를 느낄 때도 복수심으로 거짓말을 하기도 한다.

그런데 아이의 거짓말 중에 크게 우려되는 것은, 거짓말을 하고도 수치심이나 부끄러움을 느끼지 못하는 경우이다. 그리고 이런 태도는 부모의 행동에 일관성이 없을 때 흔히 나타난다.

거짓말을 하지 말라고 말하는 어머니가 버스비를 아끼기 위해 "이 아이는 아직 학교에 안 들어갔어요" 하고 아이 앞에서 태연하게 말한다거나, 차선을 위반해 놓고도 "절대 위반하지 않았다"고 경찰 앞에서 버티는 아버지에게서 아이들이 무엇을 배우겠는가.

아이들에게는 진실하고 솔직한 모델이 필요하다. 정직한 부모 밑에서 자란 아이는 거짓말을 부끄러워할 줄 아는 마음으로 살아가게 된다는 건 학설이라고 하기에는 너무 뻔한 사실이 아닐까.

초등학교 4학년인 송석진 군은 반에서 늘 일등이었다. 한 번도 일등 자리에서 밀려난 적이 없었다. 석진이 어머니는 그런 아들을 언제나 자랑스러워했다. 그리고 "우리 아이는 천재야. 못하는 게 없어"라고 석진이가 듣는 데서 입버릇처럼 말했다.

당연히 어머니 앞에서는 언제나 일등이어야 한다는 강박 관념이 석진이를 얼마나 괴롭히고 있는지 그 어머니는 조금도 이해하지 못했다.

하루는 석진이가 가방을 잃어버리고 왔다. 친구들과 놀다 보니 가방이 없어졌다는 얘기였다.

그런데 가방을 찾으러 나섰던 석진이 어머니는 석진이가 거짓말을 했다는 걸 알고 소스라치게 놀랐다. 책가방은 잃어버린 게 아니라 석진이가 일부러 길거리에 버렸던 것이다.

그날 석진이는 시험지를 받았는데, 일등이 아닌 4등이었다고 한다. 당황한 석진이는 어떻게 할까 망설이다 4등한 시험지가 들어 있는 책가방을 버리고는 잃어버렸다고 거짓말을 했던 것이다.

아직 어린 아이들에게 능력 이상의 높은 기대치를 갖는 건 위험한 일이다. 부모나 선생님이 자신에게 거는 기대치를 충족시켜 주어야 한다는 강박 관념에 시달리다 자칫 거짓말쟁이로 추락할 위험이 있기 때문이다. 석진이의 거짓말이 그것을 잘 나타내 주고 있지 않은가.

애정을 끌기 위한 거짓말은 더욱 심각하다. 아프지도 않은 데 부모의 관심을 끌기 위해 꾀병을 부리는 아이들이 많다는 건 어제 오늘에 나온 이야기가 아니다.

애정 결핍에서 나온 거짓말은 정서적인 문제가 원인인 만큼 세심한 주의가 필요하다. 그럴 때는 자녀를 사랑하고 있다는 것을 행동으로 보여 주고, 거짓말을 해야 할 필요가 없다는 것을 이해시켜야 한다.

잘못되고 불행한 아이는 마음의 균형을 맞추기 위해서라도 나쁜 행동을 하게 된다. 그러나 욕구가 충족된 어린이는 어떤 경우에도 거짓말 같은 건 하지 않는다는 걸 부모들은 알아야 한다.

우리 아이들, 아버지가 나서자

말대꾸를 해요

이형욱 씨는 열두 살난 딸아이 때문에 잠이 잘 안 올 지경이다. 무슨 말을 하든 꼭꼭 말대꾸를 하기 때문이다. "보던 책은 제자리에 꽂아 놔라" 하면, "엄마도 책 보고 나서 제자리에 놓지 않았잖아" 하고 말대꾸를 하는 게 다반사이다.

처음에는 기가 막혀 말도 안 나올 지경이었다. "이젠 그만 잘 시간이다" 하면 꾸벅꾸벅 졸며 하품을 하면서도 "졸립지 않아" 할 정도니 이형욱 씨가 고민을 안 하겠는가. 처음에는 무심코 지나쳤지만 날이 갈수록 그 정도가 심하다 싶을 정도로 말대꾸가 잦아졌다.

이형욱 씨는 그런 딸을 이해할 수 없었다. 아버지를 사랑하여 어머니를 라이벌로 생각한다는 엘렉트라 콤플렉스는 아닐까 의심이 될 정도였다.

어느 날, 이형욱 씨는 도저히 견딜 수가 없어 딸아이를 붙잡고 진지하게 물어 보았다.

"엄마는 널 사랑한단다. 그러니 왜 엄마한테 그런 행동을 하는지 말해 줄 수 있겠니?"

아버지가 변하면 세상이 변한다!

그러자 딸아이는 이렇게 대답했단다.

"엄마는 날 좋아하지 않아. 동생만 좋아하잖아."

그제야 이형욱 씨는 속으로 무릎을 쳤다. 딸이 남동생만 귀여워한다고 생각하고 그런 행동을 보였다는 것을 알아낸 것이다.

이형욱 씨는 딸보다는 아들을 귀여워했다는 걸 부인할 수 없었다. 그렇지만 딸한테는 그런 내색을 하지 않았는데 어느새 자신의 마음을 읽어낸 것이다.

아이들은 자신에게 피해를 입혔다고 생각하거나 자신의 욕구를 좌절시킨 사람을 괴롭히기 위한 방법으로 언어 공격을 택한다. 이형욱 씨 딸의 경우, 편애로 입은 상처에 대한 방어수단으로 공격적인 말대꾸를 한 것이다.

물론 이형욱 씨의 경우는 매우 극단적인 예이기는 하다. 하지만 아이들의 말대꾸엔 나름대로의 이유가 있다. '어린 소견'으로 흘려보냈다가는 나중에 큰일을 당하기 십상이다.

말대꾸는 좋게 표현하면 자기 의사를 분명하게 나타내는 것이라고 할 수 있다. 그러므로 말대꾸를 한다고 무조건 야단을 치면 대화에 장벽을 치는 결과를 초래할 수도 있으니 세심한 주의가 필요하다. 말대꾸를 한다고 야단을 맞은 아이는, 잘못 말했다가 또 야단을 맞지나 않을까 하는 두려움에 자기 표현을 하지 않는 소심한 성격으로 변할 수 있기 때문이다.

그러나 부모가 생각할 때 자녀가 말대꾸를 심하게 계속하면 아이에게 문제가 생긴 것이라고 판단하고, 그 원인을 찾아 대응책을 마련해야 한다.

이형욱 씨 딸의 경우에는 남동생에게 빼앗긴 사랑을 되찾아오기 위한 말대꾸였다고 판단하는 게 옳을 것이다. 그후 이

우리 아이들, 아버지가 나서자

형욱 씨는 딸에게 세심한 주의를 기울여 딸의 그런 버릇을
없애는 데 성공했다.

말참견을 해요

아이들은 어른들의 세계에 대해 무한한 호기심을 갖는다. 부모의 행동을 통해 자신의 역할을 배운다. 그러나 지나치면 참견이 되는 것도 사실이다.

박은희 씨는 손님만 오면 제일 먼저 아홉 살짜리 아들을 밖으로 내보낸다. 아들이 어른들의 이야기에 툭 하면 끼여들기 때문이다.

언젠가 한 번은 친척이 찾아와 돈을 빌려달라고 한 적이 있었다. 박은희 씨는 언젠가 그 친척에게 돈을 빌려주었다가 낭패를 당한 적이 있었기 때문에 집에 돈이 한 푼도 없다고 얼버무렸다. 그런데 옆에 있던 아들이 "엄마, 어제 아빠가 돈 갖고 왔잖아" 하고 큰 소리로 말해서 무안을 당했다고 한다.

남편에게 하지 않았으면 하는 말도 아들이 나서서 하는 바람에 부부 싸움을 한 적도 여러 번 있다.

전화도 마음놓고 하지 못한다. 만나고 싶지 않은 친구가 전화를 걸어와, "집이 비어서 나가지 못한다"고 변명을 하고 있는데, "엄마, 내가 집볼게, 나갔다 와" 하고 큰 소리로 떠드는

우리 아이들, 아버지가 나서자

바람에 얼굴이 빨개진 적이 한두 번이 아니다.

그러니 손님이 오면 어쩌겠는가. 손님이 박은희 씨에게 묻는 말을 아들이 가로채서 대답하는 바람에 박은희 씨는 울지도 웃지도 못하고 상대의 눈치를 보기가 예사이다. 아들에게 어른들이 말할 때는 말참견을 하는 게 아니라고 누누이 타일러 봤지만 쉽게 고쳐지지 않았다.

한 번은 회초리로 종아리를 때렸다. 맞고 난 직후에 손님이 왔는데, 그때도 엄마의 눈치를 보며 "에잇, 그게 아닌데……" 하며 중얼거려서 실소를 금치 못했단다.

아이들은 어른이 되기를 동경한다. 그래서 어른들의 세계에 무한한 호기심을 가지고 엿보고 싶어한다. 그런 과정에서 어른들의 행동을 배우고 익히며 자기의 역할을 찾아내는데, 만약 자기가 생각했던 것과 어른들의 말이나 행동이 다르면 의문을 갖게 된다. 그리고 '왜 그래요?'라는 의문형 질문이 먹히지 않을 경우 적극적으로 자신의 의사를 표시하게 되는 것이다.

아들의 말참견을 두려워하는 박은희 씨의 경우, 그 아들은 왜 어머니가 거짓말을 하는지 참을 수 없는 궁금증을 느꼈을 것이다. 돈이 있는데 왜 없다고 그러는 것일까, 내가 집을 보면 되는데 왜 못 나간다고 그러지…… 등등. 어쩌면 어머니가 깜박 잊고 있다는 생각에서 말참견을 시작했는지도 모른다.

아이들의 말참견은, 뒤집어 이야기하면 진지한 질문일 수도 있다. 부득이 아이들이 보는 앞에서 거짓말을 했을 경우에는 나중에 시간을 내어서 왜 그렇게밖에 할 수 없었는가를 얘기해 주어야 한다.

그러나 무엇보다 아이들이 보는 앞에서는 말과 행동을 일

치시키는 것이 좋다. 그러면서 아이에게 흥미를 가질 수 있는
취미 생활을 하게 한다면 말참견하는 버릇은 자연스레 사라
질 것이다.

떼가 심해요

핵가족 시대, 자녀 수의 감소, 맞벌이 부부 등 여러 가지 사회적 요인으로 새로운 타입의 자녀 성격이 등장했다. 그 중 대표적인 것이 '떼를 쓰는 아이'이다.

자신의 요구가 받아들여질 때까지 떼를 쓰는 아이들 때문에 골머리를 앓는 부모가 많다. 한번 무엇을 사달라고 조르기 시작하면 감당할 수 없기 때문이다.

그런데 떼를 쓰는 아이들은 부모의 과잉 보호 속에서 자랐다는 특징이 있다. 무엇이든 해달라는 대로 해주는 버릇이 습관화되어서, 자기의 욕구를 억제할 줄 모르고 무슨 일이든 원하기만 하면 가능한 것으로 생각하는 것이다.

나미영 씨는 첫아이가 아들이자 단산을 했다. 열 아들 부럽지 않게 키울 생각이었다. 사업을 하는 남편 덕분에 물질적으로 풍부했고, 그것은 아들에게 애정이란 이름으로 퍼부어졌다. 아이가 원하는 건 무엇이든 들어주고 사주면서 삶의 보람을 느꼈다.

그런데 어느새 유치원에 다니는 아이는 유난히 떼가 심했다.

친구집에 놀러가서 자기한테 없는 장난감을 보면 무조건 갖겠다고 고집을 부린다. 장난감 가게에 가서 똑같은 것을 사주겠다고 해도 막무가내, 그것만 갖겠다고 한다. 할 수 없이 그것에 해당하는 돈을 주고 사오는 형식을 취할 수밖에 없다. 그래도 나미영 씨는 '아직 어린애니까……' 하면서 너그럽게 생각할 뿐 그것을 고쳐줄 생각은 하지 않는다.

그런데 요즈음 나미영 씨는 큰 고민에 빠졌다. 아들이 유치원에 다니기를 거부하는 것이다. 나미영 씨가 데려다 줄 때는 별문제가 없는 듯하지만 나미영 씨가 무슨 일이 있어서 집으로 돌아가면 유치원 바닥에 누워 집으로 가겠다고 떼를 쓴다. 그래서 나미영 씨는 유치원이 파할 때까지 그곳을 떠나지 못한다.

결국 나미영 씨가 유치원에 가지 못할 사정이 생기면 아들 역시 유치원에 가지 않는 것이 습관처럼 되었다. 나미영 씨는 막연히 아이가 크면 나아지겠지 생각하지만, 엄마의 태도가 바뀌지 않는 한 떼를 쓰는 아이의 습관은 변함없을 것이다.

나미영 씨의 아들은 자기의 욕구를 통제할 기회를 박탈당한 것이나 마찬가지이다. 아이들은 적당한 좌절을 통해 성장하는 것인데, 부모가 아이의 욕구를 즉각적으로 충족시켜 자기 통제 능력을 키워 주지 못한 결과를 낳았던 것이다. 이렇게 자란 아이들은 타인의 입장을 전혀 이해하지 못하는 자기중심적인 인간으로 성장하기 쉽다.

떼를 쓴다고 해서 무조건 들어주거나 엄마는 들어주지 않는데 아빠는 들어주는 일관성 없는 교육 태도, 손님이 계시니까 오늘만 들어준다는 식의 타협이 아이들에게 떼 쓰는 것을 조장한다.

적당한 좌절은 아이의 성장에 훌륭한 자극제가 될 수도 있
다. 미운 자식 떡 하나 더 주고 귀여운 자식 매 하나 더 때리
라는 교훈을 떼를 쓰는 아이들에게 적용해 보는 것은 어떨까.

쉽게 포기해요

요즘 어린이들은 모든 일을 너무 쉽게 포기하는 경향이 있다. 어려운 일에 부닥치면 그것을 뚫고 나아가기보다는 주저앉고 만다. 왜 그럴까. 이런 아이들은 자신들이 주저앉으면 부모들이 자기 대신 그 일을 해줄 것이라고 믿고 있기 때문이다.

모 초등학교 3학년 담임 선생님은 나이답지 않게 예의도 바르고 공부도 잘하는 정민우가 몹시 귀여웠다. 다만 다른 아이들처럼 활달하지 못한 것이 마음에 걸렸다.

그래서 선생님은 민우에게 심부름을 시키기로 마음먹었다. 읽기 시간에도 지명을 하고 지우개를 털어 오라고 시키기도 했다. 선생님의 심부름을 좋아하는 것은 아이들의 공통된 심리이기 때문이었다. 민우 역시 선생님이 자기를 좋아한다고 느끼고는 차츰 아이들과 어울리기 시작했고, 친구들도 선생님이 좋아하는 민우와 친해지려고 노력하는 것처럼 보였다.

어느 날, 선생님은 민우에게 4학년 어느 선생님을 모셔 오라는 심부름을 시켰다. 그런데 좋아하며 나간 민우가 아무리

우리 아이들, 아버지가 나서자

기다려도 돌아오지 않았다. 두어 시간이 지나도 돌아오지 않자 걱정이 된 선생님은 여기저기 알아보다 혹시나 하고 민우의 집에 전화를 걸었다. 그런데 민우의 어머니는 전화를 받자마자 왜 어린아이에게 그런 심부름을 시켰느냐고 따지듯 묻는 게 아닌가. 선생님은 당연히 어안이 벙벙할 수밖에.

알고 보니, 4학년 교실에 갔던 민우는 그 선생님이 없자 어쩔 줄 모르고 당황하다 그대로 집으로 가버린 것이었다.

우리 주변에는 민우처럼 간단한 일 하나 처리하지 못하고 쉽게 포기하는 어린이가 상상 외로 많다. 그리고 그런 아이들을 잘 관찰해 보면 역시나 부모의 과잉 보호라는 그림자가 드리워져 있다는 걸 금방 알게 된다.

'실패는 성공의 어머니'라는 말이 왜 나왔겠는가.

아이들은 실패를 통해서 뭔가를 배우고, 응용력 있는 유연한 두뇌를 자기 힘으로 키워갈 수 있다. 실패를 두려워하여 아이로부터 그 기회를 빼앗아 버리면 어른들이 보기에는 당장은 우수한 아이로 보일지 모르지만 결국은 자신의 머리로 생각할 줄 모르는 능력 없는 인간으로 자랄 염려가 있다.

쉽게 포기하는 아이들에게는 과잉 보호 대신 차라리 실패를 격려하고 칭찬하는 방법을 택하는 것이 어떨까. 실패와 성공의 경험을 고루 맛보게 하여 미숙하게 해낸 일에도 격려를 아끼지 말고, 끈기와 인내가 일을 성취하는 기본 자세라는 것을 인지시켜 지구력을 키워줄 때 우리의 아이들은 열 번 넘어져도 열한 번 일어나는 오뚝이가 될 것이다.

아버지가 변하면 세상이 변한다!

아이들만 나무랄 수 있나요

자녀를 훌륭하게 키우고 싶은 마음은 어느 부모나 똑같을 것이다. 그러나 "당신은 자녀 교육에 성공했습니까?" 하고 물으면 어느 누구도 선뜻 "예"라고 대답할 수 없을 것이다. 그만큼 어렵고도 자신없는 게 자녀 교육이 아닐까.

자녀를 올바르게 키우고 싶다면 먼저 당신은 어떤 부모인가를 잘 알아야 한다. 나를 알고 적을 알면 백전백승이라는 말도 있지 않는가. 자녀 교육도 일종의 전쟁일 수 있다. 먼저 내 자신이 어떤 부모인가를 잘 안다면 자녀를 지도하는 데도 많은 도움이 되지 않을까.

문제 부모 밑에는 문제 아이들이 있다고 했다. 자, 그럼 어떤 부모들이 문제 부모들인지 타입별로 알아보자.

1. 거부형

부모 중에는 자녀에 대한 감정이나 태도가 거부적인 경향이 있는 사람이 있다. 이 거부형 부모의 대표적인 태도는 자녀를 무조건적으로 무시하거나 방임, 부정, 학대, 위협하는 것

우리 아이들, 아버지가 나서자

등이다.

이 중에서 가장 문제되는 것이 자녀를 무시하는 태도이다. 예를 든다면, "네까짓 게 뭘 안다고, 아무 소리 말고 시키는 대로 해" 하고 윽박지른다든가, "모르면 잠자코 있어" 하고 말도 꺼내지 못하게 하는 등 자녀들의 의견을 무시해 버리는 경우이다.

그러나 부모는 무엇보다 자녀들의 의견을 존중해야 한다. 그들의 의견을 듣고 평가하고 서로 토론하여 결정짓는 것이 이상적이다. 즉, "너는 우리집 가문을 생각해서라도 꼭 00대 00과에 합격해야 해" 하는 일방적인 부모의 입장을 탈피하고, "어느 대학을 가고 싶으냐? 어느 과가 네 적성에 맞겠니?" 하고 자녀의 입장을 존중해 주는 것이 올바른 태도라는 것이다.

2. 익애형

거부형과는 전혀 반대의 입장에 서 있는 타입이 익애형이다. 앞뒤 생각지도 않고 맹목적으로 자녀를 사랑하는 경우를 말한다. 이런 부모들은, "네가 없으면 엄만 죽고 말 거야", "빨리 돌아오렴. 네가 없으니까 쓸쓸해서 못 견디겠다", "어디가 아프니, 응? 어디 여기, 아니면 여기?" 등등 자녀들에게 지나친 애정을 쏟는다.

자연히 그 자녀는 친구들과 사귈 생각 같은 건 아예 하지 못하고 엄마 품에서만 있게 된다. 이런 아이들은 정서 발달이 저해되어 자주성과 독립성, 창조성이 없다. 또한 남의 처지나 의견이란 것은 아랑곳없고, 그저 모든 것을 자기 중심으로, 또 자기 요구대로만 하려고 한다.

이런 것이 거부될 때는 자연히 도발적인 행동으로 나오게 마련이다. 그런 경우에도 자녀가 자기의 잘못을 뉘우칠 줄 모르는 것 또한 필연적인 결과라고 할 수 있다.

익애형인 부모들은 자기 자녀에게 잘못이 있어도 절대로 그것을 책하거나 금지하지 않고 오히려 그것을 감추거나 묵살해서 자녀 편을 든다. 만약 자녀가 학교에서 장난이 심해 선생님으로부터 심한 꾸중을 들었다면 부모는 막무가내로 선생님을 책한다.

이런 부모는 자녀를 무능하게 만들고 또 그 자녀는 사회 생활에도 적응하지 못하게 되며, 옳은 합리적 판단력마저도 상실하게 된다. 귀여운 자식일수록 매 한 대 더 주라는 말이 있듯이, 자녀를 무작정 감싸고 도는 것은 자식을 망치기 십상이라는 것을 알아야 한다.

3. 과보호형

과보호형은 부모들이 자녀에 대해 지나칠 정도로 근심, 걱정, 공포, 그리고 불안을 느끼는 형을 말한다. 이런 부모들은 대개 부유하며 시간적인 여유가 많고 지적 수준이 높은 도시 사람들이다. 유치원은 물론 초등학교에 입학해서까지 일일이 학교에 바래다 주거나 데리고 오며, 조그마한 추위에도 땀이 나도록 옷을 껴입히고 학교에까지 스웨터나 오버를 가져다 준다.

가정교사를 둔다, 담임 선생님과 친하다, 뇌물로 돈을 가져다 준다 등등 역시 과보호형 부모에게서 흔히 발견되는 사례들이다.

한편 자녀에 대해서는 먹기 싫어하는 음식을 강제로 먹인

우리 아이들, 아버지가 나서자

다든가, 귀찮을 정도로 손발을 씻기는가 하면 옷을 더럽히지
않도록 지나치게 배려한다. 하지만 이런 것들이 오히려 어린
이의 자율성을 저해하는 결과가 되어 정상적인 성장 발달은
기대하기 어려우며, 궁극적으로는 의타심이 강한 사람으로 만
들고 만다. 따라서 용기도 없고 자신감도 없어지며 모든 일에
공포감만 앞선다. 결국 열등감만 조장해 주는 것이 될 뿐이
다.

4. 엄격형

엄격형은 권위형이라고도 한다. 이런 형의 부모는 자기의
권위만 생각해서 어린이의 쾌락을 부정하거나 무시하기도 한
다. 이런 가정에서는 특히 아버지의 권위가 절대적인 경우가
대다수이다.

"그건 안 돼", "그런 건 못써", "아버지가 하라는 대로
해"…… 이렇듯 끊임없는 질책으로 어린이는 절대 복종의 굴
레 속에서 순종만을 강요당하기 일쑤이다.

그런데 일부 학자들의 이론에 따르면 이런 엄격형의 부모
밑에서 자란 아이들이 오히려 반항적이라고 한다. 즉, 이런
어린이는 자신의 인생을 자신의 것으로서 꾸려나갈 수 없기
때문에, 그 나이에 상응하는 경험을 충분히 축적할 수 없으므
로 늘 무엇인가 욕구 불만에 빠지게 된다는 것이다.

그러므로 이런 어린이들 중에는 억압받았던 성적 호기심을
어느 순간 도발적으로 발산하는 경우를 볼 수 있으며, 이것이
후에 성생활을 하는 데도 물의를 일으키는 수가 상당히 많다.

이런 아이들의 문제는 자의식과 개성의 결함 때문이다. 모
든 것이 부모의 명령에 달려 있기 때문에 자신감도 목표도

가지고 있지 않다. 그저 누군가 시키는 대로만 살아가게 되어 사회에 나가면 남에게 압도당하고 지도만 바라는 사람이 되게 마련이다. 그런 사람에게 자주적이고 개성적인 삶을 기대하는 건 여간 어려운 일이 아닐 수 없다.

5. 기대형

부모가 자녀에게 기대나 희망을 품는 건 자연스런 일이다. 그러나 자녀의 능력이나 소질은 생각지 않고 지나치게 기대를 건다든가 혹은 자녀 자신의 장래 희망이나 적성은 무시하고 부모가 이루지 못했던 꿈을 자녀에게서 보상받으려고 할 때는 문제가 있다.

이 기대형에는 두 가지 유형이 있는데, 앞서 이야기한 형을 야심형, 그리고 자녀를 부모의 손발처럼 부려먹으면서 그 자녀의 힘에 의존하여 안전하게 살려는 형을 의존형이라고 한다.

요즘 부모의 관심은 거의 대부분 학업 성적에 있다. 이는 학교에서의 성적이 곧 사회에서의 성공과 직결된다고 생각하는 의식 때문이다. 그러나 이로 인해 자녀의 소질이나 적성, 능력을 무시한다면 어린이는 무한한 저항감을 느낀다. 바로 이것 때문에 가출을 하게 되고 가정에서 맛보지 못한 쾌락을 밖에서 찾으며, 급기야는 불량 청소년이란 낙인마저 찍히게 되는 것이다.

이와는 다르게 부모가 자녀에게 의존하는 예는 신체가 허약하거나 병을 앓고 있을 때가 많다. 특히 빈곤한 가정에서는 자녀의 노동을 요구하며 그것에 의존하는 것이 보통이다. 그러나 자녀의 입장에서 보면 이러한 강제적·복종적 노동은 결국 자녀의 자존심을 손상시키게 하고, 참다운 인생의 즐거움이나 의욕을 계발시켜 주지 못하므로 커다란 문제를 낳을 수밖에 없다.

6. 모순형

모순형은 글자 그대로 행동에 일관성이 없는 태도를 말한다. 오늘은 이렇게 생각하고 내일은 저렇게 생각하는 것이다. 아침에는 못 하게 한 일을 저녁에는 해도 된다고 말한다. 똑같은 경우에도 어제는 심한 벌을 주고 오늘은 필요 이상의 칭찬이나 쾌락을 준다.

이런 부모는 과보호와 익애, 그리고 반감이 서로 교차되어 있는 경우이다. 그러므로 그런 부모 밑에서 자라는 자녀들은 일관성이 없는 태도 때문에 정서적 불안감에 빠지게 되는 것이다. 그리고 이러한 징후는 어린이로 하여금 점차 열등감에 빠져들게 하며 자기의 발전을 도모하지 못하고 주위의 질책과 벌을 경계하는 데만 몰두하게 만든다. 자신만의 목표나 목적, 희망 등은 가지지 못한 채 더욱더 깊은 열등감의 나락 속으로만 빠져들게 되는 것이다.

7. 불일치형

아버지는 너무도 엄격한 거부형인데 어머니는 익애형이고, 혹은 아버지는 과보호형으로 세심한데 어머니는 남성적으로 엄격한 가정이 많다. 이런 경우를 불일치형 부모라고 한다. 물론 이런 일은 부모의 성격상에서 오겠지만 그것이 자녀에게 미치는 영향은 너무나 크다.

아버지는 '나쁘다'고 하는데 어머니는 '좋다'고 한다면 어린이는 중심을 잡지 못하고 어느 쪽의 말도 믿을 수 없게 되어 심한 반항을 하게 된다. 그리하여 처음에는 아버지와 어머니에 대한 반항으로 나타나던 저항심이 가족 모두에게로, 그리고 바깥 세상으로 확대되어 드디어는 사회적인 갈등으로까지 이르게 되는 것이다.

그런데 이런 불일치형의 경우, 아버지와 어머니의 성격이 일반적인 성향에서 벗어나 있다면 남성의 여성화, 여성의 남성화가 이루어질 수 있다. 예를 들어 어머니가 우위적이고 권위적인 데 반해 아버지가 종속적이라면 남자아이는 여성적이 되고 여자아이는 남성적이 되는 경향이 강하다는 것이다. 왜냐하면 남자아이는 어머니의 지배로부터 벗어나지 못하기 때문에 자기와 어머니를 동등하게 생각하여 여자다운 어린이가 된다. 거친 바깥놀이는 피하고 여자아이처럼 소꿉놀이를 하기도 한다.

반대로 여자아이는 남자처럼 대단한 말괄량이가 된다. 왜냐하면 어머니에게 쥐어사는 아버지가 무능하게 보여서 무시하고 남성적인 어머니와 경쟁하려는 심리가 발달하기 때문이다. 이 때문에 점차 여성적인 특질을 잃어버리고 나중엔 남성적인 경향으로 발전하게 되기 때문이다.

성이란 고유의 의미를 살릴 때라야만 아름다운 법이다. 그리고 그건 자연이 주는 선물이기도 하다. 결국 거기에 어그러지는 것은 자연에 반하는, 기형적인 모습이 되는 것이다. 부모가 자신들의 역할에 충실해야 하는 이유가 여기에 있다.

우리 아이들, 아버지가 나서자

대화의 문

고든(Thomas Gordon) 박사는 그의 책 『부모 역할 훈련』에서 효과적인 의사 소통 방법으로 능동적 청취법이라는 것을 소개하고 있다. 이 대화 방법은 자녀가 언제든지 다가와서 말문을 열 수 있도록, 말이 나올 수 있도록 대화의 문을 활짝 열어놓은 채 둔다는 것이다.

자녀가 부모와 대화하고 싶어하거나 무엇인가를 전달하고 싶어하는 경우란 그들에게 어떤 요구가 있거나 기쁨 혹은 불쾌한 감정이 있는 경우이다. 예를 들면 배가 고파서 심신이 불균형 상태에 있는 어린이가 공복을 해결하여 심신의 균형을 유지하기 위해 음식물을 요구하는 경우가 그것이다. 학교에서 돌아온 어린이가 배가 고파 어머니에게 저녁밥을 독촉하는 예를 하나 생각해 보자.

"엄마, 저녁밥은 곧 돼요?"

라는 신호를 어머니에게 보낸다. 어머니가 그 신호를 정확히 이해했다면,

"배가 고픈 모양이네. 빨리 밥을 줘야지."

즉, 공복임을 알게 되었을 것이다. 그런데 어머니가 마음대로 해석해서,

'일찍 저녁밥 먹고 나서 밖에 나가 놀고 싶어 그러는구나.'

이렇게 틀린 해석을 했다면 그것은 오해가 된다. 부모와 자녀 사이에 자주 일어나는 이런 오해로 인해 대화가 중단되고 불신감이 생겨서 대립까지 일어나는 일이 허다하다. 부모와 자녀 사이는 물론 모든 인간 관계에서 의사 소통의 어려움은 신호를 받는 쪽이 보내는 쪽의 뜻을 잘못 오해할 수 있다는 점에 있다. 더욱더 어려운 것은 이렇게 오해하고 있다는 사실을 양쪽 모두 모르고 있다는 점이다. 그러므로 이런 오해를 없애려면 다음 예에서 보는 바와 같이 멋대로 해석하지 말고 능동적(적극적)으로 물어서 확인하는 태도가 필요하다.

"엄마, 저녁은 곧 돼요?"

"저녁은 아직 멀었는데…… 그런데 너 저녁 먹고 밖에 나가서 더 놀고 싶어 그러는 거지. 그지?"(능동적 청취법)

"아, 아니에요. 엄마, 정말 배가 고파요. 오늘 학교에서 체육을 열심히 했더니……"

"아, 그랬었구나. 정말 배가 고프겠네. 그럼 저녁 준비를 할 동안 식빵을 좀 먹으렴. 아빠가 오셔야 저녁을 먹을 텐데, 아직도 한 시간은 있어야 오시니까."

"아, 그러면 되겠구나. 엄마 빨리 빵 좀 주세요."

이 예의 경우, 자녀가 보내는 배가 고프다는 신호를 어머니가 처음에는 오해했으나 멋대로 해석하지 않고 능동적으로 물어 본 데서 이해가 가능하게 된 경우이다. 이렇게 어머니가 물어 보는 것을 전문 용어로는 피드 백이라고 한다.

자녀들은 그들의 감정을 말로 전달하지만 가끔은 그 말이

암호보다 더 어려워서 해독이 여간 어렵지 않다.

만 여섯 살인 아들이 화가 나서 엄마에게 욕하고, 엄마가 응수하는 장면이다.

"엄마는 마귀할멈같이 나쁜 엄마야."

"뭐야? 엄마가 왜 나쁜 마귀할멈이니."

"나쁜 마귀할멈이란 말야."

물론 이 아들은 엄마가 깡말라 인상이 험하고 늙어빠진 진짜 마귀할멈이 아니라는 것을 잘 안다. 다만 자신의 화난 기분을 엄마에게 전달하기 위해 독특한 신호를 보냈을 뿐이다. 그런데도 엄마는 아들의 감정을 해독하지 못하고 있다. 이 신호를 즉각 알아차린 어머니라면 다음과 같이 응수하여 어린이가 이해할 수 있게 했을 것이다.

"엄마에게 몹시 화를 내고 있구나?"

"그래, 정말 화났어."

또 하나 아리송한 신호를 보내는 예를 보기로 하겠다.

어느 날 김영숙 씨에게 초등학교 6학년인 딸이 이렇게 물어 왔다고 한다.(만약 당신의 딸도 이렇게 물어온다면 어떻게 답할 것인가를 함께 생각해 보기로 하자)

"엄마, 엄마 어렸을 때 남자친구 있었어요?"

이런 질문을 받은 어머니에게 설령 남자친구가 있었다 하더라도 쉽게 수긍하는 답을 줄 어머니는 거의 없을 것으로 본다. 어떤 어머니는 "별걸 다 묻고 있네"라며 핀잔을 주거나 "엄마 어릴 때는 남자친구가 다 뭐야"로 얼버무리는 어머니도 있을지 모른다. 어머니들의 소망은 한결같이 어떤 말이든 교훈이 될 말을 해줘서 이성에 일찍 눈뜨지 않고 고이 자라주기를 바라는 마음이리라. 그러나 이렇게 나오면 그 어머니

아버지가 변하면 세상이 변한다!

는 무엇인가를 헛짚고 있는 것이 있다. 자녀 편에서 보면 어머니가 시체말로 '형광등'이다. 한참 깜박여야 켜지듯 둔해 빠져서 대화가 안 되는 것이다. 한마디로 말해서 이 어머니는 딸이 보내는 아리송한 신호를 알아차리지 못한 것이다.

자녀들은 때때로 그들의 감정이나 요구를 빙빙 돌려서 헷갈리는 신호로 보내오는 경우가 허다하다. 김영숙 씨도 이런 신호를 한참만에야 알아차리고 다음과 같이 응수했다고 한다.

"너 남자친구 때문에 무엇인가 알고 싶은 게 있는 게로구나?"

"응, 엄마. 3학년 때 짝꿍한 상일이 걔, 모레 생일이래. 작은 선물이라도 할까 하는데 무슨 선물이 좋을지 몰라서 그래."

김영숙 씨는 또 이런 신호로 갈피를 잡을 수 없었던 경우도 있었다고 한다.

"엄마, 오늘 저녁은 안 먹을래요."

"왜, 배가 아프니? 혹시 낮에 과식한 거 아냐."

"아니에요."

"과식도 아니다, 배도 안 아프다. 그럼 뭐야?"

"그냥 먹기 싫다니까요."

이쯤되면 무엇인가 식사 문제가 아닌 다른 걱정이 있다는 신호이다. 그런데도 김영숙 씨를 포함해서 대부분의 어머니들은 먹기 싫은 이유를 기를 쓰고 음식의 기호와 배탈 등 신체적 조건에서만 찾으려 드는 경우가 많다. 뒤에 밝혀진 것이지만, 이 딸은 그날 학교에서 치른 시험 결과가 걱정되어 밥맛을 잃었다고 한다.

서석재 씨가 초등학교 6학년인 아들과 나눴던 대화를 예로 들어보자.

우리 아이들, 아버지가 나서자

어느 날, 서석재 씨의 아들이 싱글벙글 웃으면서 아버지에게 다음과 같이 자랑을 했다고 한다.

"아빠, 나 오늘 학교에서 단거리선수로 뽑혔어요. 80미터를 12초에 끊었어요."

"그랬어. 기분 좋았겠네."

"물론이죠. 전 이 담에 커서 올림픽에 나가 금메달을 딸 거예요."

대화가 이렇게 진척되면 꽤 정상이다. 그런데 대부분의 아버지들은 어린이의 세계에 들어가서 어린이의 입장이 되어 생각하는 것이 여간 서툴지 않다. 그래서 어떤 아버지들은,

"아니, 금방 뭐랬어. 뭐 12초 얼마라고?"

"12초요."

"자식, 그걸 갖고 무슨 올림픽 금메달이야. 올림픽에서는 9초 얼마로 달린다는데, 80미터를 그렇게 달려서야……."

어른들의 세계에서 귀에 익어버린 기준들 때문에 자녀가 아직 미숙한 어린애라는 것을 잊어버리는 것이다.

여섯 살 된 아이의 화난 감정이 담긴 독특한 신호를 이해하지 못하는 어머니, 남자친구에게 줄 선물에 대한 조언을 요청하는데도 그 신호를 모르는 어머니, 식욕 부진의 원인이 시험 성적 때문인 줄 몰랐던 어머니, 어린 아들의 기록을 올림픽 기록에 견주어 판단하는 아버지, 이들은 모두 '형광등'으로 불리거나 '세대차이'가 난다며 아이들로부터 경원당하기 좋은 부모들이다.

아이들의 생각을 알려면 그들과 눈높이를 맞추어야 한다. 그래야만 그들의 생각을 따라잡을 수 있고, 원만하게 대화가 이루어진다. 부모와 자식 간에 대화가 되지 않는다면, 그건 이

아버지가 변하면 세상이 변한다!

미 문제의 싹이 돋아나고 있다는 신호이다.

 어떤 부모가 되고 싶은가? 어떤 아이로 키우고 싶은가? 그건 모두 부모의 선택에 달려 있는 것이다.

천재에 앞서 사람 만들기 교육부터

  우리 나라 부모들의 자녀 교육에 대한 열의는 세계 어느 나라 국민들과 비교해도 결코 뒤지지 않는다고 한다. 그리고 우리 나라가 이만큼이라도 살게 된 것도 높은 교육열이 있었기에 가능했다는 것이 일반적인 중론이다.

  그런데 문제는 "과욕은 화를 부른다"는 옛말과 같이 지나친 열성이 극성으로 변하여 오히려 많은 문제를 일으키게 됨을 걱정하는 것이다.

  한 사람이 세상에 태어나서 성장에 필요한 제일의 요소는 교육이다. 이것은 개인의 행복한 미래의 기초가 되고, 삶의 기본 방법을 알려주는 기본권이기도 한다. 교육은 단순히 지식 전달이 아닌, 한 인격을 만드는 것이다. 그래서 인성과 학문의 두 요소를 고루 균형 있게 지도하는 게 목표가 되어야 하는데도 우리의 교육은 학문만을 지나치게 우선시하고 있다. 학문이 마치 공부만 많이 하고 잘하면 되는 양 생각하는 데 문제의 심각성이 있는 것이다.

  자녀 교육에 관한 좋은 관심을 누가 마다하겠는가. 그러나 사람 됨됨이에 대한 관심은 뒷전이고, 내 아이 잘 키우기(?)
에 혈안이 되어 있는 우리의 현실, 함께 더불어 같이 사는 세
계보다는 '나'라는 이기주의가 오늘날 우리의 교육 현실을
이렇게 만들고 있다.

우리 나라 부모들의 자녀 교육에 대한 의식 조사 연구 자료
를 보면, "우리 나라 부모들은 자식 교육에 극성인가?"라는 질
문에 65퍼센트의 사람들이 "아니다"고 대답했다고 한다. 그런
데 이 "아니다"의 응답자 중, "지금 자녀의 과외나 학습지는
몇 종류인가?"에는 세 종류 이상이 72퍼센트에 달했다는 것
이다.

이 조사에서도 볼 수 있듯이, 우리 나라 사람들은 교육에
있어서만은 자신들의 행동에 문제 의식조차 가지고 있지 않
다는 것을 알 수 있다.

이처럼 자식 교육에 열정을 가지고 있는 이유는 가난했던
부모 세대들의 못 배운, 못 가진 한(恨)풀이와 그것을 자식에
게서 얻어내려는 일종의 보상 심리가 다분히 깔려 있다고 보
아도 무방할 것이다.

이러한 부모들의 욕구를 이용한 광고를 살펴보자. 마치 금
방이라도 두뇌가 좋아지고, 그것만 배우고 나면 무슨 천재나
되는 것처럼 착각하게 만드는 광고 선전이 부모들의 마음을
더욱 부채질한다.

물론 그것이 모두 나쁘다고 말하기는 곤란하다. 전문가들의
쉼없는 연구와 노력으로 우수한 자료들이 많은 것도 사실이
다. 문제는, 비전문적인 제작진들이 졸작의 자료로써 천재 만
들기를 시도하고 있다는 데 있다. 광고로 부모의 눈과 귀를
현혹시킨 뒤 거액의 돈만 받고 결과는 나 몰라라 하는 경우

가 의외로 많기 때문이다. 그래서 좋은 선택을 위한 부모들의 현명한 판단과 의식이 매우 중요하다.

사실 부모의 요구가 있고 수요가 있기 때문에 유아의 발달 심리와는 전혀 무관한 비교육적인 자료가 남발하게 되는 요인이 되기도 하다.

우수한 두뇌, 훌륭한 능력과 소질을 조기에 발견하여 영재로 키우는 것은 바람직한 현상이다. 한국을 빛낸 세계적인 어린 음악가도 조기 발견과 적절한 교육이 이뤄낸 성과의 하나인 것은 분명한 사실이다. 문제는 우리 나라 부모들의 욕구가 하나같이 성적이 우수한 아이로 만들려 하는 데 있는 것이다.

개인의 소질이나 능력과는 무관하게 부모의 계획된 틀에 아이들을 꿰맞추려는 데서 문제는 싹튼다. 어느 유명 출판사의 자문으로 계신 유아 교육 전문가는, 유아용 교육 자료를 제작할 때 유아 심리 발달에 근거한 제대로 된 자료를 제작하면 푸대접을 받기 일쑤이고, 앞서 가며 미리 배우는 수준의 천재성 표현 문구가 있어야만 대접받는 현실을 이야기하면서 안타까워했다.

영재란 지능만 높으면 되는 것처럼 생각하기 쉽다. 그러나 단순히 지능만 높다고 영재성을 이야기하는 것은 무리다. 천재 소녀라고 일컫는 장영주 양보다 지능이 높은 어린이들은 얼마든지 있다.

더욱이 취학 전의 어린이들은 빠른 속도로 발달하는 과정에서 심리적 특성이 안정되어 있지 않기 때문에 어떤 것에는 무척 똑똑하고 유능하게 보이기도 하고 명석하게 나타나기도 하다가 때로는 전혀 반대 현상이 나타나기도 한다. 같은 날 씨앗을 뿌려도 먼저 나는 싹이 있고 먼저 피는 꽃도 있듯이,

어린이도 조금 빠른 경우가 있고, 조금 늦는 경우가 있다. 네 살이 되었는데도 말을 못하고 우둔한 듯싶지만, 학교에 들어가면 돌 지나 말했던 영특한 아이보다 학습이 절대 뒤지지 않음을 얼마든지 볼 수 있다.

필자가 방문했던 일본의 영재 교육 센터에서는 '현재 각 어린이가 지닌 능력에 도움을 주어 더 나은 교육으로 발전시킨다'는 목표를 가지고 있었다. '걸음마를 하는 아이에게 더 잘 걸을 수 있게 손을 잡고 도와주는 것과 같다'는 설명이 개인의 능력에 도움을 주는 일본의 영재 교육의 표현과, 우리 나라의 영재 교육은 의미가 사뭇 다르다는 느낌을 받았다.

불안정한 특성을 가진 유아들에게 골고루 교육을 시키는 것은 필요하다. 그러나 그런 교육을 시킨다고 해서 모두 영재가 되는 것은 아니다.

교육의 궁극적인 목표는 잠재되어 있는 개인의 능력을 최대로 개발시켜 주는 데 있고, 이러한 목표를 달성하기 위해서는 어린이의 능력과 수준, 소질, 흥미, 관심, 특성에 알맞는 교육의 방법과 내용을 마련하고 제공하여 주는 것이 필요하다.

그렇지 않고 부모가 무리한 영재 만들기에 급급한다면 '자녀의 미래의 꿈과 이상의 실현'이란 목표가 오히려 왜곡되고 잘못된 교육이 될 수 있다.

어린이의 영재성을 평가하는 데 단순히 IQ와의 상관성을 따진다면 그건 올바른 평가 방법이 아니다. 영재아는 여러 특성을 보인다. 창의성이 있고, 어떤 과제에 대해 독특하게 반응하는 특징이 있다. 지능이 높더라도 집착이 부족하면 어떤 문제 해결에 능력을 발휘하지 못한다.

우리 아이가 영재아인가 아닌가는 정서적 유대 관계가 많

우리 아이들, 아버지가 나서자

은 부모의 정확한 관찰과 판단, 그리고 표준화된 심리검사 자료, 전문가의 판별이 필요하다. 그러나 부모가 단지 성장에서 나타나는 몇 가지의 특성에 집착하여 과대 평가를 하는 것은 무리다.

그 시기에 나타나는 비슷한 또래 집단에서 비교 분석을 하면서 몇 가지 특성을 살펴볼 수 있다.

첫째, 수 개념이 빠르고 수와 관계되는 것에 강한 흥미와 관심이 많다.

둘째, 시어기(始語期)가 빠르기도 하고 글이나 책을 읽는 것에 유난히 흥미를 가지게 된다.

셋째, 왜 그런지 의문이 많고 '왜'라는 질문과 의문점을 해결하려 한다.

넷째, 책을 읽거나 놀이를 할 때 불러도 잘 모른다.

다섯째, 한 번 들은 것을 오랜 시간 기억하고 과거에 대한 기억을 잘한다.

여섯째, 어떤 과제에 관심이 크다.

이런 몇 가지 특징적인 행동 외에 영재성의 요소들이 될 만한 것들을 더 살펴보자.

먼저, 알고자 하는 욕구가 크다. 때문에 학습 의욕도가 높다. 지식에도 욕심이 있고, 향상이 없는 반복에 싫증을 내며, 늘 새로운 것에 도전하고자 한다. 호기심이 많고 창의적이고 엉뚱하여 말썽을 피우는 아이로 취급되기도 한다.

이제 국가는 우수한 인재 발굴과 영재 교육 프로그램 개발에 더욱 박차를 가해야 한다. 21세기 정보 사회에서 살아가는 길은 우수한 인재 양성밖에 없다. 언제까지 영재성을 지닌 어린이와 부진아를 한 교실에 집어넣는, 획일화된 교육 형태에

서 벗어날 것인가? 이 나라의 주인공들은 보다 좋은 교육 혜
택을 기대한다.

우리 아이들, 아버지가 나서자

부 록

▣ 부부 사랑 행복도 측정

−우리 부부는 몇 점짜리 부부인가요?

▣ 직장에서 명예·조기 퇴직당할 20가지 방법

−나의 직장 생활 점수는?

▣ 아내에게 명예 퇴직당할 20가지 방법

−나는 몇 점짜리 남편인가?

▣ 자녀에게 명예 퇴직당할 20가지 방법

−나는 몇 점짜리 아버지인가?

▣ 아내에게, 남편에게 사랑의 편지쓰기

※ 본 테스트 내용은
상담 전화 중에서 문제가 되어 심각한 부부 갈등이나
자녀 교육 상담 내용 중 원인이 제공된 문항을 정리하여
아버지 또는 부부가
부담없이 체크해 보기 위한 자료입니다.

■ 부부 사랑 행복도 측정
─ 우리 부부는 몇 점짜리 부부인가요?

이 름		나 이		세	결 혼			년

질문내용		예			보 통			아니오		
		1	2	3	4	5	6	7	8	9	10
남편이 아내가	무능하다는 생각이 든다										
남편과 아내와	는 성격이 너무 안 맞는다										
남편이 아내가	결혼할 때보다 너무 변했다										
남편이 아내가	가정에 무관심하다										
남편은 아내는	재미 없는 사람이다										
남편이 아내가	왠지 싫증이 날 때가 많다										
남편이 아내가	성격이 모난 편이다										
남편이 아내가	게으르다는 생각이 든다										
남편이 아내가	도박, 술을 좋아해서 싫다										
남편과 아내와	부부 싸움을 많이 한다										
남편이 아내가	더 문제 있는 사람이다										
남편과 아내와	의 결혼을 후회스럽게 느낀다										
남편이 아내가	바람을 피우는 것 같다										
남편이 아내가	돈을 너무 많이 쓴다										
남편이 아내가	대화중 신경질을 낸다										
남편과 아내와	의 대화가 적은 편이다										
남편은 아내는	자랑거리가 없다										
남편이 아내가	밉게 보일 때가 많다										
남편이 아내가	의심을 한다(돈, 의처증 · 의부증)										
남편이 아내가	큰소리를 치고 대장 노릇한다										

▶ 가장 적당하다고 생각되는 숫자에 ○표 한다.

보기) 꼭 그렇다는 1번, 조금 그렇다는 2번 또는 3번, 보통이면 4, 5, 6, 7번,
아니오는 8, 9번, 절대 아닐 경우에는 10번에 ○표 하세요.
(번호가 점수가 된다)

◆ 각 항목의 ○표한 숫자는 더하여 총계를 낸다.

남편 점수	점	아내 점수	점	평균 점수	점
부부 총계	400~350	350~300	300~200	200~150	150~100	100 이하
내 용	금슬 좋은 부　　부	대　단　히 좋은 부부	좋　은 부　부	보　통 부　부	노 력 을 요하는 부부	상담 치료를 요하는 부부

1. 부부 총계의 점수가 높을수록 행복한 부부이며, 사랑이 넘치는 가정이다.
2. 어느 한 부분의 점수가 너무 낮으면 부부 사이에 갈등과 마찰이 생긴다.
3. 내 스스로 나를 채점한 점수는 높은데, 상대가 채점해 준 점수가 낮으면 자기 잘났다고 생각하는 사람이다.
4. 좋은 남편, 좋은 아내로서 인정을 받으려면 상대가 채점한 점수가 높아야 한다.
5. 자기 점수를 높게 보고 상대 점수를 낮게만 본다면 불만과 부정적인 생각이 많은 사람이다.
6. 아내이든 남편이든 상대가 채점해 준 낮은 점수는 반성하고 문제를 대화로 풀어야 한다.
7. 성격이 안 맞는다고 서로가 '이혼' 운운하면 그 사람은 세상 어디에도 맞는 성격이 없을 것이다.

■ 직장에서 명예·조기 퇴직당할 20가지 방법

1. 지각을 자주하며 그때마다 차가 밀렸다고 변명하는 사람

－밀릴 것 예상하고 조금 일찍 준비하여 미리미리 나선다.

2. 직장 상사, 동료들의 흉을 자주 보고 약점을 들춰내는 사람

－성격이 부정적인 사람으로 그 흉은 결국 자신에게 돌아온다.

3. 잘난 척은 혼자 하고 남을 무시하기 좋아하는 사람

－단체 생활은 양보와 협력 조율의 집합체이다.

4. 윗사람에게는 아부하고 아랫사람에게는 군림하는 사람

－강자에게 약하고 약자에게 강하면 장차 부하를 거느릴 자격이 없다.

5. 근무 시간에 개인 전화를 많이 쓰고, 사적인 일을 하는 사람

－개인 전화는 쉬는 시간에 하거나 업무 전화 이외는 간단히 한다.

6. 매사에 게으르고, 한가한 부서를 원하는 사람

－개인이든 회사이든 바쁘게 움직여야 잘 되고 있는 것이다.

7. 월요병이 심하며, 퇴근 시간 기다리고 프로 근성이 없는 사람

－공부 못하는 학생이 시계를 자주 보듯, 일 못하는 사람은 적극성이 없다.

8. 계획은 많고 실행은 못하며, 비계획적으로 일을 하는 사람

－실천력이 없으면 무능한 사람이 되며 일의 앞뒤가 없어진다.

9. 자기 업무에 필요한 공부를(회화, 컴퓨터 등) 하지 않는 사람

－유능한 아랫사람에게 뒤지지 않게 자기개발을 해야 한다 .

10. 책상 위에 많은 일을 하는 것처럼 어수선하게 어질러 놓는 사람

－일을 마치고, 또 하고 간결하게 치우는 사람이 일을 말끔히 한다.

11. 근무 시간에 자기 자리를 불필요하게 자주 비우는 사람

－하는 일 없고, 앉아 있기 쑥스럽고, 식당 빨리 가고, 목욕탕 간다면!

12. 회사 일을 남의 일 하듯 하고, 결근해도 표시 안 나는 사람

－회사 일은 나의 생활과 인생의 많은 부분을 투자하여 돈 버는 곳이다.

13. 자기의 건강에 신경을 안 써서 잘 아픈 사람

─신체가 건강치 못하면 정신이 건강치 못하고 일이 힘들게 된다.

14. 주변의 충고나 지적 사항을 완강히 거부하고 이유를 대는 사람

─자기의 발전은 타인의 공명한 충고에서 발전될 수 있다.

15. 술을 너무 좋아하고 술로 스트레스를 풀려고 하는 사람

─술꾼은 핑계가 많다. 기분 좋을 때만 술을 마셔라.

16. 돈 씀씀이가 헤프고 가불을 하고, 공금 쓰고, 돈 빌리기를 좋아하는 사람

─같은 수입에도 저금하는 사람과 빚에 시달리는 사람 중 누가 성공하겠는가?

17. 거짓말을 하고 변명과 핑계를 대는 사람

─신의와 믿음이 약하여 많은 사람들에게서 따돌림 당한다.

18. 도박성 오락(포카, 당구 등)에 집착하거나 지나치게 즐기는 사람

─자기 관리가 안 되는 사람으로 결국 인생의 실패자가 될 수 있다.

19. 여자 관계가 복잡하고, 여러 여자들에게서 전화가 자주 오는 사람

─가정과 직장에 문제가 되고 인생 파멸의 시작이자 징조이다.

20. 가정에 소홀하며 부부싸움을 자주하고 바깥으로 맴도는 사람

─가정이 안정이 안 되고 사회 생활에서 성공할 수 있겠는가?

◆ 자기진단 테스트

※ 1부터 10까지 점수로 표기

번호	1	2	3	4	5	6	7	8	9	10	11	12	13	14	15	16	17	18	19	20	계
점수																					

▶ 각 항목에 그렇다 (1, 2, 3), 보통이다 (4, 5, 6, 7), 아니다 (8, 9, 10)에 적당한 숫자 표기

▶ 꼭 그렇다 1점, 약간 그렇다 2점. 그렇다 3점, 보통이다 4점, 5, 6, 7……10 중 번호 밑 칸에 숫자를 기록한다. 절대 그렇지 않다는 10점을 쓰면 된다.

　단, 어떤 부분이 너무 낮은 숫자가 나오면 그 사람은 반드시 그 부분을 개선하려는 노력이 필요하다.

▶ 200점 만점에 당신은 몇 점?　　　　　나의 직장생활 점수　　　점

▣ 아내에게 명예 퇴직당할 20가지 방법

1. 아내를 가정부나 하인처럼 취급하는 남편.

2. 아내의 말을 무시하면서 뭘 안다고 그래? 하는 남편.

3. 아내의 단점이나 약점을 들춰내어 트집잡는 남편.

4. 아내에게 지나치게 참견하고 잔소리 하는 남편.

5. 아내의 생일과 결혼 기념일을 잊는 남편.

6. 아내와 의논하지 않고 돈을 많이 쓰는 남편.

7. 아내에게 거짓말을 하거나 속이는 남편.

8. 아내에게 폭행·폭언하는 남편.

9. 밤늦게 귀가하여 사업핑계 대는 남편.

10. 집 안에서 아내를 시키기만 하는 남편.

11. 여자들한테서 전화가 자주 오는 남편.

12. 모든 모임에 아내를 절대 데려가지 않는 남편.

13. 아침에는 아내가 깨워야 일어나는 남편.

14. 술 많이 마시고 친구가 사줬다고 하는 남편.

15. 때도 없이 친구들을 집으로 데리고 오는 남편.

16. 약속을 지키지 못하고 항상 "미안해"라고 말을 하는 남편.

17. 집에 와서 신문과 TV만 보다 자는 남편.

18. 외박을 자주하고 아내에게는 문밖에도 못 나가게 하는 남편.

19. 처갓집에 무관심하고 자기밖에 모르는 남편.

20. 집에서 말이 없고 무뚝뚝한 남편.

◆ 자기진단 테스트

※ 1부터 10까지 점수로 표기

번호	1	2	3	4	5	6	7	8	9	10	11	12	13	14	15	16	17	18	19	20	계
점수																					

▶ 각 항목에 그렇다 (1, 2, 3), 보통이다 (4, 5, 6, 7), 아니다 (8, 9, 10)에 적당한 숫자 표기

▶ 꼭 그렇다 1점, 약간 그렇다 2점. 그렇다 3점, 보통이다 4점, 5, 6, 7……10 중 번호 밑 칸에 숫자를 기록한다. 절대 그렇지 않다는 10점을 쓰면 된다.

단, 어떤 부분이 너무 낮은 숫자가 나오면 그 사람은 반드시 그 부분을 개선하려는 노력이 필요하다.

▶ 200점 만점에 당신은 몇 점?

남편으로서 점수		점

200 ~ 150	150 ~ 100	100 ~ 70	70 ~ 50	50 이하
대단히 좋은 남편	좋 은 남 편	보 통 남 편	노 력 요 망	상 담 요 망

■ 자녀에게 명예 퇴직당할 20가지 방법

1. 자녀에게 명령과 지시를 일삼고 복종만을 강요하는 아버지.

2. 자녀에게 엄격하고 무섭게만 하는 아버지.

3. 자녀에게 "그것도 못해?"라는 말을 자주하는 아버지.

4. 자녀에게 무게잡고 굳은 표정만 짓는 아버지.

5. 자녀에게 잔소리와 간섭을 지나치게 하는 아버지.

6. 자녀의 교육을 아내에게만 맡기고 무관심한 아버지.

7. 자녀의 학년과 반, 번호를 모르고 있는 아버지.

8. 자녀의 나쁜 행동을 책망하지도 꾸중하지도 않는 아버지.

9. 자녀의 성적에 너무 집착하는 아버지.

10. 자녀의 앞에서 부부싸움 자주하는 아버지.

11. 자녀들 앞에서 신문과 TV만 보고 말이 없는 아버지.

12. 자녀들 앞에서 술취한 모습으로 횡설수설하는 아버지.

13. 자녀가 다니는 유치원, 학교에 한 번도 가본 적이 없는 아버지.

14. 자녀가 마치 자신의 성공 대리인으로 생각하는 아버지.

15. 자녀와 같은 취미 하나 없는 아버지.

16. 자녀와 대화가 안 통한다고 해대는 아버지.

17. 자녀의 모든 것을 돈으로 해결하려는 아버지.

18. 자녀보다 늦게 일어나는 아버지.

19. 자녀에게는 시간 없고, 술 먹을 시간 있는 아버지.

20. 자녀와의 약속을 지키지 않고 핑계대는 아버지.

◆ 자기진단 테스트

※ 1부터 10까지 점수로 표기

번호	1	2	3	4	5	6	7	8	9	10	11	12	13	14	15	16	17	18	19	20	계
점수																					

▶ 각 항목에 그렇다 (1, 2, 3), 보통이다 (4, 5, 6, 7), 아니다 (8, 9, 10)에 적당한 숫자 표기

▶ 꼭 그렇다 1점, 약간 그렇다 2점. 그렇다 3점, 보통이다 4점, 5, 6, 7⋯⋯10 중 번호 밑 칸에 숫자를 기록한다. 절대 그렇지 않다는 10점을 쓰면 된다.

　단, 어떤 부분이 너무 낮은 숫자가 나오면 그 사람은 반드시 그 부분을 개선하려는 노력이 필요하다.

▶ 200점 만점에 당신은 몇 점?

아버지로서 점수　　　　점

200 ～ 150	150 ～ 100	100 ～ 70	70 ～ 50	50 이하
최고로 좋은 아버지	좋 은 아버지	보 통 아버지	존경 못 받을 아버지	흔들리는 아버지

사랑하는 나의 아내　　　　　　　　　에게

사랑하는 나의 남편   에게

사랑하는 나의 남편

아버지가 변하면 세상이 변한다!

처음 찍은날 · 1997년 4월 10일
처음 펴낸날 · 1997년 4월 15일
지은이 · 정 송
펴낸이 · 장청화
펴낸곳 · 문화샘
찍은이 · 나병문
찍은곳 · 신화인쇄공사
주소 · 121-231 서울시 마포구 망원1동 384-20
전화 · 3141-6554 (대표)
팩스 · 3141-6555
등록번호 · 제10-1301호 (1996년 6월 12일)

값 6,900원

ⓒ 정 송, 1997

▶ 잘못된 책은 바꾸어 드립니다.
▶ 지은이와 협의하여 인지를 붙이지 않습니다.
  ISBN 89-86965-00-3 (03800)